朱航滿 著

遙遠的完美

——現當代文人素描

認識大陸作家系列

歷史理解的深度

謝泳

大約是前年，臺灣蔡登山先生過廈門，我請他給研究生講過一次中國現代作家的私人生活。這次與蔡先生相談間，多次提到航滿的文章，他非常讚賞。我雖然不曾和航滿謀面，但過去對他的文章也稍有措意，經蔡先生提醒，以後每見航滿文章，就更不敢放過了。

今年世界讀書節前，航滿約我為《天津日報》寫一短文，記述讀書節當天自己的感受，由此我才和航滿建立聯繫，後來他要我為他的新書寫一序，我最初答應了，但久不動手，航滿當然也不好催促。我雖沒有動手寫，但却一直讀他的文章，想找一個角度，想看出航滿文章的特色，想為他總結出一兩條自己認為有道理的規則。

航滿過去的寫作經歷，我並不很清楚，但他文章的路子是兼有作家和學者的優點。說作家的路子，是因為他的文章長於敘述。敘述是為文的重要本領，長於敘述才能把文章作得飽滿，作得生動和豐富；說學者的路

子，是因為航滿的文章有自己的興趣和判斷，識見不弱。我總認為航滿是為文的好手，一是得之於他長於敘述的本領，這還不僅是把讀書知道的歷史簡單敘述出來，而是在敘述中加入了自己的感受，這樣的敘述也可以說是一種史筆了。至於判斷，航滿的眼光我不僅佩服，而且是讚賞了。他所選擇的評論對象，他給予評論對象的理解和欣賞，也是我所理解和認同的理想，我把對航滿文章的觀察，放在中國現代自由主義思想的背景下，大概可以得到一個基本的索解，這是航滿文章的骨架，他對這一段歷史和人物的敘述、評價，都建立在這個骨架上。

航滿的文章多以讀書隨筆的形式出現，這反映他平時讀書的關心所在，也說明他思想理路的興趣所在，這興趣中包含了他對中國現代歷史的理解與判斷，有了這樣的思想背景，他筆下裁量歷史人物時，我們就可以見出他的尺度。他有一篇評價韓石山著作的文章，這個選擇中體現了航滿對中國現代歷史的一種感受，我以為他是韓石山文章的解人，因為韓石山「少不讀魯迅，老不讀胡適」這個看似簡單的判斷中，不僅有人生經驗，更有中國當代生活的切身感受，甚至還包括了韓石山對一個時代精神的反省。航滿是理解韓石山的，但並不是所有的讀者都有航滿這樣的眼光。韓石山本意不是要批評魯迅，他是更願意中國多一點胡適罷了。什麼是胡適？其實很多讀者誤解了韓石山，他是要胡適的理想，什麼是胡適的理想？歷史早已給出了答案。在一片罵聲中，航滿能讚賞韓石山的判斷，可見航滿對歷史理解的深度了。

　　航滿是有見識的人，也是會做文章的人，這很難得。有人會做文章，但見解偏狹，有些人有見識，但不會做文章，而航滿兩者得兼，所以我希望他以後能寫出更多更好的文章來。

（作者為廈門大學中文系教授）

2010年7月5日於廈門

目錄

第二輯　書林折枝

第三輯　雜花生樹

第一輯

讀人筆記

劫後傳薪火

　　查建英的《八十年代訪談錄》出版並熱銷的時候，我曾在一篇文章中論及此書中關於八十年代文化風景的一種因緣：「在這個時代裏，一邊是成長於文革年代之中青年弄潮兒，他們激情洋溢以英銳豪邁的姿態走在時代的前端；而另一邊則是曾經在五四文化浸染中的文化老人，他們成為這個時代掌舵人，以其厚博資深的文化威望為這個時代的走向把握住了歷史的文化命脈。」（〈重返八十年代：懷念或者反思〉，《中華讀書報》二〇〇六年五月三十日）而此論斷也恰恰是因為讀了查女士對於北京大學教授陳平原先生的訪談，其中提到了他們這些文化劫難中成長起來的一代人，之所以能夠走上學術的道路，正是因為曾受到過五四精神浸染的文化老人們的「隔代遺傳」。無獨有偶，近日偶讀一冊由北京大學出版社出版的《傳燈——當代學術師承錄》，便在所收的學人許紀霖先生的文章〈我的三位老師〉中，也就有這樣相似的論述：「但非常奇怪的是，我們對那些更上一代的老先生們卻非

3

常尊敬。我將它稱之隔代遺傳現象。這些老先生，他們大多都是在一九四九年之前受的教育，有的是留學歸來，有的師承『五四』一代大師，大都中西學皆能融會貫通。在我自己的知識份子研究中，我將他稱為後五四一代的知識份子。我們對這些老先生反而有一種親近感。」

也正如許紀霖先生所論述的這種現象，在上個世紀的八十年代初期，這些為在文化革命年代荒蕪了精神世界的年輕人們傳道的老輩知識份子們，身上果然流淌著五四一代知識份子的精神血脈，我讀這冊關於當代學術師承的文集《傳燈》，便不難發現在這其中隱隱地流淌著一個無法割斷的學術脈絡，諸如陳平原先生所師承的王瑤先生，其師承的則又是五四時期的著名文學家朱自清先生；而夏曉虹女士所師承的季鎮淮先生，則又受教於五四時期的著名文學家和革命家聞一多先生；海外的學人林毓生受教於著名的哲學家和政論家殷海光先生，而殷海光則又從著名的邏輯學大家金岳霖先生那裏獲得真傳。也難怪，此書中的所收錄劉浦江的文章，在紀念其恩師著名史學家鄧廣銘先生時，便也有這樣既驕傲又懇切的論述：「不管是胡適還是傅斯年，對宋史都談不上什麼研究，然而鄧先生就是在他們的影響之下走上了宋史研究的道路，並且成為本世紀宋史學界的學術泰斗。不好理解麼？學術重師承，但師承關係有兩種。一種是我們慣常所見的，即師傅帶徒弟式的，師傅手把手地教，徒弟一招一式地學。另一種是心領神會式的，重在參禪悟道。專業導師可以授業，但只有大師才能傳道。鄧先生與胡適、傅斯年之間的師承關係，就是這後一種。」

　　也恰恰是這種學術傳承的聯繫，讓這些受到五四一代薰染的老知識份子們，他們在八十年代的獨特時代之中，既傳遞了文化災難之後學術薪火相傳的精神使命，同時更重要的是他們將五四那一代知識份子身上所秉有的精神信念保留了下來，在價值一度混亂，精神世界蕪雜的學術研究領域中，能夠繼續保持著中國知識份子的本色與道義，創造出一個個撒落在神州大地上的文化綠洲。因此，我讀這冊《傳燈》，一方面感慨那些老知識份子們在獨特的歷史時期之中所承擔起的這種薪火相傳的緊迫感與使命感，其次則是他們精心營造，在學術相傳之餘，所滋養於下一代學術青年的學術品質與操行，這些都是值得今日我們時刻彰顯的。正因為有著這樣的薪火傳承，幾年前，我讀一冊文集《北大往事》，便感慨於這種文化品行的延續，「這種對於先生之風的代代敘述，讓我想起幾年前求學京城時，常常混跡於北大課堂，印象很深刻的是聆聽陳平原先生給研究生所開設的課程《中國百年學術史專題》，陳先生的課堂，氣氛溫暖，我常被他在講課時對台下學生們所稱呼的「諸位」二字所打動，彷彿瞬間回到了一個遙遠的時代裏，而陳先生課後與自己的弟子們相約聚餐，則讓我這個非北大學子實在豔羨。風氣遺存，讓人感懷。」（〈1980年代的北大記憶〉，《中國圖書商報》二〇〇八年七月十五日）

　　學術乃天下之公器，但十年文化的荼毒，神州學術幾乎遭遇毀滅性的打擊，幸虧有這樣一批學術大師還趕在了最後時刻，將自己吸納的學術能量傳遞和餵養給年輕的一代代學術青年，諸如上海的王元化先生，晚年在擔任華東師範大學博士生導師之餘，十分關心

那些追求真知的年輕人，我曾讀過關於王先生的紀念文集《一切誠念終將相遇》，受他恩澤的學者就有許紀霖、吳洪森、朱學勤、胡曉明、錢鋼等多位當代學人，其中不少都是先生在其人生遭遇困境的時刻給予重要幫助的，促使其最終成長為參天樹木；再如陳平原先生所受教的王瑤先生，在文化劫難之後，擔任北京大學文學系現代文學專業的教授，並招收新時期中國第一批文學研究生，其弟子便有如今赫赫有名的黃子平、趙園、錢理群等數位，而陳平原的拜師堪稱奇跡，因為陳平原從中山大學畢業北上尋找工作，結果不利，後經錢理群推薦於王瑤先生，終先成為其門下弟子；而作為復旦大學中文系教授的賈植芳先生在早春的歲月裏，並沒有立刻執掌教職，而是擔任復旦大學中文系圖書資料室的一名管理員，但正是在這裏，他熱切地為前來借書的學子們推薦、遴選和答疑，並發現和培養了陳思和、李輝這樣當年文史學界的名流。陳嘉映在紀念其導師熊偉的文章附記中，就有這樣的一段奇聞，陳先生報考研究生，本來是選擇以主持蘇聯哲學為中心的當代馬克思主義方向的王永江先生，但入學未久，王先生就找陳嘉映談話，言及外國哲學研究所有幾位老先生均是各自領域的專家，現已垂垂老矣，學問即將失傳，很可惜，希望他能夠轉到學者熊偉的名下。許多年後，陳嘉映回憶起這一幕，懊悔自己年輕，不懂得這其間的良苦用心，「不知道同情地瞭解這一輩學人在這一運動中的複雜心路，不知道尊重他們在壓迫與困惑中承傳學術的努力。」

在這冊《燈傳》之中，我常常為這種以傳承學術為使命的情懷所打動。而這又不僅僅是學術上的努力，更是人格境界上的薰染，

正如陳平原先生念及恩師王瑤先生一樣，「聽先生聊天無所謂學問
非學問的區別，有心人隨時隨地皆是學問，又何必板起臉孔正襟危
坐？暮色蒼茫中，庭院裏靜悄悄的，先生講講停停，煙斗上的紅光
一閃一閃，升騰的煙霧越來越濃──幾年過去了。我也就算被『薰
陶』出來了。」那一代的知識份子，人生經歷太過坎坷，但學術的
精神不息，人格的境界也總算未曾遭受太大的玷污，他們留給弟子
們的使命便是如何成為中國未來的學術希望。因此，在王瑤先生的
晚年，便是念念不忘地教導弟子們如何成為「大學者」，記得我曾
讀過錢理群先生的一篇紀念文章〈王瑤怎麼教弟子〉（《大學人
文》（第五輯），廣西師範大學二〇〇六年五月一版），便可以深
刻感受到這位性情耿介的學術大師在他的人生晚境中於傳道之業的
雄心，他對於這個來自貴州地區且已幾近中年的老研究生的要求苛
刻，在讀書寫作和研究上均有十分嚴屬的要求，許多年後，已經成
就自己學術地位的錢理群在回憶起恩師的教誨的時候，字字沾情，
令人看後唏噓感慨。可惜的是，這冊《傳燈》未曾收錄這篇文章，
而就我所讀到的，還有許許多多這樣令人難以釋懷的往事曾存在於
這個世界，而在那個文化復蘇、乍暖還寒的時代裏，其意義則更是
非同小可。因此，這冊《傳燈》或許只是為我們提供了一扇開啟中
國當代學術史的縫隙，讓我們從中窺探出其中的絲許奧妙與光亮
來，而聽說另一位曾受教於陳平原先生的弟子謝志浩正在潛心於
「當代中國學術地圖」的寫作與研究，我曾偶讀片段，記得談及如
今清華大學歷史系教授的秦暉先生，曾受教於蘭州大學歷史系的老
教授趙儷生先生；趙先生在學術中心之外潛心授徒，但時時卻與那

7

些京城名家的弟子們一比高低，而多年後，這些均有成就的弟子也紛紛證明了老先生當時的情懷與心境。我讀後竟是大慨，但遺憾的是這冊《傳燈》收錄的文章多關乎京滬大學與研究機構的學術名流，那些偏居一隅的薪火傳承卻太少選錄。因此，我很期待那冊完整成熟的「當代中國學術地圖」的早日問世。

（原載《南方都市報》2010年3月28日）

惟有知音者傾聽

　　聶紺弩先生晚年好作舊體詩詞，據說寫下的大約有三百多首，而我近來集中讀他的這些詩詞，卻發現其中有將近三分之二的詩歌是他贈予友人的。按道理說，這些詩歌應該都是文人間的酬唱之作，但我讀來卻是分外的驚動，那幾乎是他晚年生命的寫照，也是他半生坎坷命運的藝術體現，更是以詩為證的半個世紀中國人心靈史。由於這些詩歌都是他贈送給友人的，據說不少後來都是有心人從朋友那裏收集而來的，甚至不少還是從他的檔案中的罪證裏搜檢出來的，想當初，聶紺弩寫這些詩詞，是絕對沒有想到要傳之於後的，他甚至說自己根本就不懂得如何做舊體詩歌，而是當年偉大領袖號召人人都要作詩，但沒想到，身在北大荒勞改農場的聶紺弩卻從此一發而不可收拾，他開始以自己獨特的風格來寫作詩歌。有人說他是以雜文的筆法入詩，風格別開一局，也有人乾脆說他的詩歌就只是打油詩而已；但聶紺弩先生完全不顧，他只是一心一意地寫詩，抒發自己內心的喜怒哀樂，他贈予自己的

同事、文友和親人，送給一起在北大荒下放勞動的右派工友，也獻給與他一起在牢房中囹圄度日的難友，甚至還寫給許許多多自己並非熟悉的朋友，寫他們的生活，寫他們的命運，從飲酒、憶舊、讀書、題贈、寄懷、悼亡、酬唱，到鋤草、劈柴、挖溝、壘冰、伐樹、推水、清廁、拾穗，等等，無一不是入木三分、維妙維肖、酣暢淋漓。

聶紺弩先生早年畢業於廣東黃埔軍校，後又留學莫斯科中山大學，回國後，積極參加抗日運動，曾在上海加入左翼作家聯盟，並於一九三四年加入中國共產黨。後因編輯刊物，結識魯迅、茅盾等文化領袖，而他的雜文作品也因造詣極高而享譽文壇。一九四九年之後，聶紺弩擔任人民文學出版社副總編輯兼任古典文學部主任，但在一九五八年卻因被錯劃為右派而送往北大荒勞改，一九六〇年回到北京，但在一九六七年又被以「現行反革命罪」逮捕，直到一九七六年才從山西被釋放，一九七九年終於得以恢復名譽。以聶紺弩這樣的資歷，本應該很自然地享受革命勝利的果實的，但實際上，他從一九五八年打成右派開始，命運就發生了翻天覆地的改變，一下子淪落成為所謂的罪人，甚至是階下囚。這在普通人來說，幾乎是無法想像的，但對於聶紺弩來說，他完全沒有被打垮，沒有被歷史的罪孽所嚇倒。我讀他在這個時期開始寫作的詩詞，發現他對於生命依然是那麼樂觀，他自稱是魯迅的阿Q精神，而對於時局與現狀卻也是清醒與銳利的，這一點也不像很多右派或者被錯化成歷史罪人的知識份子們，一朝解脫，或感恩戴德，或怨恨難除，但在聶紺弩來說，卻是完全的不同。章詒和在〈斯人寂寞〉中

寫到聶紺弩先生的晚年，其中寫到他的妻子看到報紙上要改正右派並落實政策的文件，歡天喜地，但臥塌病床的聶紺弩先生聽了後，卻冷笑地譏諷道，看到報紙上的幾句話就欣喜若狂，要是等到平反時，還不得感激涕零了。

不合適宜。格格不入。這或者才是真正的聶紺弩先生。但其實更是他置個人榮辱於身外罷了。我喜歡讀他的這些舊體的打油詩歌，就是因為這種不媚權貴不媚世俗不小肚雞腸更不合流同污也不扭曲絕望的真精神。他在北大荒勞動時，因為編輯《北大荒文藝》，而結識了當時同在北大荒的業餘作家張惟，並寫出了態度鮮明的詩歌〈懷張惟〉：「《第一書記上馬記》，絕世文章惹大波。開會百回批掉了，發言一句可聽麼？英雄巨像千尊少，皇帝新衣半件多。北大荒人誰最健？張惟豪氣壯山河。」據張惟後來回憶，聶紺弩先生寫作此詩的時候，是因為他所寫的反對「浮誇風」和「放衛星」的大躍進的小說經聶紺弩在《北大荒文藝》發表，反響十分強烈，但隨後不久，上級政策發生變化，這小說的作者就變成「右傾機會主義大毒草」，聶紺弩先生正是因為看不慣眾生迅疾變化的醜陋嘴臉，憤而寫出這首詩歌獻給張惟，而在當時的局勢與處境下，聶紺弩的這一舉動無疑是玩火自焚。也難怪，一九六七年他又被以「現行反革命」的罪行關入大牢，一九七四年被判為無期徒刑，但在牢獄之中，他依然沒有放棄自己寫作詩歌的行為，即使很多詩歌被當作罪證放入自己的檔案，他也沒有放棄自己的這一表達權力，他甚至是以各種方式進行隱秘寫作和保存。記憶與較量成為他保留詩歌的最終方式，從而才有我們今天所讀到這部分的詩稿，

我印象最為深刻的是他寫給同在牢獄的難友的〈沁園春　贈木工李四〉：「馬恩列斯，毛主席書，左擁右攤。覺唯心主義，抱頭鼠竄；形而上學，啞口無言。滴水成冰，紙窗如鐵，風雪迎春入沁園。披吾背，背《加皮塔爾》，魚躍於淵。坐穿幾個蒲團，遇人物風流李四官。藐雞鳴狗盜，孟嘗賓客；蛇神牛鬼，小賀篇章。久想攜書，尋師海角，借證平生世界觀。今老矣，卻窮途罪室，邂逅君焉。」在聶紺弩的這首詩詞中，木工李四就是李世強。之所以如此稱呼，是他擔心因為自己的詩稿而累及朋友，便以別號代替，這在他的詩歌中十分常見的。而這首詩歌也最見聶紺弩在人生困境中的精神狀態，其中「披吾背，背《加皮塔爾》，魚躍於淵。坐穿幾個蒲團，遇人物風流李四官。」——真可謂寫盡他身上玩世不恭、瀟灑不羈和剛阿不屈的精神因數。在章詒和的〈斯人寂寞〉中，聶紺弩與同有牢獄經歷的章詒和談及自己在牢獄中讀書，便是一遍一遍地讀《資本論》，因為就是想通過讀此書而徹底弄清楚究竟社會問題出現在什麼地方，據說他在獄中一共將資本論讀了十四遍，而與他同在牢房的木工李四，也因為聶紺弩的感召，開始在牢獄中閱讀《資本論》，這首詩歌就是記錄他們在獄中讀書切磋的場景。

　　劉再復先生有一篇文章〈背著曹雪芹和聶紺弩浪跡天涯〉，寫的就是他浪跡海外，隨身一直帶的就是曹雪芹的小說《紅樓夢》和聶紺弩的《散宜生詩選》。《紅樓夢》乃常見之物，而《散宜生詩選》便實在是當下少見的書籍。此書一九八二年曾在人民文學出版社出版，立即名動天下，一時洛陽紙貴，隨後便又接連出版了由朱正先生進行注釋的新版本。而在這冊《散宜生詩選》出版之前，香

港的羅孚先生曾經編選過一套《三草》，分別為《北荒草》、《南山草》和《贈答草》，一九九二年羅孚先生又在這兩冊書稿基礎上編選出版了《聶紺弩舊體詩全編》，全書共收集詩歌三百多首。讓人稱奇的是，在香港的羅孚先生出版這冊全編之前，山東濟南的一個退休知識份子侯井天也剛剛自費編選了聶紺弩的詩歌全集，並由他一個人進行收集、校對、注解和評論，而我現在所讀到的這冊《聶紺弩舊體詩全編》便是由侯井天先生集數十年精力所完成的，全書共收錄聶紺弩舊體詩詞三百七十八首，且這個版本已經是第七個版本了，前面六個版本的《全編》都是他自費印刷並只能在小範圍內傳播的。因此可見，聶紺弩先生的詩歌是他寫給自己的知音的心聲，而他的詩歌流傳史，卻也是如此眾多的詩歌知音的薪火努力。諸如這個集數十年精力，窮盡史料來進行收集、整理和注解的八旬老人侯井天先生，其實並非一個專弄文藝的知識份子，他早先是部隊政治部的一名幹事，因為思想右傾而被流放到北大荒，平反後曾在濟南的史料辦公室工作，直到退休。這樣的人生本就坎坷，但當他偶然讀到聶紺弩的舊體詩歌後，如遭電擊，精神世界受到了強烈的衝擊，這個曾同在北大荒的老人於是將自己的晚年全部奉獻給了這樣一件意義特殊的工作，真所謂上窮碧落下黃泉，動手動腳找材料。我如今讀到的這冊《聶紺弩舊體詩全編》不僅是當下搜尋詩歌最為全整的一冊，而且注解資料也是最為詳細和完備的，其每一條注釋都經過著名古典文學家舒蕪先生的審訂，並對每一個涉及的人名和背景資料都極力探尋，連一個小小的注解也都是盡可能的精益求精，真乃文化偉業哉。漏夜披覽，讀罷全書，倒是想起聶紺

弩先生的一首詩：「月落烏啼霜滿天，一詩張繼已千年。彩雲易散琉璃脆，只有文章最久堅。」這首送給時任中國社會科學院文學研究所所長的劉再復的詩歌，似乎也是先生寫給自己的，因為那些真正的好文字，無論它們遭遇怎樣的命運，但最終都會從散落在世界的各個角落裏彙集起來的，因為它們的生命力也是最強大和最充沛的。

二〇〇九年十二月二十四日夜，與半夏兄
飲酒歸來作（原載《書人》2010年1期）

喧囂中的沉默

　　一九五九年，已入獄四年多的詩人綠原悄悄寫出了一首長詩〈又一名哥倫布〉。在詩中，這位身陷囹圄中的詩人幻想自己在無限的空間中自由翱翔，將牢獄當成哥倫布開始起航的船隻，這浪漫的抗爭意識真讓人想起莎士比亞在戲劇《哈姆雷特》中的那句臺詞：「即使把我關在果殼之中，仍然自以無限空間之王。」也就是這一首詩歌，足以讓詩人綠原被驕傲地寫入當代文學史中，成為那個獨特年代中屈指可數的「潛在寫作」代表人物。要知道，在北京秦城監獄外，時代的巨大喧囂正籠罩著天空，但詩人以他衝破絕望和孤獨的筆觸描述了自己在沈默中的清醒。整整半個世紀後，在一個盛大紀念日開始的前夕，綠原安靜地離開了這個帶給他夢想與苦難的世界。當幾乎所有的人都沉浸在這同樣喧囂的時代狂歡之中時，沒有太多人會關注一個人的黯然離去。我在網上讀到因為適值舉國同慶，詩人的後事將一切從簡，連告別儀式也被取消了。似乎在此時的離去，竟也真有些不合適宜。

　　而正因此，我想借此為綠原先生送行。綠原，原名劉仁甫，一九二二年十一月出生，湖北人，二十世紀四十年代在復旦大學外文系學習英文和法文，其時以純真清新的詩風出現於詩壇，隨後他的政治抒情詩在國統區愛國學生中引起強烈反響。早在一九四一年，綠原就在重慶的《新華日報》發表處女詩作〈送報者〉。一九四二年出版了第一本詩集《童話》。同年與鄒荻帆、姚奔等人合編詩刊《詩墾地》。一九四四年為避國民黨追捕，他逃離重慶，先後在四川、武漢等地任英語教員。一九四九年加入中國共產黨。建國後，綠原先後從事報刊編輯、國際宣傳、外國文學出版編輯和翻譯等工作。曾任職《長江日報》社、中共中央宣傳部等。一九五五年受「胡風事件」牽連，遭受隔查。從這簡單的半生履歷介紹中可以看出，早年的綠原是一個嚮往自由與光明的左翼青年。但毫無疑問的是，綠原首先是一名詩人。他的詩歌集《童話》因曾被收入到胡風主編的「七月文叢」，後來與艾青、胡風、曾卓、鄒荻帆、阿壟、牛漢、彭燕郊等一起被稱為文學史上的「七月詩派」，這也使他後來成為「胡風反革命集團」冤案被牽連的最早導火線。

　　現在看來，無論是「胡風集團」的知識份子，還是「七月詩派」的詩人們，或者是後來被稱為「潛在寫作」的文人作家，他們的內心世界之中都有著堅定的信仰和精神支柱，始終堅信美好一定會戰勝醜惡，世界終歸會回歸平靜。絕不隨波逐流，而又能超越時代的喧囂，這是他們在特殊歷史上的珍貴價值。在創作了唯一的詩歌〈又一名哥倫布〉之後，遭遇封筆將近二十五年的綠原，在新時期以後又作為重

新「歸來」的詩人走上文壇。我斷續讀過他的不少的詩作，諸如〈小時候〉、〈重讀《聖經》——牛棚詩抄第N篇〉、〈母親為兒子請罪〉、〈憎恨〉、〈人淡如菊〉等詩作，都受到了極大的震動，特別是他所創作的這首〈重讀《聖經》〉，那其中冷靜的思考，包含著一個苦難者對於人的存在的渴望與追求，其強烈的詩歌韻味和意像讓人難忘。但奇怪的是，這些詩歌並沒有我想像中的流行，儘管詩人在晚年也曾獲得諸多詩歌榮譽，但我們時代的喧囂卻並沒有太多去體味一位苦難的詩人磨礪出來的詩篇。世道如此，但我知道他的內心世界始終是清醒的。

也是在秦城監獄之中，面壁七載的綠原閱讀了大量的馬克思和恩格斯的經典著作，並依靠頑強的毅力自修了德語，他在狹小的世界裏把自己無限的擴大，或許他以為德語將是他認識這個世界的一個通道，但卻沒想到，恰恰這一點讓他成為我們時代的「盜火者」。我常常想起這一幕，彷彿他如達摩面壁一般，而綠原也因此為中國當代的文學翻譯貢獻了自己獨一無二的經典作品，由他翻譯的歌德小說《浮士德》、《叔本華散文》以及《里爾克詩選》等享譽譯壇，其中譯作《浮士德》獲得了首屆魯迅文學獎優秀外國文學彩虹翻譯獎。儘管我對德語一竅不通，幾乎無法橫議先生的翻譯作品，但我對先生這種堅執的人生毅力而感到一種由衷的敬意，那是一種在黑暗中不斷搜尋光亮的孤獨勞作。他的內心世界是強大的。也因為精通德語，讓綠原在德國文學史和詩歌評論上又有了獨到的見解和視野，他對於西方現代詩歌流派的研究以及古典文化知識的豐蘊，讓他學術見解顯得更加開闊與厚實，他後來所寫得那些評論

文章和散文隨筆，諸如《尋芳草集》、《半九別集》、《綠原說詩》等文集，都給人留下了難忘的印象。

文革結束後，恢復自由的綠原，才重新成為一個真正的人。他在詩歌中這樣寫到：「不再是你的玩具／詩將隨你一同老去／你和它攜手同行／去尋找共棲的歸宿。」也是因為他的德語才能和詩歌造詣，綠原重新成為人民文學出版社的一名編輯，直至後來升任到出版社的副總編輯。直到寫作這篇文章之前，我才知道丹麥學者勃蘭兌斯的那套六卷本的名著《十九世紀文學主流》竟然是在他的組織和推動下完成的，其中第一卷《德國的浪漫派》便由他親自操刀完成翻譯。顯然，他對德國文學情有獨衷。我在一位作家的文章中得知，翻譯家楊武能翻譯了歌德的小說《少年維特的煩惱》，卻屢遭退稿，其原因就是有郭沫若的翻譯作品在先，但幸運的是他遇到了綠原，使得這部新譯出版，而實踐證明這是一部經得住考驗的優秀譯作。還有時為北大學生的張玉書獨立翻譯了海涅的論文集《論浪漫派》，但被出版社認為翻譯得既不像散文也不像評論，因而拒絕出版，最終也是得到了作為副總編輯的綠原的青睞，使其成為德國文學翻譯作品中的一部精品，由此也成為一個成功翻譯家邁出的第一步。後來，人文社主持《海涅文集》的編選，綠原大膽委任張玉書擔任主編，這些都體現出一位前輩的胸懷。他的內心世界是寬闊的。

經歷了一生苦難的綠原，在他離去之後，我想一定還會有人繼續讀他的詩歌，還會有人喜歡他的翻譯文字，還會有人認真研究他的評論文章，還會有更多的人受惠於他編輯的文學作品，也還會

有人記得他那些令人難忘的往事，這些東西一個一個地加起來，它
們所凝聚成的力量在我們這個時代就顯得如此厚重，而絕不像某些
名流在隆重的告別之後，所留下的僅僅是一堆蒼白的符號。這種樸
素與沈默的精神力量讓我感動。由此，我想到曾讀過《光明日報》
記者傅小悅的一篇採訪手記，那篇文章記下了一位淡然、熱情和樸
素的文化老人，安靜地居住在北京四環以外城鄉結合部的一個普通
宿舍樓中。先生去世後，這位記者在自己博客的悼念文章中有這樣
一段話，我印象十分深刻，覺得很能代表我此刻的心情：「默坐許
久。剛忙完國慶報導，通宵熬夜，腦子和語言似乎都還在停滯。只
能想，在這樣的時刻裏，先生悄然而去，無關這一切狂歡，這像先
生的一生。縱六十多年前已名動天下，也依然悄然地在角落裏，簡
陋，寒酸的平民房裏，安靜地寫詩。在現在這樣不能不說有些勢利
的時代裏，漸漸被淡忘。『真正的大是看不見的，因為它太大。』
想起這句話。如說先生。」

（原載《上海雜誌》2009年10月17日）

秋水堂散墨

　　《上海書評》每期公佈一道讀書偵破題目,以供愛書人遊戲,往往是概括此書的主要內容,然後附加作者的一些簡要情況。我偶讀四月初的一期報紙,發現以一冊關於研究陶淵明手抄本流變的學術著作所擬訂的問題,同時還給出這樣的介紹:「本書作者是出名的才女,如今埋首學問且蔚然可觀,才女的丈夫更是西方漢學界數一數二的大家。」其實,這類與書有關的謎語比起傳統的猜謎遊戲來說,大大缺乏了智慧的思維,只需要見多識廣便可以立即識破,而不如傳統謎語的費勁思量的求破有趣,諸如這道讀書偵破題目,我一讀便知道是哈佛年輕女教授田曉菲的學術著作《塵几錄》(中華書局,二〇〇七年八月一版)。此書不但曾購來讀過,而且對於田曉菲這樣的才女十分熟悉:十七歲從北京大學英語系本科畢業,二十歲獲得美國林肯大學的英國文學碩士學位,二十七歲摘得哈佛大學比較文學的博士桂冠,現為哈佛大學東亞系教授,其夫君則是鼎鼎大名的漢學家宇文所安。而我對於田曉菲的熟知,還與自己讀書時曾在語文課本上朗誦過她的詩歌有關。

　　《塵几錄》為田曉菲從大量的歷史資料中拂去塵埃，對中國古代手抄本的版本流變來體察學術奧妙，讀來如行山隱道上，曲徑通幽，風景絕佳。去歲酷暑，我蟄居家中讀田曉菲的著作《秋水堂論金瓶梅》（天津人民出版社，二〇〇五年一月二版），也是極為過癮，此書由她對《金瓶梅》的繡像本和詞話本進行版本比較入手，以傳統詩話的形式來表達自己獨特的文學體悟，可謂是雲霞滿紙，精神透亮，引我也買來兩冊不同版本的小說對照來讀，終將那窗外的暑熱拋灑到一邊。田曉菲說她少年起就反覆讀《紅樓夢》，對於《金瓶梅》卻無好感。到了而立之年，偶然讀後者，卻是不忍釋手，由此愛上這書，並以為後者竟優於前者，從而寫成這冊《秋水堂論金瓶梅》。秋水是她的筆名，秋水堂應該是她的書房名了，如此鄭重也可見此著作對於她的重要。她雖是從版本入手，認為繡像本優於詞話本，因為前者更為含蓄典雅，富有文學性的高貴氣質，這番比較對讀很能顯示出她做學術研究的敏銳與情趣。而她坦言自己研究《金瓶梅》更重要的是因為喜愛，從這書中可以讀出一種屬於宗教感的慈悲，這是她在自己而立之年所讀到的一種屬於成年人才有的精神洗禮。

　　田曉菲的學術研究帶有一種不染塵埃的清秀氣質，但卻不失學術情趣，甚至讀來有一種特殊的人間情懷彌漫在其間。剛剛讀過她的論文集《留白》就有一種明顯的感受，此書的副題為「寫在《秋水堂論金瓶梅》之後」，其中所收錄的一篇論文〈留白〉就讀來很見其性情，可以算做她對於自己的研究論著的補充。我讀她對學術研究的一番心得體悟，就覺得簡直是充滿了一種讓人感動的性情，

抄錄這樣一段不妨共賞之：「我常想要把《金瓶梅》寫成一個劇本。電影前半是彩色，自從西門慶死後，便是黑白。雖然黑白的部分也常常插入濃麗的倒敘：沉香色滿地金的狀花補子襖，大紅四季花緞子白綾平地繡花鞋；彩色的部分也有黑白，比如武松的面目，就總是黑白分明的。當他首次出場的時候，整個街景應該是一種暗淡的昏黃色，人群攢動，挨擠不開。忽然鑼鼓鳴響，次第走過一對對舉著櫻槍的獵戶；落後是一隻錦布袋般的老虎，四個漢子還抬它不動。最後出現的，是一匹大白馬，上面坐著武松：『身穿一領血腥衲襖，披著一方紅錦。』這衣服的猩紅色，簡單、原始，從黃昏中浮凸出來，如同茫茫苦海上開了一朵悲哀的花，就此啟動了這部書中的種種悲歡離合。潘金蓮，西門慶，都給這猩紅籠罩住了。」

之所以如此耐煩地抄錄這一大段文字，正是因為我極喜愛她如此妙趣橫生的來談自己對於一部著作的認識，這樣的論述在我看來更容易讓讀者直接體味到其中的奧妙。這種學術情趣在她的學術論著中時常出現，這冊《留白》中，她談論郁達夫，討論金庸，分析楊絳，解讀《牡丹亭》，反思現代詩歌，都是充滿情趣又別出心裁地寫出她的見解。以我看來，這樣的學術研究，分明是以她厚實的學術功底作為基礎，然後則是從自己真性情的生命體悟來出發，用一個別樣的角度來感懷學術，從而寫出既深邃又讓人讀來分外溫暖的研究文字，諸如她的那篇關於楊絳的論文〈隱身衣和皇帝的新裝〉。此文從楊絳關於文革的回憶錄《丙午丁未年紀事：烏雲與金邊》談起，她認為「文革」就是一場追求透明度的運動，而楊絳的關懷則是一種「隱」。在此文中，田曉菲特意關注到這樣一個細

節：一九六六年秋天，楊絳被安頓在單位樓上東側的一間大屋裏，屋子有兩扇朝西的大窗，窗上掛著破蘆葦簾子。楊絳建議別撤簾子，因為「革命群眾進我們屋來，得經過那兩個朝西的大窗。隔著簾子，外面看不見裏面，裏面卻看得見外面。」這樣，革命群眾進得屋子，只是一屋子人老實安靜地學習馬列經典，而楊絳在抽屜裏「藏著自己愛讀的書」。為此，田曉菲稱讚寫作這冊回憶錄的楊絳為「隱蔽大師」。無獨有偶，我讀胡河清的〈楊絳論〉，發現這位我同樣很喜愛的文學評論家，也特意寫到這樣一個有趣的細節，且有這樣類似的妙論：「他們好像金庸小說裏的武學大宗師，常年在高山絕頂的秘室中閉關潛修，芸芸眾生對他們的道行莫測深淺。而他們卻能透過窗際的垂簾，悠閒自在地俯瞰人間龍爭虎鬥、刀光劍影的熱鬧光景。」（《靈地的緬想》，上海三聯書店，一九九四年十二月一版）

在《秋水堂論金瓶梅》的後記中，田曉菲特意寫到了故鄉，充滿赤子情懷：「愛屋及烏，把追慕故鄉的心意，曲曲折折地表達在對這部以山東清河與臨清為背景的明代巨著的論說裏，這是我想告訴本書讀者的，區區的一點私心。」這段話之所以引起我的特別注目，是因為在這冊論文集《留白》中，無意中發現了田曉菲在文章中不約而同地探討著一個有關身份的問題，我印象極深刻地是她在〈俠女〉中探究唐代俠女與清代神女的異同。晚唐中的俠女是一個美麗的女子，嫁給一個男子，平日勤勞賢慧，且生有一子；一天晚上，她突然半夜消失，回來時自天而降，白練纏身，一手持匕，一手攜人頭。言其父仇已報，從此當長決；臨去，回室內餵乳嬰兒，

其實借機殺死孩子，以斷思念。而到了清代，則把身體當作報恩的工具，生子之後飄然而去。在田曉菲眼中，後者看似合理，其實缺乏人情，「造作小氣」，而前者則是大氣磅礴，其實更符合人情。由此引申到中國古代小說，其中多有男子由美麗能幹的女子出現且來保護，究其原因則是這些小說大多是男性書生寫成的。初讀這樣的分析，覺得大約是其女性視角的敏感，造成了這樣銳利的分析，但讀此書中其他諸多篇目，不難發現均有對於身份問題糾纏的探討，諸如對於郁達夫筆下人物在性別情趣上的錯位，金庸筆下的韋小寶對於游離於皇室與民間秘密團體之間的身份交集，周星馳在電影《大話西遊》中扮演的「齊天大聖」對於自己「身份」的掙扎，楊絳對於自己在「文革」中身份的辨別與認同，如此等等，都是十分精到的分析和判斷。但在這樣文字後面，似乎可以與她在《秋水堂論金瓶梅》的後記中所流露出的那曲曲折折的關於「追慕故鄉的心意」相一致。由此想到，少年去國，忽忽數十載，在異國他鄉研究故國風物，那筆下的情懷難免是越來越濃烈的。學術著作寫出的鄉愁自然難免曲折，但在這樣充滿情趣的散墨文字中，儘管寫來也儘量保持溫婉含蓄，但那股鄉愁還是讀來撲面的。

（原載《中國社會科學院報》2009年6月22日）

墨蹟中的舊時文人

坊間曾有上海收藏家潘亦孚先生編選的《百年文人墨蹟》，據說賞心悅目，蔚為大觀，可惜我不曾寓目。後來讀香港董橋的散文集，得知他曾從潘處購得張充和的一副小楷墨蹟，此副書作原係張先生為上海的黃裳所作，因此董橋又將此作完璧歸趙，送還給了黃先生；董橋是香港著名的文章家，雅好收藏，曾將自己收藏的字畫文玩寫成文字並輯錄成一冊文集名為《故事》，甚是風雅；後來又偶然讀北京的收藏家方繼孝先生的《舊墨記》，副題為「世紀學人的墨蹟與往事」，此書分三冊，讀來也是十分壯觀，其中提到自己的一副馮友蘭先生的墨蹟，也是從上海的潘先生處購得的。真所謂書緣與人緣，幸好這些藏品都還在幾位素心人中流傳。方先生是京城的收藏家，多年來致力於文人手跡的收藏，對於近現代的名人信札多有研究，他所著的三冊《舊墨記》集中展示了自己多年來收藏的文人筆墨，並配有專文予以介紹，我讀他的這些著作，稍有些遺憾的是文章中規中矩，與這些漂亮的墨蹟搭配，總感覺有些不解風情。

由此看來，民間對於文人筆墨的收藏也是大有風起雲湧之勢，且均有所成就。近來購得許宏泉先生所著的兩冊《管領風騷三百年》，副題為「近三百年學人翰墨」，其中紹介三百年來中國文人的筆墨書翰，也均係許先生自己的個人藏品。據說，這套《管領風騷三百年》總計八冊，我所購買的這兩冊為先期出版，隨後將陸續面世，其中許先生在每冊的著作序言中均預告下一冊的人物名單，引得我暗自翹首期待。也僅這兩冊，便讓我窺見這斑斕多姿世界的景觀，而與董橋和方孝繼所不同的是，我讀這兩冊著作，發現許宏泉不但是文章的高手，同時也是熱衷於收藏的行家，更重要的是，他本身就是一位書畫家。因此，這兩冊《管領風騷三百年》就顯得格外的珍貴，它不但是一位文章高手潛心筆墨的文字集結，也是對三百年文人墨蹟收藏的集中展示，同時還是對前輩學人墨蹟的賞析把玩。因此，這多重的身份，讓這冊著作更增添了幾許的光彩和魅力。

　　我之所以如此歎息許宏泉的這種功績，正因為他的這種行為恰恰延續了中國傳統文人的精神命脈，書法、繪畫、文章、編書、收藏，幾乎樣樣精通，而到如今，專業的分工和文化的割裂，導致了各類專家的出現，但稍微跨出自己的領域，便是滿口的胡言亂語。因此，我讀許宏泉的這兩冊《管領風騷三百年》，就十分感慨，那些故去的歷史人物，他們在報效國家，盡忠人事的同時，在自己的小世界中同樣是妙趣生輝，而我更為佩服的是許多歷史人物，諸如錢牧齋、吳梅村、王漁洋、章學誠、沈曾植、康有為、梁啟超、胡適等等，他們都曾是一邊為官或為學，另一邊則是編書、作文、學書、藏古，並且兩者互不干擾，各成氣勢，這在今日幾乎是不敢苟

求的事情。許宏泉所著的這兩冊文集，正是讓我再次領略了中國傳統文人安身立命的精神世界，同時也讓我感到一種深深地驚歎，我們今日所喪失的文化的命脈就是這樣一點一滴地徹底丟失掉的。章詒和先生評價許宏泉，我以為正是從這樣一個角度出發的：「世事觀察越細，人性體驗越深，許宏泉也不例外。遍覽溪水旁這棵樹的枝枝葉葉，我發現裏面藏著兩個身影。一個是知識份子：畫國畫，編刊物，做文章。而筆墨之間透露出的，則是作者的豐富暢溢、敏感犀利與不偽情的人格。」

　　未讀這兩冊《管領風騷三百年》，我已經偶然在報刊上讀到許宏泉關於三百年以來文人解讀的部分文字，起先驚歎於他的文筆之秀雅乾淨，又驚歎他對於那些文人均有自己獨特的見解，決不屈從於時下的一些庸論，因此印象十分深刻。這次集中閱讀，發現他的這些文章與這些書法墨蹟相得益彰，互為補充。他的這些文字大都是散文的筆法，看似不經意的寫來，其實均有自己的獨特態度在其間，因此他的文字不是簡單介紹，而多是從一個別樣的角度入手，有時只有短短數百字，卻描繪出所要表達和刻畫的內涵，諸如寫周知堂，從他與錢稻孫這個與其一起落水的友人寫起；寫胡蘭成，則從他與張愛玲的感情入手；再如寫章士釗，則從他在文革中的遭遇談起；寫胡適，則從自己在胡適安徽的故居遊覽談起；……，這樣一個角度均是對於那些歷史人物進入的一個極為細小的切口，但他卻進入地很深，由此看到了一個極為闊大的世界。諸如對於周作人，他寫周作人落水前後的態度，特別是對於周作人在落水後所做的保護烈士遺孤、保護北大校產等種種事情——予以寫來，但也並

沒有刻意誇大；文章中對於周作人有兩個論點我覺得十分值得關注，一是對於周作人在南京受審時的時代和局勢的獨到分析：「在當時的情景下，老蔣的政府對漢奸的從嚴處理也是出於一種策略，其間自有很多原委，八年抗戰時期，卻有諸多人作出了有損國家或蔣政府的勾當，這是老蔣所不能容忍的，乃至大有不殺不能平民憤之慨，以殺漢奸而枕國人愛國之氣。不過，若以人道主義立場，對於那些『政治犯』不能一概而誅殺之。」另一是周作人對北大出任「偽北大圖書館」，所做的種種保護校產的好事，許宏泉在文末也引用了傅斯年在一九四五年十月十二日致胡適的一段話：「雖加入李木齋書，而理學院儀器百分之七十不可用，藝風堂片又損失也。」在傅斯年看來，周作人在北大所做的事情，談不上什麼貢獻，不足道也。許宏泉在文章中闡述的這兩個論點，我在近年來自己所讀到的種種關於周氏的文字中，似乎關注不多，可見他對於歷史人物的態度，並非僅僅只是情緒化的個人見解。由此來寫三百年的學人，以這樣的筆力，所勾勒出來的則是五彩絢爛的文人素描。

這兩冊《管領風騷三百年》製作精美大方，每位學人均有簡單的生平介紹，以及畫像或照片一楨，所用印章數枚，還有許宏泉搜購的墨蹟藏品整體和局部照片各一副，特別是這些書翰藏品，細細欣賞，讓人備感精神愉悅，彷彿通過這些字墨，又與那些逝去的文人們在遙遠的時空裏連接上了。許宏泉作為一個書法家，對於這些學人的字墨均有自己精到的評價，與他的品評一起賞玩，多有啟發，隨便列舉一例，如他談梁漱溟先生的書法，認為「還是性情為尚，字中透著書寫者的性格與品位，筆劃生辣稚拙，如果說字如其

人，那麼梁先生的書法中或許正體現著他特立獨行的孤傲與執拗的個性」。再如他談胡蘭成的書法，認為是「以『尚碑』為格，筆墨倒也凝練，時而透露出一個才子風流不羈的情趣」，對於時下評說胡蘭成的字裏行間有一股漢奸氣，鬼鬼祟祟，許宏泉認為實在有些搞笑，「胡蘭成畢竟也是一名才子」。而對於陳散原先生的筆墨，他的一番論述，正好可以作為他研究購藏文人筆墨的起因，不妨抄來：「中國書法自魏晉唐宋以來，技法風韻已十分完備，我們討論近代學人的書法，是不必斤斤計較於字的一點一畫，關注的正是其間所流露的學人氣度和時代氣息。記得陳從周先生曾經說過，他素不喜『書家』字，所取的乃是學者之書。這也正是我的審美取向。從陳散原老人的這件書法中，可以看到的正是這種謹嚴沉厚的風尚，毫無『書家』刻意造作、迎合時流的媚態。點畫沉著，古雅遒勁，真所謂人書俱老！」

　　我讀這兩冊著作，一邊讚歎許宏泉文字清秀，見解不凡，也一邊也實在羨慕他收藏這些書法作品的蔚為大觀，覺得他真是一位富有而幸福的文人。細讀他的這兩冊著作，從文中偶爾也可以看到他收藏這些文人翰墨的因緣與艱辛，其中寫到常常在拍賣場上被一些豪客所搶佔之無奈，又寫到自己偶然淘得一副墨蹟的欣喜，雖著筆並不太多，但卻洋溢在字裏行間之中。我記得他寫自己為了求得一副自己所衷愛的文人墨蹟，曾費十年的時間往返於藏者家中，最終打動了那位收藏者，使得他成為最終能夠擁有這副墨蹟的人，其中的因緣豈非簡單道來。書緣與人緣，總有道不盡的滄桑與風流。記得美國的藏書家紐頓曾經說過，收藏的美妙就是在於那種汲汲以

求，而不在於一朝擁有。這也就是為什麼我們現在不乏有藏品價值連城的豪客，但為何只有董橋先生能寫出《故事》，方繼孝先生能寫出《舊墨記》，還有許宏泉先生能寫出這洋洋大觀的《管領風騷三百年》？

（原載《中國圖書商報》2009年6月9日）

暮年上娛

　　谷林先生去世後，與先生有忘年之交的止庵收集先生散落的稿件，彙編成為《上水船甲集》和《上水船乙集》兩冊。在此書的編後記中，止庵有這樣的一番論述：「先生逝世後，不止一位讀者要我編一部《谷林集》。我想凡事先難後易，把集外文編得了，將來與作者生前出版的《情趣‧知識‧襟懷》、《書邊雜寫》、《淡墨痕》（刪去插圖）、《答客問》（刪去附錄二、三）和《書簡三疊》合在一起，就是《谷林集》了。」令我感到詫異的是，先生去世後，南京《開卷》雜誌的主編董寧文先生編選《谷林書簡》，而其中也收錄了先生致止庵的書信十六通，以區別曾經在《書簡三疊》中所收錄的其他信件，但在止庵心目中的《谷林集》裏，不知為何要有意省略掉這一冊《谷林書簡》呢？以我猜測，或許在止庵以為，相比先前由他親手操刀完成的《書簡三疊》，這冊《谷林書簡》顯得相對蕪雜，文字也不夠規整，所致信對象的友人也不都很夠分量，由此我讀此書的後記，也隱隱可以

感覺到止庵對於這一冊《谷林書簡》的冷淡和默然了呢。但我以為恰恰相反，連日讀這冊《谷林書簡》，才深覺這其實更符合我心目中的谷林形象：和藹、謙淡、通達，對於書友幾乎都是熱情與真誠的，毫無一絲所謂的傲慢與輕視。

先生去世後，由南京的董寧文先生倡議和組織編選，總共收集和遴選了二百八十七封書信，編成《谷林書簡》，均為先前止庵編選的《書簡三疊》所未收，其中諸如先生與張阿泉、張際會、李傳新、劉經富、荊時光、黃成勇、董寧文、譚宗遠等諸多讀書人的書信，大多都在十多封以上，而如與黃成勇的書信，竟達四十五封之多。由此想到先前的《書簡三疊》本先由湖北的黃成勇提議並編選成書，而此次讀這冊《谷林書簡》，也不難發現黃成勇曾編輯一張隸屬十堰新華書店的內部報紙《書友》，特意為谷林先生開闢專欄「谷林書翰」，用於發表先生的讀書文字，而此報紙也最為先生青睞，成為晚年唯一一張固定供稿的報刊，其原因想來無非是緣於先生與黃成勇在性情上的某種相似，也可由此不難看出先生內心世界裏的一片光明來。我粗略查閱了一下這些書信，原來在《讀書》雜誌擔任編輯的揚之水乃是最早欣賞先生文字的同事兼友人，隨後與止庵結識時間大體相同的，還有編輯《書友》的湖北黃成勇，為《博覽群書》雜誌約稿的北京譚宗遠等人，此時的谷林先生雖已有《情趣‧知識‧襟懷》和《書邊雜寫》等小冊子出版，但在讀書人心中還並無多少知音的，因此在這冊《谷林書簡》中，我讀他寫與這幾位友人的文字，也最是令人唏噓感慨的。

我無意在這篇文章中去做一些無聊的考證文字，倒是覺得谷林先生在今天為眾多的書友所熱愛，恰恰是諸多的友朋共同努力的

結果,再讀《谷林書簡》,也正好印證了我對谷林先生的印象,那就是永遠的謙卑與真誠,對於每一位熱心的書友都顯示出極大的耐心和情感。我讀這些書信,幾乎篇篇都可算佳作,無論是文字境界還是議論話題,都堪稱精緻與通達,讀來頗受啟發,而恰恰是與這麼多書友的魚雁往來,也才為先生晚年的歲月增添了許多的溫暖和熱鬧。在先生給湖北書友李傳新的書信中,有這樣一段頗為耐人尋味又極富感情的文字,很能見識到先生在晚歲裏的精神境界來:「成勇是首名給予我來自讀者中的鼓舞,我本非作家,學歷也淺,從商業職業中學出來,當了大半輩子的會計,在社會上毫無名聲,正是十堰的《書友》熱情捧場(直到胡老最近印行《書外雜寫》,書末印了擬贈樣書的受贈者的名單,也把我排在第一個!),正是成勇的熱情和你們十堰群體對我的懇切厚愛,我於是漸被所謂『免費贈閱內報』的主持人所留意,例如大報型的《清泉》,薄本子的《開卷》等等,都結成了有來有往的書友,使我在垂暮之年不僅不覺得寂寞,倒顯得以前的青春年少時節的光色也不一定無從攀比的了。」

由此看來,對於晚年先生的這番自況,其中也是存在著一種深深的感恩在其中的,這也便不難理解先生為何對於每一位讀者都是敬重和愛惜的態度,因為這其中是有著一種深深的心靈呼應存在的。可見先生心中是有著難得的清醒與寧靜的,這也是很難得的事情了。但畢竟有些遺憾的是,五年前我才在北京的魯迅博物館裏買到一套遼寧教育出版社的「書趣文叢」,但獨獨喜歡先生的一冊《書邊雜寫》,反覆閱讀和把玩數遍,竟成為床邊常翻的讀物之

一;後來陸續購得先生的幾冊其他著述,一一讀過,深深地被先生文字中的優雅精緻和謙淡細密所打動,這些短小精美的讀書文章既不承擔救亡圖存的大任,又不履行學術與啟蒙的探索使命,也沒有名利雙收的利益驅動,它更多的只是一個人通過讀書對於光陰的消磨,因此他的這些文章沒有野心,沒有指向,沒有私念,顯得十分的單純與清潔;也更如此,先生的讀書文字產出很少,隨性而作,細細打磨,精益求精,最終幾乎篇篇也都成為了當下讀書文章的上乘佳作。待我讀先生的這些讀書文字時,才發覺這些文字幾乎都是以藝術與智慧的角度來出發的,從而顯得十分優雅高貴又是難得的別致與機巧,與時下幾乎氾濫的讀書文章相比,先生的讀書文字有著獨一無二的可貴品質。正是因此,我深深感覺到自己與先生在內心中有著一種氣味相通之處,雖不能至,心嚮往之。

近來我偶然在網上的布衣書局論壇中,看到一位書友張貼的幾張關於先生藏書的照片,其中有一冊先生所藏湖南文藝出版社的《沈從文散文選》,上面有著密密麻麻的校訂,在書旁的空白之處還有先生用藍色的鋼筆墨蹟寫下的讀書心得和相關資料索引,那些字跡清雅剛健,處處都流露出一個讀書人的慧心與藝術氣味。據那位張貼照片的朋友談及,這冊著作中的校訂係先生與另一冊部分內容相同的《湘行集》的對比,而後者係沈從文的妻子張兆和在其去世後,根據沈先生修訂的遺稿編輯而成的,最終列入到由嶽麓書社出版的「沈從文別集」之中。我查閱了谷林在《書邊雜寫》中的文章,果然有〈湘西一種淒馨意〉一文,其中通過對比兩個版本的異同,在文章的末尾更有這樣的一番議論:「我逐字逐句校讀了首

篇〈一個戴水獺皮帽子的朋友〉，發現《別集》改動了近七十處，如文中第一句，《文選》本作『我由武陵（常德）過桃源時，坐在一輛黃色新式公共汽車上。』《別集》改作『我由武陵（常德）過桃源時，坐在一輛新式黃色公共汽車上。』其餘的改動也都極為細微，大率類此；但也因之益見出作者的用心緻密，著意推敲。想來皆屬於準備彙集文集或另編選集時的暮年經營。沈先生中途改行，以後在文物研究中又取得出色成就，可謂桑榆之獲，但他始終沒有忘情文學工作，亦於此書改動處見之。改行轉業，原也是尋常行徑，然而由於外力的壓迫，實逼處此，自不能不令人思之於邑。」

　　先生的這種讀書方法，在《谷林書簡》中，他就不止一次地給幾位書友們寫信論述，我總結其一便是慢，其二便是細，其三便是不怕麻煩。儘管是讀一本閒書，或是寫一篇不涉大局的讀書文章，但所下的功夫卻是極為笨拙的，諸如此類的文章在先生的讀書著述中還有很多，我印象極為深刻的還有一篇〈版本的選擇〉，談自己分別讀嶽麓書社的《梁實秋文學回憶錄》和友誼出版公司的《雅舍憶舊》，發現友誼版關於文中的聞一多的生年刪去了農曆括注，修改的面目全非，而由陳子善先生編選的文集則保留了全身，這其間，谷林先生還特意查閱了《近代史資料》中的〈聞一多年譜簡編〉用來考證，可見先生讀書之精細。由此想來，先生於《讀書》雜誌創刊後應約進行義務校對，偶爾寫成讀書文字作為該刊的補白開始，到去年年初先生棄筆離世，這樣的文章大約寫就的不足五十萬字，平均一年最多也就是一到兩萬字的數量吧。在二〇〇三年五月十九日先生寫給董寧文的書信中，附錄有自己的一則個人簡介，

概略述及自己的生平和個人著述，在這簡介的末尾，先生特意加上了這樣的一句對於個人著述似閒而非閒的自我評價：「這都是一些業餘閒覽的小札，卻通過它們結交了很多書友，構建了『晚歲上娛』的退休生涯。」

（原載《芳草地》2010年2期）

丹青妙筆作答卷

　　吳冠中先生早年受教於國立杭州藝術專科學校，受林風眠、潘天壽、常書鴻等美術大師的提攜點化，後又留洋到法國的巴黎國立高等美術學院學習繪畫。當時正值國內烽煙四起，山河破碎，吳先生身在海外，頗有一腔憂患愛國之心，而讓我頗感意外的是，這位後來成為一代美術大師的藝術家早年並非求學美術，因為受到在杭州藝術高等學院讀書的友人影響，從而決定改學繪畫，在國難當頭的年代裏，這是頗為艱難的抉擇，要知道「實業救國」正是當時青年人的理想，其實也是年輕人最好的人生出路，但學習工科的吳冠中還是義無反顧地走上研習美術的道路。多年之後，已經功成名就、享譽海內外的畫家吳冠中還是不能忘記自己在年輕時代求學的點滴經歷，其中一個細節吳先生曾多次提及，在英國倫敦，公交車上，吳先生將一個紙幣交給售票員，而當售票員又將他的這張紙幣找零給一個白人時，那位白人卻拒絕接受這張紙幣，這一很細小的經歷卻極大地刺激了年輕的吳冠中。

這讓我想到了在日本仙台留學的魯迅，在喧鬧的教室裏看到幻燈片上國人遭受侮辱的經歷，從而決定棄醫從文；也想到了在德國留學的季羨林先生，深感於國家貧弱，於是決心開拓出新的學術路徑，而不是唯唯諾諾地追隨於西方學術研究的後塵。魯迅的願望後來得以實現，他棄醫從文，用雜文來覺醒和改造這個貧弱民族的國民，而季羨林先生也同樣按照自己的願望成就斐然，他在東方學的學術研究上開創了新的中國學術面貌；同樣，從事繪畫的吳冠中也獲得了成功，油畫本是來自異域的新事物，但吳先生卻能在繪畫中不斷尋找出新的路徑，他所探求的「油畫的民族化」和「國畫現代化」均得到了世界的肯定。以我淺露的美術知識，起初觀看吳先生的這些繪畫作品，彷彿是在欣賞中國的水墨國畫，但實際上它又區別於傳統的中國國畫，這些吸納了中國水墨國畫作品優長的油畫作品，同時也吸收了西方繪畫的精神，諸如我所知道的法國印象派，畢卡索的立體主義，等等。

我是在閱讀吳冠中先生的自傳作品《我負丹青》中讀到這些內容的，這些閱讀讓我更加充滿了進一步閱讀這位大師藝術與內心世界的渴望，而在剛剛讀過的四冊《吳冠中文集》中，我也在不斷地感受著那些類似於自傳中的精神片段與思想升騰。由此，我才注意到，在中國散文創作中，有一個特殊的群體，他們左手繪丹青，自成一派，右手作文章，文風灑脫，以我的目力所見，就有吳冠中、黃苗子、黃永玉、韓羽、范曾、木心、陳丹青、許宏泉、高爾泰，等等，他們的文字創作與他們的繪畫同樣得到了讀者的喜愛，我在一篇文章中這樣草草地寫到：「我讀了這些畫家的作品，發現

他們的文字均十分洗練，語言中充滿了一種漢語的優雅與乾淨，藝術味道十足，在文體的創新，角度的選取以及佈局章法上也都是新穎別致的。更難得的是他們所關注的話題也大都並非個人的一片小天空，如吳冠中對中西繪畫的理解與體悟，陳丹青對中國人文現狀的批判與反思，黃永玉和黃苗子對於前輩文人的追憶，許宏泉對於底層的悲憫與沉思，其中都包含了濃濃的人文氣息。這種藝術與人文融合深厚恰切的文字，是值得閱讀者反覆的咀嚼與體味的。」（見〈文學界的度量〉，《北京日報》二〇〇八年四月二十一日）而我早就留意到，吳冠中的創作與同為畫家的陳丹青的創作存在著諸多的相似之處，由於兩人都曾多年在海外留學，致力於油畫的創作，儘管他們在繪畫上的風格有所區別，但在文章的創作上，都有一種對於民族深深的憂慮與關愛，世人多關注陳丹青的《退步集》與《退步集續編》，看到一個憤怒的藝術家形象，其實讀他的作品《紐約瑣記》、《多餘的素材》、《陳丹青音樂筆記》，又完全是另外一副面孔，因此，無論是陳丹青的激憤，還是吳冠中的內斂，他們對自己民族的這份情感，都可用「一片冰心在玉壺」這句唐詩中來形容的。

　　我一邊閱讀吳冠中先生的文章，一邊欣賞插入書中的吳先生畫作，由此感到，吳先生的文章，我以為正如他的繪畫作品一樣，充滿著一種讓人耳目一新的感受。這種新鮮的感受恰恰是吳先生在作文的過程中，自覺地採取了如他在繪畫中的現代創造，將中國傳統文章賦予了現代精神。收集在這四冊文集中的大多數文章，基本都是篇幅不大的文字，不少文章短來僅數百字，它們或作為他的一副

畫作的補充，或作為繪畫的感想，或是繪畫素材的記述，或是繪畫往事的回憶，或是對畫界師友的品評，不一而足。從體例上來看，吳先生的這些散文作品容易讓人在一讀之下，有一種中國傳統文人寫作散文的筆法，沒有任何的西洋味道，但細品又感覺不同於傳統文人的筆記小品，借用知堂老人的話來說，就是這些文章「它是那樣的舊，又是這樣的新」，真是讓人讀後感到有些驚異。

恰好讀到賈平凹的作品文集，其中有一篇〈致友人〉，有論文章做法的地方，說得極好，「我覺得，當今的創作和評論，最好都不必長，寫小文不一定是小家。無論什麼派系，關鍵是看其作品之境界大小，底蘊深淺如何，創作實在沒有什麼技巧，而只有個性。」以我看來，無論是賈平凹還是吳冠中，他們的境界和文化底蘊都是開闊與深厚的，但在個性上來說，我以為賈平凹的文學創作在當代文學創作中極有個性，但從歷史的長河中來看，賈平凹的文學創作，特別是他的散文創作沾染了中國明清散文濃厚的味道，與中國傳統的文人來比，賈平凹並未走出更遠；而吳冠中先生則不然，他的文章創作，初讀讓你感到熟悉，但又覺得新鮮和陌生，這就是因為在他的文章創作中融彙了來自西方的現代手法和精神，也因此這些文章的創作起初感覺是中國傳統的散文，但你一讀就會發現它們的面目是新鮮的，活潑的，靈動的，自由的，優美的，特別是在精神氣質上，沒有絲毫中國文人的自戀、酸腐與閒適的味道，這樣的寫作，除去陳丹青之外，或許還可以加上木心、阿城、段煉等人的散文創作，他們的文學創作，即是傳統的，又是現代的，試圖在進行一種現代化的有機融合，而以我的觀察，現代文壇上，固

然有很多有強烈文體意識的作家，但要麼過多的模仿於域外的大師，要麼又完全回到中國傳統的文化懷抱之中，這兩種格局，應該打破。

　　再來反觀吳冠中先生，我發現了這樣一個相映成趣的現象，就是在吳冠中的繪畫中，他是給西方的油畫予以民族化的改造，而在文章的寫作中，吳冠中又恰恰是給民族的東西賦予了世界意義的現代精神。中西方文化精神在吳冠中先生這裏得到了沒有痕跡的融合，這種對於文化的創造，恰恰正是先生早年留學海外，在民族危亡、山河破碎之際，試圖在藝術上的有所追求的夢想，而這套陸續出版的四冊《吳冠中文集》，與湖南美術出版社正在連續出版的吳冠中的大型繪畫全集一起，則是可以看作先生在一個甲子之後給他所深愛的民族交出的一份完美的答卷。

（原載《中國圖書商報》2008年5月20日）

在水一方

記得《鳳凰週刊》一期曾以「劉再復歸來」作為專題予以報導，內容大抵是這位海外遊子近年來頻頻在國內講座、出書和發表高論，引得人們又聯想起那個風雲激盪歲月的知識份子領袖來。但那報導畢竟寫得粗疏，我如今竟記不清細節了，倒是近來我剛剛讀過中國社會科學院研究員張夢陽先生的一篇〈科羅拉多晚霞中的劉再復〉（《粵海風》，二〇〇七年六期），其中的諸多細節描述令我對這個海外遊子的近狀印象深刻。更令我讀此文頗感驚訝的是，出國後的劉再復先生幾經周折，移居到美國的科羅拉多山下的一個小鎮上，竟然與當年在國內社會科學院一起任職的李澤厚先生重逢，兩人不但同在科羅拉多大學擔任客座教授，而且他們的居所也相隔很近，想來那些寂寞的海外歲月裏，兩位曾經叱吒風雲的中國知識份子便是在這異鄉裏飲茶讀書，對酒當歌。因此，在美國拜見劉再復先生的張夢陽便有這樣的感慨：「仁厚的天父地母賜給他們一個天緣地情，讓他們住在一城，簡化各種社會

關係，得以沉浸於思索。」而其實，問題並非如此簡單，倒是近來讀劉再復先生的新著《李澤厚美學概論》，讓我看到了更為深遠的思想風景。

劉再復先生的這冊《李澤厚美學概論》係對哲學家李澤厚先生的美學思想進行論述的一冊著作，雖說有拋磚引玉之思，但我讀畢全書，卻感覺其間更有劉再復先生對於自我美學思想與文學理論進行梳理的意圖。在這冊書中，劉再復先生給予李澤厚的美學思想以極高的評價，認為其是現代中國以來不多見的具有原創精神和建立美學體系的哲學家，並贊其為「中國現代美學的第一小提琴手」，而自己早在八十年代便受到了李澤厚思想的惠澤，他寫作轟動一時的文章〈論人的主體性〉便是受到了李澤厚的哲學著作《批判哲學的批判》的影響；在那個早春的時節，他便由此而擺脫了傳統馬克思階級論的觀點，從而走向康德的人本主義思想之中。由此可見，劉再復與李澤厚之間，其淵源早應上溯到上個世紀的七十年代末期，這種思想上的精神相遇和碰撞，為後來的劉再復先生的一系列文學觀念的建立和發展奠定了十分重要的哲學根基，由此體系來看，《文學的反思》、《性格組合論》、《罪與文學》、《放逐諸神》等文學論著莫不都是這樣的思想產物。

劉再復的文學研究，大體是可以分為兩個部分的，一是純粹的文學理論研究，諸如我上文所提及的那些著述，其二則是文學作品的鑒賞和研究，這就見識了劉再復先生較為私人化的欣賞趣味，但我以為這些對於文學作品賞析和研究的著述，其實深層次便是對於自己的文學論著的細緻展開，更深一步來說，也便是李澤厚先生的美學思想和

康德的哲學思想的又一次精彩運用。在《李澤厚美學概論》中，他不但坦承自己三十年前作《論文學的主體性》受到李澤厚思想的強烈震撼和影響，而到了三十年後他在海外寫作和研究《紅樓夢》，也處處便有這位老友的思想因數，在書中他便有這樣的論述：「面對李澤厚的美學體系，我一直在尋找一個概念來概括這一美學存在的特色，也可以說命名。近年來，我在潛心閱讀《紅樓夢》並寫作《紅樓夢哲學筆記》時，發現一個很有趣的現象，就是李澤厚的美學觀近似曹雪芹的美學觀，並都可以稱之為大觀美學或通觀美學。」當年，美學家王國維寫作《紅樓夢評論》其哲學的根基是叔本華的思想，而到了文學家劉再復的「紅樓夢研究」便是從美學家李澤厚處，再轉從德國哲學家康德那裏尋找到思想的基因的。

　　劉再復先生的《紅樓夢》研究系列包括《紅樓夢悟》、《共悟紅樓》、《紅樓人三十種解讀》和《紅樓哲學筆記》等四冊著作，因此也被稱之為劉再復先生的「紅樓四書」。這幾冊著作我斷續讀完，很驚詫劉再復先生以悟證的獨特方式研究這冊文學巨著，讓人耳目一新，而其在文字中散發出濃厚的自由與古典的氣息實在讓我折服，讀來猶如天女散花，落英繽紛，可見這些研究文字在劉再復先生來說，實已入哲思化境了。我不是紅學的研究者，不好在紅樓夢研究的體系之中評判劉再復先生的研究文字，而作為一個文學研究著作的閱讀者，我在處處都可以發現其中劉再復先生對於康德所論述的人的主體性高於一切的堅執觀點，包括他對賈寶玉人性中純潔無邪特點的激賞，還有對於大觀園中「青春女兒國」的理想境地的稱讚，莫不都是對於人類追求真正的自由與純淨狀態的嚮往。劉

再復先生曾說他最喜愛的古典文學著作為《紅樓夢》，並稱之為自己的「文學聖經」，在他的「紅樓四書」的總序中便有這樣的夫子自道：「德國天才詩人海涅曾把《聖經》比喻成猶太人的『袖珍祖國』，我喜歡這一準確的詩情意象，也把《紅樓夢》視為自己的袖珍祖國與袖珍故鄉。有這部小說在，我的靈魂將永遠不會缺少溫馨。」

在劉再復先生的文學譜系中，中國的古典文學作品乃是《紅樓夢》，因而有「紅樓四書」可留存後世；現代作家的文學作品他最喜愛的是魯迅先生的著述，且曾有《魯迅美學思想論稿》等論著行世；而中國當代文學作品，他最為激賞的則是聶紺弩先生的《散宜生詩集》，小說則最為推許高行健的作品，後者有研究專著《高行健論》在海外出版。儘管我至今未曾見到他關於聶紺弩舊體詩詞的研究論述，但我已明顯從這些作家和作品的生命形態中，發現出一個延續不斷的精神血脈，那便是自由自在、瀟灑不羈和張揚個性的生命存在，也便是李澤厚與康德在他們的美學思想中所崇尚的人的存在使命，而絕不是被異化的工具甚至是玩物。這樣想來，或許，在未來的不久，劉再復先生便應有一冊關於研究聶紺弩先生和他的舊體詩詞的論著出版呢！

由此，劉再復先生的文學研究體系便逐漸的明朗了起來，而他的文學研究在海外的這些寂寞的日子裏也可見出是逐漸的安靜和自覺起來的，暗暗地形成了一條可以互相構連的精神線索。倒是作為一個文學家，他的文學創作也值得我們予以關注，與他的文學理論研究和文學作品鑒賞及研究相一致的是，我發覺他的文學創作也是

非常自覺和一致的。劉再復先生多年來致力於散文詩和散文的寫作，出國前他就曾先後出版過散文詩集《太陽・土地・人》、《告別》、《深海的追尋》等，以優美自由舒展的風格引起文壇的動議，我之前曾以為這些文字有散漫和空洞的嫌疑，現在想來正是他對於自由與浪漫的另一種執著追求與探索；而在遠遊海外和隱居異鄉的歲月裏，他用文字寫出了自己在他鄉漂泊的心靈自傳，先後有九卷問世，計有《漂流手記》、《遠遊歲月》、《西尋故鄉》、《漫步高原》、《獨語天涯》、《滄桑百感》等文集，而因其多在海外出版我則只能讀其片段，不過近來其九卷文集的自選著作《遠遊歲月》的出版可以讓我窺探一二。從那些被遴選出來的文字之中，我可以發現一個遊子在海外漂泊的沉思與體悟，令我感到驚詫的是，在這些文字之中發覺的不是痛心疾首，不是落寞孤憤，不是歎息抱怨，更不是壓抑絕望，而是美好、自由與希望，是沉思與歌唱，是對生活的熱愛，是對世界的擁抱。我隨手翻閱此書的篇章，便在他寫給女兒劍梅的書信中找到了答案，它可以作為海外劉再復先生精神狀態的一個自況，也應是我們生活在世間的一種美好的囑託吧：「在海外這十年，我的確很少怨天尤人，相反，我常常對『天』與『人』心存感激。經歷過一次臨死亡的體驗，我對這個世界更加依戀。此次大體驗，猶如一次雷霆的震撼，讓我『驚醒』，而『醒』的內涵竟是如此簡單：這個地球，是宇宙中最美的所在，是蓄滿鮮花、青草、森林、河流的土地，我以前忽略了。因為太忙，眼睛難以從書本移向更加遼闊的天空與大地。如果那一年死了，我給另一世界帶去的印象就太偏窄了，而對這一世界的認識，

也太膚淺了。總之，那次大體驗之後，總的結果是讓我更加熱愛生活。一個熱愛生活的人，也會遭到生活的各種挑釁，但他不會因此而埋怨生活。」

二〇一〇年一月十二日夜

（原載《中國圖書商報》2010年1月20日）

黑白齋裏的文化守望

「我就要五十歲了。」二〇〇三年的夏天，朱向前在他的自選集後記的開篇中這樣寫到，當我讀完那一大冊厚厚的《朱向前文學理論批評選》之後不經意地讀到了這樣的一句話的時候，我的心被猛烈地碰撞了一下，那種無法挽留的對於時間流逝的傷感與滄桑盡在這短短的七個字之中。此時的朱向前已經決定與他的文學批評事業作一個挽歌式的訣別，然而戲劇性的是在二〇〇四年朱向前五十歲生日之際，他被受得了第三屆魯迅文學獎的理論批評獎，這是對他追求了大半個輩子的文學事業的一次驕傲的肯定。我還清楚的記得那年的深冬，他告訴我們這些弟子獲獎的資訊，是著作作家李存葆剛剛打來的電話，言語中他流露出興奮的神情，此刻窗外正飄落著這一年最大的一場雪，而教室裏的氣氛也立即變得熱鬧起來，但朱向前先生深情的一頓又開始了他對中國傳統文化的解讀，依然雍容灑脫，自然流暢，絲毫沒有受到剛剛氣氛的薰染而變得情緒慌亂。

　　似乎世界上就又這樣多的巧合，它們總是那樣富有戲劇性。三年以前我已經讀到了朱向前先生大量優美而透徹的文學理論文章，在那些文章的最後我總會看到「於京西黑白齋」幾個字，那時我總是任由自己的思緒去想像這樣一個屬於文學的領地，沒有想到隨後我因為報考解放軍藝術學院文學系的研究生，因而有幸在北京西郊的黑白齋裏見到了自己仰慕的朱向前先生，記得他看了我發表的那些文章，連連慨歎我在環境惡劣的情況下還能寫出那樣多的文學批評文章，一切都很順利，但在我離開的時候卻發生了一件有趣和讓人尷尬的事情，我怎麼都無法打開朱向前先生家中的門，慌張中我亂撥動了一陣使得這門更加無法打開，我與朱向前兩個人都站在門口為打開這扇大門而花費了將近半個小時的時間。半年以後我頗費周折的終於成為朱向前先生的一名學生，在到北京求學之後常常想起這樣的一幕我不僅暗暗感到有趣。

　　但我讓朱向前老師失望了，在來學校後並沒有立刻爆發出火山噴發式的文學成績，我一心一意地開始了書齋式的讀書生活。由於我以前並不是科班的文學專業出身，因而我決心認真地補課，北京文學界眼花繚亂的情景也讓我這個「外省青年」變得迷茫而浮躁，我決心開始從閱讀西方最前沿的文學思潮著作開始，那時候我總是半懂半不懂地念叨著那些西方的學術概念和名詞，對那些時下最時髦的文學批評家的文章敬佩不已。一次我到朱向前老師的辦公室裏談論自己的讀書心得，然後將自己剛剛讀到的一些流行的詞語誇誇其談，朱向前老師聽完了之後很久冒出一句很憤怒的話，這句話我後來無數次地反思與咀嚼，他望著我很生氣地對我說，寫文學批評

文章最重要的是要憑藉一種對文學的悟性，僅僅靠那些學術的概念來生搬硬套是做不出好文章的，他甚至用了中國最難聽的國罵，這讓我在那一刻渾身感受到一種驚醒般的冰涼。回到宿舍後，我找出朱老師的著作，又開始了新的閱讀，此時我才發現了他的那些文學理論著作已經被我遺棄在書架上很久了，那些書籍上甚至已經落滿了灰塵。重新的閱讀，我忽然又有了一種新鮮的感受，我發現在那幾百萬字的文學批評文字當中蘊藏著一顆對於文學細膩而豐富的心靈，包含著對於中國文化特別中國的傳統文化的一種美麗的守望，也融彙了一個閱讀者對於他所面對的對象一種親切與關懷的情緒，這是一個文學批評家所流露出的大氣象，如果沒有對於中國傳統文化中的那種和諧包容與精美優雅的深透的理解，這種批評文章很可能最後會淪落為一種刻薄，一種簡單地評判或者一種居高臨下與獨斷專行的審判，但是朱向前沒有。

　　我閱讀他的著作，從他早期的《紅‧黃‧綠》、《灰與綠》、《黑與白》、《心靈的詠歎》、《沉入生命》到他後來的《初心與正覺》，這延續了一個真誠與敏感的文學批評家對於中國文學在大的時代背景下的一次執著的回望，遺憾的是很多將朱向前老師的批評文章閱讀甚至當作寫作的範本的人都沒有注意到這一點。他的文章在一定程度上融化了一個現代人對於當下文學的傳統意義上的解讀，他用作家的出生、地域以及經歷這樣一些傳統的要素發現了與其作品中至關重要的聯繫，在許多對當下作家的批評之中，他甚至在文章採取了中國古代評論家詩話式的點評，無論在長篇文章中還是精短作品之中他以自己的寥寥數筆將這個作家的神態躍然紙上甚至有些入木三分的感

覺，這樣的功力如果沒有對於中國文化和世情的修煉是無法如此敏銳地觀察與體悟的，在他最精彩的長文〈新軍旅作家「三劍客」〉中他這樣分別寫到了作家周濤、朱蘇進和莫言，「約五年前，當我最初認定『三劍客』時，有一次親口把這個看法告訴了周濤。他聽完之後，立馬眼放精光，鄭重地伸出一根手指，在我的鼻尖上方一點一頓地說——『我非常贊成你這個看法！』當即令我大乎：『除了周濤，誰能這樣？若不這樣，又怎是周濤？！』我沒有就『三劍客』問題和莫言、朱蘇進交換過看法。但這並不妨礙我推測一下他們的『即興反應』——莫言可能會撇一撇嘴，留下兩個字：『狗屎！』朱蘇進則又兩種可能，或者矜持地笑而不語，或者舌尖輕輕一彈，吐出一個反問：『是嗎？』」這是何等精彩的描述，又是何等恰當地判斷。而他對作家筆下的作品的判斷則更有一種老吏斷獄般的準確，此時的他又是下手狠毒，往往毫不留情，只是這樣的評判往往被他融化在自己善解人意的語言之中，他對於著名作家莫言的批評，言其對中國農民在創作中的俯視的姿態；對於朱蘇進的小說《炮群》的批評文章〈半部傑作的詠歎〉，言其小說在創作中出現的一種前半部精彩後半部則往往精力不濟而出現的敷衍和粗糙，這種發現被稱為作家創作中一個通見病症，儘管許多的閱讀者都為他的這些精彩文章紛紛叫好，但他們似乎沒有注意到這些文章的後面站立著一個將文學作品當作一件美侖美煥的藝術品加以鑒賞和把玩的大家，那種將文學作品放置在自己的手掌之中來反覆拿捏、刨切和審視的身影。

　　對於傳統中國文化的喜愛容易讓人陷入保守、守舊甚至是迂腐，但在朱向前身上我似乎很難見到這樣的一面，他對中國傳統文

化的喜愛並沒有使他最終走到學術冬烘的境地，而是一副現代人對傳統文化的汲取利用與改造，是自得其樂的美好心境。這一度曾經是我對於他的理解的一個疑惑，然而在一次偶然中我發覺這個問題的答案，那是我學校的圖書館裏借閱圖書，偶然在許多借書卡片上發現了他的名字，而這些書幾乎全部是西方的文學經典著作，我在圖書館裏借閱那些著作遇見他的名字的頻率超乎我的預料，在這些已經發黃的舊書中我似乎看到了另外一個身影，這曾是一個孜孜地吸取西方文學經典的身影，因而我在他的著作中依然讀到了有關人類永恆的一種普遍的價值和理念，那種對於美、對於自由、對於人性的張揚，這些都包含在他文字的深層之中。由此可見，對於中國文化他採取的是一種改造與揚棄的立場，他喜愛中國傳統文化中的和諧、優雅與大氣，渴望中國傳統文化藝術中的精華在今天這個西風勁吹的世界裏能夠展露自己獨特的魅力並且在中國這片土地上煥發出新的生機。由於對於中國傳統文化的喜愛以及研究，他一路的漫步最後竟然與毛澤東的詩詞藝術產生了一種久違的喜悅，三十年前當他還是一名部隊基層的電影放映員的時候，在那個高歌猛進紅寶書指導一切的年代，他曾經將毛澤東詩詞作為範本因而成為當時著名的戰士詩人，最終留下的只是那個時代的早生的產兒，今天他重新閱讀和認識這一筆豐富的文化遺產，從而發覺其中無盡的文化魅力，相隔三十年的重新閱讀竟然是如此巨大的差異，這也顯示出他對於中國傳統文化在理解認識和應用上的巨大區別。一次，我與他一起去開會，在車上他告訴我毛澤東詩詞中有一種「神氣」，後來讀毛澤東的文章果然有「神氣」這樣的說法，他對我說寫文章就

應該像毛澤東一樣有神氣，我想這種神氣應該是一種大氣、自然、活潑與豪邁的氣象而不是霸氣和蠻氣。

（原載《藏書報》2006年6月15日）

金剛怒目，菩薩低眉

　　作為農人的孩子，我對有關鄉村題材的寫作常常是十分關心的，但說實話，讀到的佳作卻並不很多，記得幾年前讀作家韓少功關於鄉村寫作的散文集《山南水北》時，心裏就十分地失望，在我的評論文章中曾有這樣幾乎憤怒的語言：「其實我最想說的是，假如一個從來沒有到了鄉村，一個從來沒有真正體驗過農村生活的人，他如若看到這樣的文字，那一定該是怎樣的一種羨慕，我就不止一次聽到有城市人對我說：現在的農民生活可不錯了，他們想什麼時候幹活就什麼時候幹活，而且永遠不擔心下崗，農村的空氣還好。我那時就想，你若是生來是個農民，你就不會這麼說了。對於我越來越多讀到這樣關於鄉村的筆記散文小說，我最想說的是，關於鄉村你只有真正的融入其中，才能看出那其中的色彩，我相信對於鄉間筆記中的農村，一定是斑斕而複雜的色彩，否則你無權訴說。韓少功先生在散文中多次強調都市之中現代化對於人的異化，那麼鄉間田園就成為他們逃避與修養的所在，但我需要

指出的是中國的鄉村現在還沒有進入達到基本的現代化，在某種程度上還沒有擺脫基本需求的滿足，那麼對於這樣的狀態我們難道也只是以一種欣賞的眼光與筆調嗎？」（〈偏見書〉，《百花洲》，二〇〇九年二期）不過，倒是近來我讀散文作家安秋生的一冊文集《角色》（太白文藝出版社，二〇〇九年八月一版），卻有眼前一亮的感覺，因為其中的文字對於鄉村並沒有那種知識份子令人厭惡的優越與隔膜，而是充滿著樸素、溫暖與仁慈的光亮。

安秋生的散文集《角色》集中寫作家所在的河北武安這個小城市的自然、人文、風情、歷史以及親情等，許多篇章讀來都有一種讓我這個農人後代體貼與溫暖的感覺，許多散文作家把這種散文寫作歸納為一種「在場的寫作」，但在我認為這種概括儘管可能準確，卻充滿了技術性的冷硬，我只是在安秋生的文集中讀到一種對鄉村和農人並不隔膜的敘事，他是以一顆普通而謙卑的心靈去面對自己的寫作對象的，而決沒有那種無由來的高傲與優越。在他的長篇散文〈生命的角色：手記1980年代〉中我讀到他追憶自己在一九八〇年代的鄉村往事，那留痕在記憶中的許多鄉村往事都是讓人充滿了內心的複雜情愫，其間的悲苦、無奈、糾葛、憂愁等等閃爍其間，他在寫父親去世前後的段落最為動人，鄉人的貧窮與尊嚴，人子的悲傷與遺憾、人情的溫熱與哀傷，都是那麼地動人，那不長的段落，我卻讀的如此飽滿和淋漓，這是對於鄉村沒有距離的表達，也是對鄉人心靈交集的歌吟。作家由一個鄉人的離去來間接寫一個鄉人的成長，那關於父親葬禮的結尾堪稱是一個悲劇的高潮，如交響樂曲一般，戛然而止，卻久不消散，「一支浩浩蕩蕩的

送葬隊伍，白幡，白花，白衣，在春天的太陽光下是那樣刺眼。父親安詳地躺在棺木之內，在眾多孝眷的簇擁之下，像他『旱書』中的某位將軍領命出征。『墓地』到了，父親說他走得有些累，要在那裏歇息，——那是他自己挑選的屋子，讓他自己清淨地歇息。當這支隊伍將要轉身離去的時候，天地間突然刮起了大風。大風是土黃色的，一如父親的臉色。風的聲音，像大哭大叫，又像大笑大鬧，更像大聲長歎，正所謂發浩歎於天地之間。」

　　關於鄉村的敘事，安秋生還寫到許多，諸如〈官井的悲傷〉、〈一座山的歎息〉等寫故鄉曾經作為礦區的衰落，而更令人難以忍受的是，這種跨越將近一個世紀和多個政權更迭的背後，都是幾乎相同的瘋狂掠奪和肆意蹂躪，讓曾經優美的故鄉變成了後工業時代的廢墟，在近乎貧窮的故鄉留下這樣工業時代的廢墟，幾乎讀來猶如一個絕妙的諷刺；而在〈那一聲叫娘，我已淚流滿面〉、〈海蘇〉等篇章中我讀到的則是對於鄉人親切而動人的心靈敘事，那其中對於鄉人在其苦難一生中所保持著作為人的尊嚴與勤勉、善良與質樸真是入木三分，分外動人，特別是〈海蘇〉這一篇，寫作家的一個名叫海蘇的鄰居，勤勞、精明、善良、開朗、能幹，卻不斷遭遇命運的打擊，但她樂觀地迎難而上，表現出一種決不退避的生活勇氣，然而在生活最為困難卻有所轉機的時刻，她的生命時鐘卻突然停止。作家寫到她悄然離去在丈夫的病床旁，卻沒有被運送回到鄉村的費用，這一刻真是我們時代悲劇中的悲劇，但卻是那樣地真實存在的鄉村故事。無論是一個普通農村老人的去世，還是一個普通年輕農婦的去世，在作家的筆下都是那樣寂寞地上演著，他們只

是這個繁雜世界中十分渺小而沈默的一員，但作家卻給予這些微渺的生命以飽滿的色彩，因為他們與我們每一個人一樣，都同樣存在於這個世界，同樣有著豐富而複雜的心靈世界，同樣值得我們去作為一個人來去予以隆重的紀念和書寫。

　　讀安秋生的散文集《角色》，使我想起美國作家懷特所寫的《塞爾彭自然史》，那是一冊關於鄉村自然風物的散文著作，作家懷特多寫山村的花鳥蟲魚，筆法細膩、典雅、優美，但更關鍵的是作者對筆下的山村風物有著慈愛的態度，譯者繆哲先生對此就曾有這樣的評價：「懷特的態度，則是受過啟蒙的基督徒的；動植物中，有上帝的影子，他的本業，是從中發現他的智慧與完滿。這樣的態度，是科學的，藝術的，也是宗教的；所謂科學，是求得動植物中的上帝之真諦，所謂藝術的，是玩味上帝經緯萬物的手段之巧，所謂宗教的，是探索前的虔誠與得其實後而生的嘆服、傾倒之情。」（〈譯者跋〉）由此想到我們現在作家的鄉村敘事，有時真有些內心的悲涼，我們對待那些農人的冷漠與隔膜有時還真不如塞爾彭對待自己筆下的草木蟲魚一樣充滿情感，而之所以如此，正是因為我們的心靈沒有遭受過「啟蒙的基督徒的」光照，所以在面對那種比自己卑微和渺小的生命之時，才會如此地冷漠，如此地隔膜，如此地遙遠，因為那審視者的心靈未曾被照亮，也一點也沒有對生命充滿宗教的情懷。幸運的是，我讀安秋生的這冊《角色》，卻隱隱地感受到一種來自於宗教深處的慈悲情懷，那是作家在文字間所流露出對於每一個生命的仁愛、體貼與懷護。在散文〈生命的角色：手記1980年代〉他寫自己作為人之子、人之父以及人之夫所

承擔的不同角色的生命轉換，其心靈中所忍受的自我煎熬與糾葛，都在往事的光陰中融化掉了；而在〈海蘇〉的結尾他寫到自己為運回海蘇的遺體而悄悄作出的努力，由此而寫到：「幾十年來，我看到過無數熟悉的面孔死亡，都未曾落過眼淚，這次卻落淚了，為一個鄰居女人。」我毫不懷疑這種情感的真誠，我更是覺得這種傷感是因為人世間一種寂寞的美德而消逝的慨歎。諸如這樣慈悲的心懷，文集中還有很多，諸如〈漢們走關東〉寫那些到關東經商的男人們所留在鄉間的婦人們的生活，可貴的是作家對於那些所謂有傷風化的女子們卻充滿了理解的同情，筆法婉轉而讓人內心服膺；再如〈趙地隨想錄〉中作為趙人後代的作家對於後人們感慨秦朝將領白起命運的慨歎，卻遺憾人們忘記了他坑殺四十萬趙人子弟的悲劇，作家由此而說到：「在我，只有一點感覺愈來愈分明：普通人的生命，份量總是很輕，四十萬無辜趙國降卒的悲慘抵不過一個白起的怨死。」

　　當然，安秋生的這冊散文集《角色》也並非已經盡善盡美，諸如敘事的技藝還略顯平常，語言的修煉還需再提升一步，但這些我以為都是並非最為重要的，因為一個作家有一個作家自我的風格，倒是我覺得這種鄉村敘事的寫作對於作家來說，雖然既有菩薩低眉的一面，也有金剛怒目的一面，但我總感覺這種慈悲與憤怒都是閃爍其間的，而並非有著一種強大而堅定地內心支持，從而來照耀自己的這種寫作，因為這種寫作只是作家內心世界良知與道義的朦朧感召，特別是對於鄉村世界的苦難與悲歡，缺乏更為深層次地挖掘和拓展，我們不需要作家僅僅提供表像世界來供世人們流覽和賞

玩，我們更需要以心靈的沉思來對這種存在進行抵抗與完善，而不僅僅是在這些靈魂遭遇的苦難面前表達自己的悲傷、遺憾、焦灼與無奈，無法對於這無盡和重複的悲劇缺乏更深一層的追問和探求，這也可能是迄今所有鄉村寫作者所共同存在的一個遺憾。因此，我期待著當代中國鄉村書寫的作品有著更為深入思考的金剛怒目，也有更為明亮的菩薩低眉。

（原載《北京日報》2010年2月7日）

讀陳沖先生的隨筆

結識陳沖先生，是在去年邯鄲舉辦的河北小說年會上，我因冒失在會上發言，非議當下文壇的小說創作，沒想到會得到先生的熱烈回應，我一直以為自己的思想是偏於異端的，但恰恰這回應卻來自於體制之內，而且還是一個年愈古稀的老人，這讓我大大地吃驚了一回。我聆聽了先生在會議上的發言與對話交流後，發覺先生的思維竟是十分的敏捷與前衛的，因此不由得暗暗的佩服了起來。但這匆匆的一面之雅，也不過是極為粗淺的，回來後因為要參加朋友組織的關於先生隨筆討論的文藝沙龍，便從河北作家網和《文學自由談》等地方搜集了一些文章來讀，這才不由得一陣的驚呼，真可是孤陋寡聞啊！從這些文章中，我很快就發現先生對於沙葉新、尤鳳偉、楊顯惠、朱蘇進、李國文等作家十分的認同，而恰恰這些作家也正是我極為推崇和喜愛的，因為他們對於現實和歷史的清醒見識曾讓我受益良多，因此頗有同道之感。後來，我看先生的隨筆文章〈我的檢討〉（《文學自由談》，二○○九年一

期），才發現他們其實本就是一條戰線上的老朋友，而我又在他的一篇關於上海的文章〈尋找懷舊〉（《上海采風》，二〇〇七年一期）中，竟發現這樣一個關於他自己的人生細節：一九五五年，作為上海知青的陳沖與其他近八十名年輕人作為支援落後地區建設的重要力量，一個個地被分散到祖國的四面八方，他們每個人的命運在後來都各不相同，而他自己則被安排到了河北的保定，隨後的一九六五年，他又被戴上了「右派分子」的帽子，那時他雖已愛好文學，悄悄地從事著小說的創作，但從一個業餘寫作的右派分子，到一個普通的街道工人再到現如今的小說作家，無論身份和時代發生著怎樣的變化，卻都將永遠地與故鄉劃上了句號。在那短短的文章中，我無法更多知道先生的人生究竟經歷了多少的磨難與坎坷，但我可以根據那些過往的歷史傷痕猜想得到，不由得從起先的敬佩變為內心的敬重了。以史為鑒，先生的人生本身就是一部微型的當代中國史，他所見證的一切將是他今天思考的重要參照。因此，無需太多的思想和理論作為支撐，這人生也決不再會糊塗。

　　由此再來談先生的隨筆文章，便也不那麼太難理解和解釋了。陳沖先生的文藝隨筆起初讀來大多都是屬於文化時評的範疇，但在我以為，這又恰恰不是那種簡單的時評文字，因為後者在我看來要麼就事論事，難以深入到事情的本相，要麼則是充滿了策士的心態，時時刻刻都想利用話語權來表達自己對於世界改造的野心。然而，我讀陳沖先生的這些隨筆，儘管很多都是從當前的文化事件所引發的，諸如百家講壇、國學熱、「韓白之爭」、「豔照門」事件、文學富豪排行榜、「紅色經典」、文壇與市場的分歧，等等，

但先生卻從這些事件背後儘量去追尋問題的關鍵所在，於那些撲朔迷離的現象背後，尋找其中的癥結所在。因此，我以為先生的隨筆是清醒的，得大自由的，儘管他所講述的也不過是我們這個時代的常識而已，但恰恰卻是我們這個時代極為稀缺的，否則便也不會有這樣多稀奇古怪的事情在我們的國土上不斷的離奇上演，而先生其實更多是在告訴我們應如何去思考。我讀先生的隨筆，極為喜愛，能夠一氣讀完我所找到的所有文字，正在於我喜歡先生對於問題的探討方式，那便是十分智慧的，而不是艱難的證明或者乏味的說教，不是承擔我們時代的文化導師，或者是以自己優越的知識份子身份進行宣教，恰恰這也正是先生所厭惡的。

說實話，在我看到如此眾多的文化隨筆創作中，寫得能達智慧與清醒的，我以為只有一個王小波。與王小波有所相似的是，他們普遍都喜歡以智慧的思維方式來論斷事情，記得王小波的一篇文章便是〈思維的快樂〉，而在陳沖先生的文章中最為常見的方式則是對於邏輯推理知識的運用，許多看似複雜的問題卻也經不起最為簡單的推敲和思考。這在我看來，也許是因為先生和王小波都是數理專業的出身，曾經有過較為嚴密的理性思維訓練，因此決不會在諸多亂象面前昏了頭。對此，我倒是有很多印象十分難忘的篇章的，記得在〈意識流兩波〉（《文學自由談》，二〇〇八年六月）中，我看陳先生批評北大教授孔慶東先生，其論據是孔教授在中央電視臺的「百家講壇」開講《正說魯迅》，對於魯迅先生崇拜有加，而同時又對自己作為孔子傳人津津樂道，但實際上魯迅先生正是要「打倒孔家店」的，那麼孔教授的自相矛盾便也不攻自破了；再如

先生在〈《論語》到底是什麼樣的書？〉（《文學自由談》，二○○七年三期）一文中批評當下國學熱將《論語》當作《聖經》來看待，但先生就很不客氣地舉了當年新疆克拉瑪依大火的例子，因為那些「讓領導先走」並真的先走的領導們，他們的思維不也真是按照《論語》中所教導我們應遵循老幼尊卑的秩序來執行的嗎？看來，想用《論語》的所謂國學精神在今天發揚廣大，其實是一件多麼滑稽甚至是可怕的事情呀。

我覺得王小波之所以會取得如此成功，其中一個重要的原因就是其在文體意識上的自覺和創新，而與陳沖先生所相同的是，他們都是一手寫文化隨筆，一手寫小說，我雖然沒有讀過先生的小說作品，但我讀先生文章，感覺幽默活潑而決不油滑，還深藏著對於我們這個世界極為溫暖的關懷與愛憐的，這是我曾經讀王小波所有過極為相似的感覺的。陳沖先生在文章中往往採用一種十分真誠的坦蕩和幽默來為你講明白一個問題的真相，不妨拿先生的那篇對陸川電影予以批評的文章〈《南京南京》的日本感覺〉（《文學自由談》，二○○九年四期）來說吧，先生先在文章開頭引用了日本導演黑澤明作為武士道精神的崇拜者，直到晚年還幻想著維護這種所謂的精神，並在他的最後一部電影《八月狂想曲》中虛構了一個美國人，幻想其因當年廣島和長崎原子彈事件所造成的傷害而代表美國人向日本人道歉的故事，這種自欺欺人和自我安慰反過來用來去解讀陸川先生的電影《南京！南京！》便是再好不過了。這種簡單的邏輯推理之後，陳沖先生這樣評論到：「雖然電影院裏放電影是在黑暗中進行的，也不能這樣當眾自慰呀！」這是多麼幽默，又是

多麼沉痛和多麼犀利坦蕩的諷刺啊！在文章的末尾，先生又重點論述了中國作為受害國家與日本作為受害國家的不同性質，因此更有了這樣十分深刻與沉痛的反思：「不想中國人該想的事情，卻替日本人去想他們該想的事，是荒唐。拿日本人該想的事，來遮蔽中國人該想的事，是罪過。如果實在說不出什麼樣像樣的道理，那麼就低下你的頭，為那三十萬亡靈祈禱吧！這樣做其實不怎麼夠，其實已經夠了。至少沒有罪過。」

　　我總在拿先生與王小波作比較，發現他們身上有著如此眾多的相同之處，請允許我這樣投機取巧的解讀方式。但實際上，先生的文藝隨筆創作與王小波是有所明顯不同的。王小波儘管也常常拿他的人生往事作為自己寫作的參照，但他最為重要的資源卻更多的來源於自己在美國所接受的文明，因此王小波擅長的是對比和分析，拿中國與美國比較，然後用自己所接受的西方文明予以批駁。在王小波來說，他更多的是一個真誠的自由主義者，他所有的理論來源於西方自由主義精神的基本常識，諸如他在自己的文章中便多次地提到了羅素這位西方自由、博愛、平等等普世價值的傳播者；而在陳沖先生的文章中，我更多看到的是一位曾經滄海和歷經磨難的知識份子，他以自己豐富斑駁的人生閱歷來作為反思的依據，以一個人的良知和道德基礎作為思考的底線，因此在陳沖先生的文章中，沒有多少的理論與學術，而更多的是樸實、幽默和坦蕩的大實話甚至大白話。可以說，他的人生他的閱歷他的思考他的性格他的良知他的智慧便也是對付這些問題的關鍵所在，但問題的另一個局限便是，陳沖先生因此更多的只能在文藝領域這樣自己所熟悉的問題上

發言，而無法成為一名諸如王小波這樣的公共知識份子。當然，我在閱讀陳沖先生的隨筆時，也能夠常常感覺到他的追求所在，那便是回到五四，回到「德先生」與「賽先生」，那或許是他們這一代知識份子曾經的理想和追求，而至今儘管如此朦朧卻未曾改變。也更如此，我才可以理解，為什麼他在文章中竟會是如此隆重地推舉元代的科學家郭守敬，因為早在那樣久遠的時代裏，我們先輩便已經科學地求證出十分精準的天文曆法，但可惜卻被他所生活的時代棄之不用，因為我們這個國度既沒有「德先生」，也不允許「賽先生」的存在。

（原載《大眾閱讀報》2010年4月）

南方的寫作

　　吳冠中先生有一副畫作《白牆與白雲》，他給予這副畫作以這樣的解釋：「面面皆白牆，牆外白雲，是素白的世界，銀亮的家園，遠非蒼白。烏黑的遊龍自在伸展，她佔有這方天地。雖然其出身低賤：只是牆頭頹瓦。」這副畫作我起初看來感到意境空遠，但並未讀懂，看了吳先生的注解才歎息我的愚魯。那殘瓦與游龍之間，留下的巨大差異與想像空間讓我對於剛剛讀完的這本青年作家趙柏田的著作《岩中花樹──十六至十八世紀的江南文人》，方才有了更深的理解，而趙柏田在經過吳冠中先生的許可，特意將他的這本新作的封面採用了先生的這副油畫，其間的意味顯然是用心良苦的。這是一本書寫江南文人的著作，王陽明、張蒼水、黃宗羲、全祖望、章學誠、戴震、汪輝祖，他們生活於中國十六世紀到十八世紀之間，在明末清初的大動盪年代為自己的生命繪下了一部鮮活的歷史畫面，他們的生命充溢著的是一種奇特而飽滿的風貌。在讀完全書，我忽然想到了吳冠中先生的那副被用來做於封面的油

畫，一時頓悟，他們是這個時代的殘磚頹瓦，又是這個時代裏的烏黑的遊龍。這看來矛盾的意象，恰恰代表了他們的生命況味。

〈岩中花樹〉占居了這本書幾乎一半的篇幅，而它也恰恰被作家趙柏田所偏愛，因此書名也不妨採用這篇文章的名字。《岩中花樹》所寫的對象為晚明大哲王陽明，而這書名與文章名則皆出自於王陽明《傳習錄》中的一段公案：王陽明與友人遊南鎮，一友人指著岩中花樹問：「天下無心外之物，如此花樹，在深山中，自開自落，於我心亦何相關？」王如此答到：「爾未看此花時，此花與爾心同歸於寂。爾來看此花時，而此花顏色，一時明白起來。便知此花，不在爾的心外。」試想，深山裏的山岩之中竟然寂寞地開著一樹燦爛繁花，對於王陽明來說，這花樹恰恰正是自己的比擬，而這荒涼堅硬的山岩則恰恰是他所生存的那個時代。如果對於作家趙柏田來說，這是一個恰當而優美的比喻，那些生活在朝代更替、天地玄黃的江南文人，他們又何曾不是自我比擬那生長在深山岩石之中的滿樹繁花呢？

如此，再來看看這本書中所寫到的那些江南文人，無論是在事功與內心之間徘徊與掙扎的王陽明，還是在清初苦苦維持道德精神形象的張蒼水，或者是考場失意奔走於書院講堂的章學誠，或者是一生只能在遊幕生涯中動盪漂泊的汪輝祖，等等，這些生於大動盪年代裏，自感文化潰頹的文人們在內心世界均是十分頑強地保持著那一份心靈的聖潔與高貴，正如章學誠的自我期許，他一生不曾認可甚至極端藐視寫作閒雅詩作的風流文人袁枚，而是將保持學術的薪火作為自我生命的精神使命。這些江南文人在他們所生活的時代裏幾乎

均是無法保持在世俗世界裏游刃有餘，他們的內心道德使命使得自己與世俗世界永遠地格格不入，諸如落第、排擠、流放、牢獄、貧窮、疾病、輾轉流離、潦倒落魄，這些如瘟疫一樣的失意糾纏著他們的一生。而這樣的人生荒涼正如那個時代裏殘磚頹瓦一樣，但同時他們最終都在生命的最後選擇了以學術研究來作為最後的精神寄託。留存學術的薪火，探究學術文化的真正命脈成為他們人生的又一個更高層次的追求，因此他們成為這個時代令人尊敬的「黑色的遊龍」，而這個時代的大動盪、大變遷、大更替對於這些江南文人來說無疑是一種內心荒涼與淒絕，充盈內心的抱負也恰恰是他們所渴望盛開的那岩中花樹，即使是深山之中自開自落，也燦爛依然，終究是為這個時代的裏的大智之人。

福柯曾說：「重要的不是話語講述的年代，而是講述話語的年代。」對於歷史的認識是在不同的話語語境下進行的，話語語境的變化會導致人們對相同歷史事件與歷史事實的不同看法。對於同一問題的敘述，不同的敘述方式則可能帶來完全不同的歷史效果。趙柏田的這本《岩中花樹》就是如此，如果沒有了對於江南文人的這一重新敘述，那麼這些被歷史所不斷提及的江南文人並非是那樣鮮活又別有風味。我關注趙柏田的這種書寫，從他的《歷史的碎影》開始，到這本《岩中花樹》。這位隨筆作家無疑在進行一種具有抱負的重新解讀歷史的活動，他的寫作到這本《岩中花樹》我以為才有了具體而明確的寫作趨向，前者是他對於中國近代歷史中江南文人的書寫，而後者在將這一書寫開始往前又推移了四百年，這一系列對於江南文人的重新描述展示了作家書寫的野心，因此我希望能

夠繼續看到他將這一南方文人的精神肖像繼續向前縱深，又勇敢地向當代延續，最終成為一部關於江南文人歷史的別樣書寫，其內在是關於江南文化的內在命脈的重新探求。而面對江南文人的這種對象的書寫，作家趙柏田也在有意識地尋找一種書寫的可能，我暫且認同這是一種南方的書寫，它們在作家的筆下和他們所相處的對象一樣優雅，和他們所生存的江南的自然風物一樣燦爛迷人，具有一種細膩流動的優美氣質。

　　而更為值得稱道的是這種南方書寫在對於傳統的文人精神肖像的敘述之中，作家加入了一種現代的精神氣息，也是這種現代氣息的加入使得歷史的敘述與面目重新的開始變化，從而這種敘述才變得具有了新鮮的歷史色彩，呈現出對於江南文人精神肖像繪畫的一種可能。如果歷史是一堆埋藏的寶藏，那麼只是發掘則得來的只能是寶藏，而如果將這些歷史的寶藏重新運轉起來，他們的面目和生機將會呈現出完全不同的精彩。而這種現代意識在作家筆下則恰恰是能夠使得這些寶藏運轉起來的秘笈和法寶，如果沒有了它們，那些寶藏只能成為博物館裏僅供觀賞的死物，而那些已經被書寫和歷史風乾的江南文人即使再被重複無數次的書寫，也一樣的只是歷史複製品，就像這本書中所收錄的那些古人畫師所為這些江南文人而作的畫像一樣，他們永遠是那樣一副呆板的面孔。

　　但現在，在趙柏田的筆觸之下，他們逐漸地以各種不同的面目復活了，他們以鮮活的生命姿態在其歷史時空中行走，諸如《岩中花樹》這一篇，王陽明似乎在四百年後復活了，他張開口在寂寞地訴說著自己曾經的心靈往事，內心的糾葛與苦悶，精神的掙扎與超

脫，這些被完全地呈現了。趙柏田坦白他的書寫受到了美國漢學家
史景遷和作家尤瑟納爾的影響，前者的《中國皇帝——康熙自畫像》
與後者的《哈德良回憶錄》使得他的敘述具有一種精神自我解剖的
大膽氣息，而同時也使得文本具有了一種介於小說與歷史之間的交
叉文體特徵，更為重要的是這個被作家重新敘述的王陽明開始具有
了一種不同於歷史的新鮮面目，而誰又能說清楚究竟怎樣才是真實
的歷史面目？再如〈道德劇——走出神話的張蒼水〉這一章節，作
家明顯對於歷史人物開始了一種現代式的解構，對於這個晚明的江南
文人張蒼水的作為民族英雄進行了發生學式的分析，這個南明的重臣
究竟是怎樣的一個本來面目，而他又怎樣一步步地被他的同時代與後
來者不斷地進行塑造和重新的敘述成為一個道德偶像的完美化身？作
家作為一個歷史的敘述者重新將三百多年前的那場一個人的精神抵抗
怎樣被儀式化與偶像化進行分析，這同樣顯示了作為一個歷史的重新
敘述者對於歷史的警惕與懷疑，而這些現代敘述元素的加入使得這一
寫作也變幻得尤為精彩。正是作家趙柏田的這種敘述，我看到了一個
中國當代作家的另外一種嘗試，就是使用西方的敘述方式與方法對於
他所生活和面對的自身文化的精彩應用，我在這本書中除了看到了那
些中國江南文人的精神身影之外，似乎還看到了來自西方的福柯、柏
林、桑塔格、弗洛伊德等人智慧的身影，如果大膽地說來，這也算是
一種「中體西用」式的成功寫作標本吧！

（原載《中國圖書商報》2007年7月3日）

丹青引

一

我這人讀書不喜歡追趕風潮，坊間熱賣的書自己往往是不買也不讀的，但因此也錯過不少的好書。曾旅美的畫家陳丹青的著作就是其中一種，彼時，陳丹青的《紐約瑣記》、《多餘的素材》和《陳丹青音樂筆記》等著作熱賣，正逢陳痛批中國高等教育，並欲從清華大學辭職，引得媒體紛紛注目。對此，我以為不妨是有心人的善於炒作，心想，一個知青畫家的文字，不看也罷。但後來，陳的文字閱讀過幾篇，越來越感覺到其間的好，而此時坊間裏陳丹青早先出版的著作卻難覓蹤跡了。這不，等出版社再版了陳丹青親自修訂的《紐約瑣記》（廣西師範大學出版社，二〇〇七年十一月第一版），趕快從書店裏購得一冊。但因此，卻由這閱讀而引起了一番的遐想。

陳丹青早年為上海知青，一九七八年考入中央美院，畢業後不久到美國研習繪畫。此時的陳丹青，已經因為那些副《西藏組畫》而聞名，如

果在國內繼續發展下去，教授、著名畫家或者畫界領導等頭銜應該是虛位以待的，但陳卻主動放棄了這一可能的康壯大道，而選擇了到異域去做一個自由畫家，尋找藝術追求升騰的微渺希望，試想，在另外一個陌生的國度裏，又有幾人會識得陳丹青？也許，徐悲鴻、吳冠中這些能融貫中西的畫界前輩正是陳的楷模，因此這一義無反顧的舉動多少具有一些理想主義者的氣質。我在閱讀這冊《紐約瑣記》的時候，看陳丹青記錄自己在紐約時生活的瑣碎記錄，其間不讀學位，不賣畫作，不搞商業活動，依靠申請繪畫基金清淡度日，專心研習繪畫，以能在畫展和博物館裏欣賞傳世名畫為樂趣，試圖在中西文化的碰撞中尋找昇華。因此，就不難理解，能在異國親眼目睹畫展中的中外名作就自然成為了畫家最為興奮的節日，而我印象最為深刻的則是畫家從好友那裏合租到一處畫室，由此第一次擁有了自己獨立的個人畫室，當他走進這間位於紐約曼哈頓的小畫室，聞到彌漫其中的松節油味道時的那份陶醉，卻也是整本書最讓人讀來感慨的。這些都讓我想起了國學大師陳寅恪在美國留學時，專心遊學讀書而不輕取學位，我無意將兩人作以比較，只是為這種專心學藝而不問功名的內心理想所感動。

陳丹青的幾冊著作多有側重，《紐約瑣記》談繪畫，《多餘的素材》為文藝雜記，《陳丹青音樂筆記》自然談音樂，而後來陸續出版的《退步集》和《退步集續編》則是回國之後的人文雜談。這冊《紐約瑣記》初看是一個中國畫家在美國紐約生活將近二十年的流年碎影，但細讀就不難發現是關於繪畫事宜的諸多記憶。書中收錄篇幅最長的一篇文字是〈回顧展的回顧〉，正是畫家記錄自己在

在美國眾多回顧畫展中與絕世名畫相遇的回憶文字，雖然大多具體涉及每一畫展的文字篇幅不大，但都可以看作是畫家對於這些著名畫家與傳世畫作的個人體悟，文字也自然是很好的美術評論。諸如關於梵谷、畢卡索、董其昌、朱耷、馬奈、米勒這些畫家的名畫，我以為親眼目睹與經過印刷品來品評是決然不同的。一個畫家的評論文字和一個文藝理論家的評論文字，我則寧願相信前者，因為畫家具有對繪畫本身的親身體悟，則自然能夠感受到畫作中的好處與難處以及繪畫中極為微妙精彩的地方，而這體悟不是通過那些晦澀的理論進行強行套用的。因此這冊《紐約瑣記》我以為還是很好的美術評論文字，是值得那些學習藝術評論的讀者賞玩的。

　　畫家懂畫自在情理之中，但能同時將中國文字操練到精湛境界的卻是少見？我為自己起初對陳丹青文字的鹵莽而感到慚愧，所謂英雄不問出處，儘管陳是知青出身，但他自稱是將木心作為老師的，陳的著作在國內大熱後，他又曾不遺餘力地將其恩師的文字引進出版。讀另一位我喜歡的美術評論家和散文作家段煉的散文〈尋師天涯〉，其中有對《紐約瑣記》誕生的點滴記錄，「多年前有次去紐約，住在畫家朋友陳丹青家裏。入睡前，畫家拿出一疊列印稿相示，是他即將出版的文集《紐約瑣記》。打開文稿，一讀就入了迷，竟一氣讀完，很難相信一位畫家能寫出這麼好的文章。次晨起來，同畫家談起文稿，說他的文筆渾然天成，沒有斧鑿的痕跡。畫家先是一愣，再微微一笑，說還是認真修改過的。後來才知道，陳丹青在紐約拜師為文，遍讀古今中外的文學大師，不僅涉獵中國古代的詩文策論，也涉獵歐洲當代的哲學與批評。我沒問過誰是陳丹

青所拜之師，直到今年國內熱炒，才知道是集畫家與作家於一身的木心，其散文集《哥倫比亞的倒影》已在國內出版。」

木心的散文我因陳丹青的努力推薦，也曾買來一讀，但畢竟是不太喜歡，因為對文字過於雕琢與用心，又因為缺少國內生活的地氣，總感覺自己與這文字多少有些隔膜。而陳丹青的文字我則認為有青出於藍而勝於藍的氣象，其文字能化將開來，字裏行間風神瀟灑，用字造句頗為乾淨利索，拒絕了文人的濫情和酸腐，最令我佩服的是陳丹青文字之中所升騰起的那股英武不俗的理想主義和英雄主義氣質。氣骨高潔，文如其人，我曾誤解過陳丹青先生，如今，在這裏，我再一次為他的文字叫好，也作為一個拒絕浮華的閱讀者，為他在回國後所作出的種種看似憤世嫉俗的舉動同樣叫一聲好。

這冊《紐約瑣記》因為是修訂本，相比初版本考究了許多，無論是版式設計還是封面的裝幀都是精益求精，而加進書中的眾多精緻的畫作插圖與陳丹青的文字相得益彰，讓人愛不釋手。另一個修訂是，作者刪除了初版本中的諸多與美術無關的對話和訪談，將初版本的上下兩冊壓縮為一冊。對此一點，可能是仁者見仁，智者見智的事情了，我一向是很樂意購買修訂本的，但這一次我又有些動心那兩冊樸素的初版本了，畢竟它更為完整，猶如鄰家少女，不施粉黛，楚楚動人。

二

陳丹青稱木心為自己的師尊，但我讀陳丹青，卻感覺他從胡蘭成處偷學來不少東西，且看這一段：「中國古典音樂另有一種大

好，我不知以什麼詞語形容。聽過今人演奏不知哪裡的古民樂，蓬勃陽剛，不摻半點傷感與矯情，聲音裏姿態變化多極了。那年在紐約看連續劇《唐明皇》，有一段玄宗出巡，單是成排的大鼓敲了又敲，一路臣民跪倒，我聽得神旺，它卻是毫不煽情，鎮靜而猛烈，又極喜慶寬大，真是朝廷的恩威。後來我錄下來連在一起聽，聽過了，好久不曉得該去做什麼事情。這種內心的振動，好像聽西樂沒有過。西樂也是意氣風發，但好像聽過了要你非得去怎樣：愛，革命，奮鬥，或者死掉算了。那段唐的鼓樂的意氣風發，就只是意氣風發。」列位要是讀過胡蘭成的《山河歲月》，是不是會懷疑這是出自胡蘭成的手筆吧。若沒有讀過，不妨有興趣去細細對比一番。

　　上面我抄錄的那段話出自《陳丹青音樂筆記》（上海音樂出版社，二〇〇六年三月一版）。讀這書，本以為陳丹青會談論音樂，信任他的眼光和筆法，竊以為音樂是最難用文字表達的，你見過一篇文字表達的樂曲勝過現場用耳朵聆聽的嗎？看來，我要失望了，因為翻遍全書，陳丹青直接談論音樂感受的只有寥寥的幾處，而我印象最深的也就只有這麼一個地方，不妨再當一次文抄公：「美國的音樂電影，倒有幾部值得看，最近看了《FANTASIA2000》，是以一組古典名曲配置動畫畫面的影片，其中第二闋，作者忘了是誰，樂曲真是『崇高偉大』，畫面主角卻是幾條海豚。到了樂曲奏向『崇高』之際，幾百上千隻海豚伴隨音樂升騰上天，競相飛越，如龐大的轟炸機群，掠過崇山峻嶺，更高，更高，在音樂高亢激昂之際，海豚們穿越雲層翱翔奔躥，呈彌天之勢，看得我目瞪口呆。」這一段關於音樂的描述十分形象，但並非陳氏自己的想

像，否則真可以和《老殘遊記》中那段在濟南聽音樂的描述比較一下了。但且慢，陳丹青音樂修養雖然很高，但畢竟聰明，直接論音樂，可能並非明智之舉，而他談音樂、談建築、談繪畫、談教育，其實都是醉翁之意不在酒呀。

因此，陳丹青十分地佩服魯迅，當然是寫作雜文和以筆為匕首的魯迅。陳丹青談論音樂，也只是以音樂為由頭，用雜文的筆法談論他自己對於現實的不滿罷了。陳丹青出生在上海弄堂裏的知識份子家庭，青年時代響應號召下鄉插隊，後來到中央美院讀書，畫出《西藏組畫》轟動全國，接著到美國紐約，這一待就是將近二十年。沈默，修煉，完全浸透在藝術當中。然後，操筆為文。為什麼要寫作？這是一個問題。對於陳丹青來說，我以為這就是二十年美國生活給予他的回報。大多數在海外生活過的人，再回觀自己曾經生活過的地方，就會發現一切全壞，於是就憤怒，激情澎湃。可是陳丹青卻不，作為一個知識份子，他並非對於中國的傳統文化予以否定，更不會去做那些可笑的東西文明比較，我讀這冊《陳丹青音樂筆記》，才發現他只是對於中國現有的文化生態、機制和創造模式表達自己的意見，同樣是關於音樂，他甚至對中國民間的鄉間小調也是癡迷不已的，但卻對我們無視這種文化，且壓抑和毫無保護表達自己的不滿。而這不滿正是自己在異域獲得的經驗，是從美國生活獲得參照，看看別人，想想自己，或許就明白了。

陳丹青說他喜歡談論「音樂的周圍」，的確，他的〈外國音樂在外國〉就是談論外國音樂的生存狀態的，流行音樂、古典音樂、歌劇演出，等等，再如〈音響、唱碟、聽音樂〉是談論外國音樂出

版的，〈浮光掠影百老匯〉是關於美國流行音樂文化的，〈赴死的
演出〉是談論音樂精神的，〈階級與鋼琴〉是談論音樂修養的，
〈貝多芬故居〉是談論對音樂家故居的，〈瓦格納問題〉是談論音
樂家的，〈靈台琴聲〉乾脆是談論音樂家之死的，〈告別交響曲〉
是談論古典音樂電臺的，等等，沒有一篇是直接談論音樂本身的，
全部是在「音樂的周圍」，或者是對於美國音樂文化的理解。但
是，不全是這些，你讀這些文字，發現他處處不忘記與自己的母土
文化進行比較，進行參照，讓你讀出問題，發現症狀，從而得知我
們自己也有很好的音樂，但我們沒有音樂精神，沒有音樂文化，更
沒有完好的音樂生態。再擴大到我們的文化，或者是文明。

　　我說陳丹青從胡蘭成處偷學到不少的東西，這不光是文字上
的搖曳多姿，光彩迷人，更有他在寫作中能夠輕鬆處理，將百煉鋼
化為繞指柔。諸如對比中國文化和美國音樂文化的生態，陳丹青不
是生硬地進行比較，而是往往從紐約的音樂文化聯想到自身，談談
自己的童年時代在上海弄堂裏的生活，談談上山下鄉時代的青春經
歷，談談回國後的所見所聞，這些似乎看來是閒筆的輕輕點染，但
卻是形成極為分明的對比，明暗之間，由你讀後做出裁奪，因而許
多議論就難怪分外的到位、尖銳甚至是刻薄，我抄〈浮光掠影百老
匯〉中的一段大家看看：「《東方紅》是什麼？什麼都有：民歌、
詠歎調加大合唱，秧歌舞、芭蕾舞加集體舞，連續不斷的場景，片
刻不停的激情，激情的波浪型公式是悲憤加傷感加崇高加讚美加豪
邁加狂歡……統統加起來，就好比每一齣百老匯劇所能密集提供的
興奮功能。怎麼做到呢？現在想想，了不起的是那位（或好幾位？

當時是講集體創作的）將一堆現成的中國近代歌曲、樂段以變奏方式貫穿調動起來的音樂家（或者應該叫音樂總監？當時是不作興公佈作者和職銜的）。不是有句叫做『戲不夠，音樂湊』的土行話麼？以六十年代中國准官方音樂實力論，《東方紅》確乎是無產階級革命歌舞大手筆。此後，八十年代開辦迄今的一屆屆『春節聯歡晚會』，也有點百老匯的意思，但面子上攪拌的是港臺夜總會的聲色效果，骨子裏仍然沿襲革命歌舞劇《東方紅》的老套路。」

　　雜文要寫得好，其實是非常艱難的，既要學識駁雜，視野開闊，又得文筆老到，還得生活積累豐富，更關鍵的是要頭腦時刻清晰、智慧。我以為陳丹青的雜文之所以寫得極好，除了文筆奇佳之外，他的生活閱歷帶給自己的精神資源更是取之不盡，許多東西其實不需要太多思考，你只要前後左右比較一番就可以了，諸如上面關於《東方紅》的那段論述，陳丹青從美國百老匯的流行音樂文化談到自己青年時代熟悉的《東方紅》，接著再談到八十年代開始的春節聯歡晚會以及日益流行的港臺文化，一番比較，就可以見出問題的核心所在了，這是生活閱歷和思想的豐厚所帶來的財富。中國當代的雜文作家中，我以為可以和陳丹青相媲美的，就只有一個王小波，而他們的經歷實在是太相似了。不知道諸位怎麼看，如果有興趣，不妨也去細細比較一番，這裏我暫且按下不表。

（原文分刊於《北京日報》2008年2月14日、

《都市快報》2008年12月3日）

吳泰昌的文學「法寶」

不知什麼時候，我讀書時變得比較八卦，也許是自己不必為學院體制所束縛，讀出些八卦可以給自己的業餘讀書製造一些趣味，諸如近來從自己學習的魯迅文學院的圖書館裏借來一冊吳泰昌先生的散文選集《夢裏滄桑》，讀來覺得有趣，便從書店裏購來吳泰昌先生的近著《沉醉的遺韻》，兩書對讀，不料又有八卦發現。在《夢裏滄桑》的第一篇文章是〈阿英的最後十年〉，其中有插圖照片一副，旁有附言：「阿英最後一次留影，一九七六年冬，抱外孫吳喆。」而在他的《沉醉的遺韻》一書中，有文章〈冰心：「我愛的書」〉，其中也有插圖照片一副，旁有附言：「冰心一生愛孩子，一九八七年六一兒童節他囑作者將上小學的兒子吳喆帶來看看。」這一對讀，就不難發現《文藝報》原副總編輯和散文作家吳泰昌先生原來曾是現代文學史上著名的作家、學者和藏書家阿英的女婿。對於這個推斷，僅靠此我還是有些不敢確定，恰好我在魯迅文學院學習的同桌是文壇上見多識廣的活動家，他見我讀吳泰昌先生的著作，於是對我的猜測進行肯定和補充。

　　吳泰昌先生以散文寫作為主，而他的散文寫作又大多以書話文章為主，這些書話文章以記述現當代文學史上的人與書為主，孫犁先生曾稱讚吳先生的文章「短小精悍，文字流暢，考訂詳明，耐人尋味」，而我以為吳先生寫作的這些活潑有趣的書話文章，大多有第一手的資料見聞，並非一般常人可以完成，這大約與他特殊的身份有著重要的關聯，其一就是與作家阿英的親密關係，使他更容易走近那些文學大師，也容易受到影響成為一名學者型的作家；其二則是作為國家重要文藝報刊的編輯記者，必然注重作為記者的新聞敏感意識，日積月累，涓涓溪流，彙成文字，成為研究現當代文學歷史的重要資料。隨後我又閱讀吳先生近年來出版的專著《我經歷的巴金往事》、《我認識的錢鍾書》和《我認識的朱光潛》等著作，更加深了我的判斷，作為一個學者型作家，原來吳先生的成功背後還有其獨特的文學「法寶」，不妨這裏一一道來，也算繼續八卦一回。

　　法寶一：筆記本。吳泰昌經常去採訪一些文學大師，作為一個文學新聞記者，記錄這些文學大師的瞬間思考的文字，往往是極為珍貴的。吳先生正是這樣的一個有心人，他的大量的散文著作正是這樣寫成的，作家馮驥才在文章〈藝術就是充分的自己〉中就曾這樣寫到他的記錄本：「筆記本是泰昌的寶貝。他好記筆記，每每作家聊天時，重要的觀點、趣談、乃至好玩的笑話，亦必筆錄，或事後追記下來。他認為，作家們這些寶貴的見解與智慧，大都不會寫到文章裏去，這些只是一時靈感勃發，脫口而出，說過甚至會忘掉。這卻是將來研究這位作家、作品和文學現象的珍貴難得的材

料。」正因如此，馮驥才讚歎吳泰昌為「下世紀的文學史家派到本世紀來的特約記者。」現在，新世紀才剛剛開啟，而由吳泰昌先生所寫下的那些書話散文就已經顯示了它獨特的史料價值，他的關於現代文學大家的記錄，諸如對茅盾、曹禺、錢鍾書、朱光潛、巴金、冰心、孫犁等等文學大師的記錄就成為很多研究者的第一手資料，這就不得不提及吳泰昌先生手中的那個筆記本。而堅持以隨手記錄捕捉作家的精神火花並非容易，這是吳泰昌的法寶，也是他非同一般常人之處。

法寶二：照相機。關於作家的影像，臺灣作家林欣誼在《凝視時代的眼睛》中講到：「我們不能遺忘，真正導引著我們的，是隱藏在鏡頭後的那雙眼睛──是他們的凝視，在黑暗中打亮了光，為我們『讀』出作家的面目」。我在閱讀吳泰昌的著作時，常常從他的文字之外直接感受到作為作家或文學大師的精神神韻，而這神韻的背後，也正是吳泰昌在為我們不斷地凝視和捕捉，使他的文字與這些影像在某種程度上形成了立體的統一。吳泰昌拍攝了大量與文學相關的照片，而這些照片今天看來皆成為研究那個時代文學現狀最直接和最生動的資料，在他的幾冊著作中，都不同形式的收錄了由他所拍攝的許多著名作家和學者的照片，他們所呈現出來的力量有時候比文字更具有魅力甚至更有份量，正如林欣誼對作家影像所論述的，「按動快門的瞬間，也捕捉住作家靈魂閃現的一現」，而許多作家和學者的照片也因此而成為極為罕見的研究資料。在《我親歷的巴金往事》一書中，吳泰昌就記敘了自己曾陪同作家巴金到浙江的杭州進行療養，旅途中拍攝了大量的照片，得到巴金的喜

愛，而這些照片在今天許多都已經是珍貴的資料了，後來吳泰昌也根據這些照片寫作了另一冊專著《我鏡頭裏的巴金》。

法寶三：日記本。日記作為一種獨特的文體，它既是作家備忘的私人記憶，同是也是日後進行創作的珍貴素材，吳泰昌先生就曾多年如一日地堅持下來，而這些日記積累到今天就成為一筆寶貴的當代文學資源庫存。更為關鍵的是，這些日記對於吳泰昌先生後來進行寫作有了十分關鍵的參照作用，他保證了記憶的真實性和準確性，甚至對於許多往事的細節也有了很鮮活的補充，這在他的許多著作中，都有對自己日記的查閱和徵引，諸如在《我所認識的朱光潛》一書中，他就曾多次查閱並徵引自己的日記，其中寫到朱光潛與葉聖陶關係密切，相處融洽，就舉例一九八三年十月二十八日，朱光潛先生偕夫人奚今吾向葉聖陶祝壽，在一九八三年十一月四日的日記中，吳泰昌就有這樣的記錄：「至善說，葉老很煩別人給他祝壽。十月二十八日，呂叔湘請了開明書店幾位老人，王力、朱光潛都去了。」至善是葉聖陶的兒子葉至善，他告訴吳泰昌的這段話被他記錄到私人日記中，多年後竟成為補充記憶的重要材料，同時也清楚地可以看出葉聖陶十分獨特的個性，以及他與王力、朱光潛、呂叔湘等人之間非同尋常的關係。

吳泰昌先生多年如一日的寫筆記、拍照片和記日記，積累和保留了極為豐富的文學素材，這也促使他能夠有源源不斷的寫作思路，他的許多散文作品都是以專欄的形式在報刊上進行連載的，從來沒有枯竭的跡象，而近年來因為從報社退休，有了大量的閒餘時間，他關於錢鍾書、朱光潛和巴金的專題文章都是接連寫成的，

我相信他還能寫出如對阿英、冰心、孫犁等等諸多與他有關密切交往的現當代作家的記憶，這是一個人的文學記憶，是私人化的，也是公共性的精神財富。我也期待著吳先生能夠將他的日記和筆記以及照片、書影、書信等整理出版，相信這些同樣是研究現當代文學十分重要和珍貴的資料。對此，馮驥才先生的另一個判斷與我有著同樣的共鳴，他對吳泰昌與阿英的文學因緣有過這樣精彩的判斷：「我想到阿英先生的治學特徵，他一貫以對後代負責的精神，將身邊匆匆而過、稍縱即逝的各種材料，收集起來，寫成文章，或編集成各樣的集子。這是為後世人著想並工作的。如果沒有這種有心人，後世人搞起研究就常常會因資料渺微而茫然。因此，我以為，泰昌得了阿英的真傳的。所謂真傳，就是接過那種精神吧！」

　　由此看來，讀書八卦有時並非純粹娛樂。

（原載《中國圖書商報》2008年10月7日）

北大的青春記憶

　　以前讀北大「醉俠」孔慶東的〈47樓207〉，很為這廝筆下的北大往事所神往，在那篇文章的開篇中有這樣一段頗為調侃的敘述：「『北大往事』，本來是我計畫中的一部長篇的名字，現在忽然有人以此為名編一本書，那我的長篇將來出版時擬改名《狗日的北大》，以表示我對北大無法言說的無限摯愛。」而直到因為紀念北京大學建校一百一十周年，我才有機會看到這冊重新出版並以紀念珍藏版為名的《北大往事》，孔慶東的這篇名文就收錄其中，由此我也才知道原來在十年前廣泛約稿和編輯此書的「有人」，正是我手中這冊書的編選者橡子和谷行。我對谷行沒有瞭解，倒是在幾年前由陳平原先生主編的一套「曾經北大」叢書中，讀到過橡子的一冊隨筆集《王菲為什麼不愛我》。這冊《北大往事》中收錄了橡子回憶往事的兩篇文章〈穿越冰山〉和〈吹盡狂沙始是金〉，讀後始知此君原係北大中文系一九八六級學生，北大詩派的一員大將，交際甚廣，文名極大。

也難怪，我起初讀這冊《北大往事》，十分詫異此書被約作者大多為北大中文系的才子和才女，覺得書名不妨直接改為「中文系往事」更為合適。由中文系的才子才女們操筆，相比如今我所讀到的眾多以紀念北大為名頭的作品，讀來過癮多了。此書除了唐師曾、李方、潘朵拉等為數較少的作者，其餘者皆為北大中文系出身，其中三分之二的文章出自上個世紀八十年代在北大中文系讀書的學生，自然難免回憶的往事也是八十年代在北大中文系發生的諸多閒話與趣聞。我讀這些發生在八十年代的校園趣聞，感覺才子和才女們筆下的往事，真可與我讀過的諸多「五四」時期的北大往事相媲美。「五四」時期的北大記憶，我讀過最好的莫過於周作人的《北大感舊錄》，還有一冊則是數年前讀張中行先生出版的一冊《話說老北大》，而建國後的北大，讓人神往的則莫過於八十年代。關於八十年代的回憶文字，最讓我喜愛的，則莫過於這冊《北大往事》。

　　周作人與張中行筆下的北大往事，其最具神采的當是北大的老師和學生。一個學校的財富，此兩者最為貴重，也最讓人神往。因此在這冊《北大往事》中，可以讓北大學子津津樂道和驕傲自豪的，則是曾有幸能接受這些學識淵博、德高望重的先生們的薰陶與教化，諸如他們對王力、吳組緗、王瑤、林庚、宗白華、朱光潛、許淵沖、周培源等學術大家的記憶與印象，讓這本就傳奇的象牙塔更有了神氣。而我也終於知道，八十年代的北大之所以還有「五四」時的流風遺韻，大約與這些先生們的承傳大有關聯。我注意到這冊書中，有後來成為北大教授的陳平原所寫的〈十年一

覺〉，此文回憶其身在北大十年的人與事，特別提及的是陳先生的恩師王瑤先生。對於陳平原先生，在此書中一九九四年入北大中文系的遲宇宙的〈北大啊，北大〉中，則又有專文記述。這種對於先生之風的代代敘述，讓我想起幾年前求學京城時，常常混跡於北大課堂，印象很深刻的是聆聽陳平原先生給研究生所開設的課程《中國百年學術史專題》，陳先生的課堂，氣氛溫暖，我常被他在講課時對台下學生們所稱呼的「諸位」二字所打動，彷彿瞬間回到了一個遙遠的時代裏，而陳先生課後與自己的弟子們相約聚餐，則讓我這個非北大學子實在豔羨。風氣遺存，讓人感懷。

　　關於北大學生的往事，這冊書中我最喜愛的幾個篇章，諸如孔慶東的〈47樓207〉、王川的〈文八二、434及其他〉、杜麗的〈誰比誰活得更長〉、雷格的〈怪齋筆記〉、阿憶的〈懷念故人〉等數篇，其中孔慶東的幽默，杜麗的含蓄，阿憶的憂傷，都是讓人讀後常久回味的青春敘述，而王川和雷格的筆下往事，則有意模仿「世說新語」的筆法，常常寥寥數筆，則讓人讀後忍俊不禁。他們筆下的北大中文系的才子才女們個個都極有「魏晉氣象」，諸如橡子筆下的〈吹盡狂沙始是金〉，寫到一位擅長繪畫的中文系學子大寂，於寂寞中急流暗湧，怪誕中掩藏著豐富的孤獨。這些都不難讀出這些八十年代的學子們身上所富有的純真與理想、浪漫與熱情、獨立與執著。他們才華出眾，但喜愛標新立異；個性十足，但內心有豐富的孤獨；孤傲標世，卻掩不住的敏感和脆弱，他們後來的命運軌跡所呈現出的曲折與長度，也就不僅僅是用一個問號或驚嘆號可以替代了。

也許是因為編選者是北大詩派的一員，我發現這冊書中寫作詩歌和回憶北大詩歌的文字不少，其中橡子的〈穿越冰山〉、西渡的〈燕園學詩瑣記〉、郁文的〈詩歌與騷動〉、麥芒的〈詩歌的聯繫〉、劉廣安的〈海子畢業留言〉、蔡恒平的〈上坡路與下坡路是同一條路〉等文章，對於瞭解北大詩歌的盛衰很有借鑒，而他們筆下的那些北大詩人們的修煉，在今天讀來彷彿是一段傳奇。這些詩人的回憶文章中，西川的〈小事物的精英〉很值得一讀，此文回憶自己的北大往事，但頗有反思意味。在文末，西川有這樣一句注釋：「謹以此文獻給我的母校北京大學，獻給轟轟烈烈的八十年代」。在這冊書中，我只在西川這裏讀到了唯一一例對北大極具諷刺意味的往事：一九九六年，一位與西川認識的北大研究生希望能通過西川，為一位海外歸來的北大出身大老闆策劃拍攝兩部電影，他們三人見面的地點約在長城飯店的硬石俱樂部，由於環境蕪雜，無法談話，於是改約。臨行，那個給老闆當隨從的北大研究生臨別時特意叮囑西川：「下次來別帶女朋友。」第二次見面，西川隻身前往。那位北大研究生指著那個北大出身的老闆對西川說：「你想怎麼玩都行，他出錢。」西川大約是極為敏感的，因此有這樣的感受：「我聽出了這話的意思：他大概想建議我要求去洗桑拿浴、嫖妓女，他好跟著白蹭。」結果是，在長城飯店的薩拉伯爾餐廳吃完了飯，談完了事，西川獨自回了家。文末這位北大出身的詩人也不忘記調侃一下他的這位校友：「估計我一走，那個想白蹭妓女的北大研究生最終也沒有『玩成』，而拍電影的事從此沒了下文。」

　　西川的敘述很有象徵意味，一方面是頗有神聖和理想氣息的北大研究生，一方面是代表財富的海外老闆、代表奢華享受的長城飯店和代表墮落慾望的妓女，對兩者的衝突，前者是未戰而敗。對此，西川特意強調了這是發生在九十年代，與八十年代他讀書時的社會風貌截然不同。儘管這位北大研究生似乎並無法代表著今天的北大，但通過西川的敘述，我可以明顯感受到的是，這些與北大往事有關的記憶，與其說是獻給八十年代的紀念，不如說是獻給那個浪漫、理想和熱情的時代記憶。因此，對北大往事的懷念，或者是對一種文人理想式生活的奠祭，或者是對於今天生活的日益貧乏與平庸的反思與抗拒。

（原載《中國圖書商報》2008年7月15日）

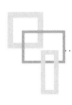

最是寂寞讀書人

一九九七年浙江人民出版社推出了一套「綠林書房」文叢，收錄了當下活躍中青年學者的書話文集，這套書話文叢一出版就在讀書人中被譽為經典，無論入選者的層次還是書籍的版式設計都堪稱當下一流。所謂「綠林書房」以我個人私下的猜測乃是將這些學者的書話文字看成是一種書齋之中充當綠林好漢的業餘行經，而實際上「綠林書房」乃是魯迅先生在北京時的書房別稱，由此可見策劃與主編叢書者的匠心獨俱。但這之中有一個人似乎應該排除在外，他一生寫成的文字且較有影響的大多都是關乎近現代文人的書話文章，這個人就是吳方。這套叢書我在二○○一年在南京偶然相遇，適逢書店打折出售，因而選擇了其中的若干本，其中就包括吳方先生的《尚在旅途》一書。這本書買回來後稍作翻閱就放在了書架上，但作者吳方卻給我留下了深刻的印象，以為這作者肯定是一位飽讀詩書的老先生。然而我恰恰大錯，二○○五年的深秋，我在書店看到了吳方的新書《追尋已遠——晚清民國

人物素描》，於是買下來閱讀，但回來卻稍稍有些後悔，因為這本書中的文章大多在前一本書中都已經收錄，所謂新書其實只是一些舊作的重新整理。不過我在認真閱讀了這本新書之後，不得不感慨萬千，內心裏充斥著一種特別的苦澀與酸楚，更重要的是它讓我重新認識到一個默默的讀書人。

其實這本書乃是吳方的生前好友為了紀念他去世十年而出版的，紀念一個讀書人最大的方式莫過於將他的舊作予以出版或者去重讀那些遙遠的文字，而如此也恰恰說明一個讀書人畢竟已經離開我們十周年了。在本書中我看到了吳方的照片，通過這張照片我看到一個樸素、健朗和溫和的青年人，與我以前的猜測大相徑庭，更讓我感到不可思議的是我通過他的幾位好友的回憶文章瞭解到關於他的一些往事。吳方生前的歲月頗為坎坷和寂寞，他生在那個動亂的年代裏，家庭出身導致了他曾經做過煤礦黑暗之中的工人，三十歲才考入了人民大學讀書，畢業後在一家研究機構作編輯和研究人員。這樣不平靜的經歷讓我很難理解為何他筆下的文字沒有旁人所擁有的憤怒、痛苦的控訴，而更多是安靜與溫柔？他三十四歲畢業，四十七歲黯然離世，短短十三年的時光留下來的只有幾本書話文集，這些書話文集大多係他對於人物個案的分析與研究，但沒有學究氣，我更多的認為這只是他要寫一部心中的大著作的前奏，這一切的努力僅僅不過是他早期的準備工作，是他的讀書筆記和思考的點滴而已，不幸的是他過早的離開了我們。然而他的離去更加富有傳奇色彩，更加顯示出他作為一個讀書人的獨特與胸襟，大約在一九九五年他得知自己患了癌症，已經是晚期了，在人世的時間已

經不多，為了不給即將準備高考讀大學的兒子帶來拖累他毅然選擇從容離去，他的朋友朱偉在回憶文章〈斜陽繫纜〉中對此有一段令人難忘的記敘，「一九九五年八月十六日約中午前，編完這本最後的文集，他趁妻上街買菜之際以電話告訴馮統一，書名就叫《斜陽繫纜》，回家將自己懸於門框之上。那天中午我剛好在《讀書》編輯部，那時《讀書》編輯部在朝內大街一六六號，吳方家在東四七條，相距並不遠。接到吳方妻電話。我跟《讀書》同人騎自行車趕去，記得同去者還有雷頤。時院裏停著急救車，吳方臉色極為蒼白。我參與幫助人工呼吸，手按壓在瘦骨嶙峋的胸膛上，其實一切只是徒勞。其妻悽厲地喊著一定不要停手，屋外暴雨如注。」

　　一九九五年八月吳方的離去到二〇〇五年八月他的又一本書《追尋已遠》的出版，剛好十年，朋友們沒有忘記這個生前寂寞的讀書人。吳方生前寂寞的讀書、寫作和做研究，為人平和寬容不計較個人得失，能夠按捺住孤獨和貧窮，因而他寫出的這些文章實屬不易。他家庭的居住環境非常狹窄，因而他從來不買書藏書，做學問只去圖書館借閱，我在看他的那張照片時就發現他所穿很是樸素，上身是體恤，下身是牛仔褲，據說這是他平常固定的衣著，但我注意到他腳下所穿的是一雙手工的黑棉布鞋，這是否可以表明他當時的一種生活的態度與心境呢？吳方生前執著而寂寞的讀那些看來很生僻的書籍，但寫出來的文章大多雅致、含蓄、沉靜，讀來很有書卷氣和頗有靈動的韻味。

　　吳方的這些書話文章大多集中於對「五四」前後的文人進行評論，我想他將「五四」作為寫作的對象大約是有深意的，以

「五四」作為一個時代的座標，向前推到晚清，向後到延至民國。五四時期是中國千年之不遇的一個大變動、大融合與大陣痛的時代，它給予後來中國文化乃至社會走向的影響實在是過於巨大，如何認識和梳理這一歷史階段中的文化乃是一個難題，吳方選擇文人知識份子作為談論的對象大約也是有其內在思考的。五四前後中國知識份子所具有的時代魅力與歷史貢獻是之前之後都難以達到的，許多文人本身就是一個時代文化的縮影和難題，諸如他筆下的龔自珍、譚嗣同、梁啟超、魏源、蔡元培、胡適、王國維、沈從文、周作人、弘一法師等等。難得的是吳方的這些書話文章沒有停留在文人抒情感慨和追憶古人生平之中，而是超越性的面對很多問題提出了自己的思考，並且他的這些問題並不追求全部而是以對這些人物最關鍵的部分進行切入，試圖尋找自己的解答。我讀這些文章感到如果沒有這樣的一顆平靜的心情是很難作出如此平穩獨到的判斷和闡釋的，以我所關注的五四學者吳宓先生來作為個案。由於吳宓先生是我的同鄉，因而我對這位在中國現當代歷史中一直被予以曲解的學者給以很多的關注，並閱讀了相關的書目。我發現吳宓先生在作為一個理想主義者，畢生以融合中西文化作為自己追求的使命，他創辦《學衡》雜誌倡導這一理念並為之實施數十年之久，然而這樣一位中西兼通的人文學者晚景淒涼，甚至遭到諸如魯迅、胡適、鄭振鐸甚至他的學生錢鍾書的嘲弄，他留給後人竟然是一副迂腐和保守的冬烘形象，到了一九九〇年代我讀一位南京的著名作家的一篇關於吳宓先生人生及情感方面的隨筆文章，發現這位作家對於吳宓先生根本沒有理解且極盡嘲弄之能事，這位以對中國民國歷史有

所研究的作家寫這樣輕薄的文章讓人感到實在是不可思議。幾十年前由於時代前進的特殊原因可以有判斷的失誤，但當我們跨越了時代來重新審視時若作出這種不負責的結論實在是荒唐和令人感到不可思議的。倒是我在閱讀了吳方所寫的文章〈「保守」的釋義——吳宓及《學衡》思想文化個案〉中感到一種肯切和讓人啟發的思想光彩，「保守，這個詞在中國現代史上有守舊、因襲、封閉、惰性的含義。如果我們可以中性、描述性地使用它，那麼也無非是一種狀態，如同戰場、球場、棋盤上的攻守異勢，守，也有守的道理。況且保守也有氣質性格上的、政治上的、文化上的種種不同範圍和表現，這就不宜籠統論之。譬如文化保守主義——如果姑且說吳宓及《學衡》是與激進的反傳統主義對立的話——也未嘗不表現著一種批判性的建設性的思維，是可以參與歷史對話的不同聲音。」

　　錢穆先生的書我讀的不多，但他在《國史大綱》序言中的一句話我記憶深刻，「對待歷史我們要有一種溫情與敬意」。我想大約是吳方在閱讀和寫作這些文字的時候都保持著一顆虔誠與沉靜的心靈，由此我們也就可以理解他為何如此看淡生死問題，他是極為願意留給他所愛的人以溫暖與寧靜，這位曾經受過歷史動盪折磨的讀書人選擇了寂寞平靜的人生方式，他珍惜生活並願意將最美好的生活留給他人，這是一個足以可以令我們敬佩的讀書人。

（原載《北國週末》2005年12月9日）

第二輯

書林折枝

熱愛自然的人

　　繆哲先生好譯筆，讓我許久才找到他翻譯的《塞耳彭自然史》，此書由英國人吉伯特・懷特所著，收入花城出版社的「經典散文譯叢」之中。若不是繆哲先生的譯作，估計我是很難知道的，但奇怪的是，七十多年以前周作人已經寫文章介紹了，而我讀書前的序言，才知道懷特是十八世紀英國退隱山林的鄉村牧師。這本《塞耳彭自然史》便是他在山村塞耳彭隱居期間所寫的自然觀察筆記，據說塞耳彭當時十分荒涼，少有人至，連通外界的只有一條曾被大水沖毀的小路。懷特在決心定居山村塞耳彭之前，曾為英國奧利爾學院的評議員，而選擇鄉村牧師，無疑還是一個清貧的職位，幸虧他的祖父遺留下一筆可觀的財富，讓他可以安心的在鄉間衣食無憂的觀察自然風物。懷特一七二〇年生於塞耳彭，一七九三年去世，其間曾先後到溫特斯特學院、牛津大學和奧利爾學院讀書，一七四三年他獲得文學學士，一七四四年三月又當選為大學的評議員。但在一七五五年他選擇了以牧師的身份定居

偏僻的塞耳彭，之後便不曾離去。據說曾有多次邀請他回到大學擔任教職的機會，但都被他拒絕了。而究其原因，用此書的序言作者愛倫的話說，就是「他不願分心教區的事務，寧可在法靈頓作一名不起眼的副牧師，享受一個有學養的博物家的恬靜生活。」

《塞耳彭自然史》以書信的形式寫成，但其內容卻專事傾談山村裏的自然風物，其對鳥獸與自然的觀察極為細膩，讀後令人十分的感動；但很長一段時間，這冊《塞耳彭自然史》並無什麼名氣，文學史上也不曾留下什麼位置；到了二十世紀之後，才逐漸具有了影響，給這冊書寫作序言的格蘭特・艾倫這樣評價懷特的意義：「說實話，能推進科學於萬一的，天下並沒有幾人；假裝推進科學，去蒙一點小小的浮名，這樣的願望，根子就在我們現行的學究教育中。但愛自然，觀察自然，是人人都能的。在這一點上，每個人都能從懷特身上取得教益。我們的目標，應是把自己塑造為立體的人；使自己有圓滿、協和、博大的人性。我們都不願作『扁平人』。而懷特的方法與榜樣，對預防流行於現代生活的『扁平症』，則有莫大的價值。請以懷特的率真、無成見的眼神，去直接觀察自然吧，問她問題，讓她自己回答，不要拿倉促的答案強加於她；這時，不管你是否『推進了科學』，你至少會使得人類中，多了一名真心愛美、愛真理的老實人，從而推進我們普遍的人性。」

其實要說隱居者的自然筆記，美國人亨利・梭羅的《瓦爾登湖》更有大名，我手邊的這冊著作由吉林人民出版社出版，列入「綠色經典文庫」之中。此書由著名作家徐遲先生譯出，也是非常精準美妙的譯筆，他在譯者的序言中這樣寫到：「這本書是一本

健康的書，對於春天，對於黎明，作了極其動人的描寫。讀著它，自然會體會到，一股向上的精神不斷地將讀者提升、提高。」真的要感謝徐遲先生，為我們奉獻這樣一冊美好的譯作。此書前附有徐遲在梭羅當年的小木屋前的照片，如今這裏已經是供人們遊覽的保護區了。我從照片中看到木屋前的柵欄上有這樣的文字：「WELCOME TO WALDEN POND STSTE RESERAVATION OPEN 8 A.M. TO SUNSET」，翻譯成中文就是「歡迎到瓦爾登湖州保護區；開放時間：上午八時到日落。」我在魯迅文學院的同學、散文作家王雪瑛曾兩次到瓦爾登湖去遊覽，回來後寫成了散文〈回望瓦爾登湖〉，文章發表在《鍾山》雜誌上，後來被收入到花城出版社的《2009中國隨筆年選》中，其中我印象深刻的是她在文章中，由梭羅的簡樸生活而憂慮如今日益惡化的自然環境，真是懷抱熱誠的赤子之心。

梭羅是哈佛大學的高才生，曾經當過多年的中學校長，受到美國思想家愛默生的巨大影響，兩人一度過從甚密，他後來在瓦爾登湖畔伐木築屋，就是在愛默生所屬的林地之中。梭羅先後在瓦爾登湖邊生活兩年，在那裏他獨自伐木、開墾、種植、收穫，過著豐盈而簡樸的生活，正如王雪瑛所感慨的那樣：「他一個人閱讀，一個人寫作，一個人思索，一個人生活。他以最低的物質水準，過著最樸素的生活；但他收穫的是豐富的內心體驗，一棵孤獨的樹上結出的思想果實。」一八五四年完成的《瓦爾登湖》見證了那段美好的生活，我從那沉靜的文字之中感受到一顆寧靜與欣悅的靈魂。起初，《瓦爾登湖》也缺少知音，甚至曾一度遭受譏諷，但很快便成

為美國文學中一冊獨特而卓越的名作，徐遲先生在序言中這樣寫到：「嚴重的污染使人們又嚮往瓦爾登湖和山林的澄靜的清新空氣。梭羅從食物、住宅、衣服和燃料，這些生活之必須出發，以經濟作為本書的開篇，他崇尚實踐，含有樸素的唯物主義思想。」但遺憾的是，在我們今天遭遇曾經西方相同的環境遭遇的時刻，卻無法有一部可以與這冊書相媲美的著作。

這種遺憾，其實是與一位中國作家的離去相關的。我曾經在一篇隨筆文章中寫到，作家葦岸可以被稱作為是中國的梭羅，但因為他的早逝，使他沒有能夠寫出一部中國的《瓦爾登湖》。葦岸本是寫作詩歌的，但因為閱讀了美國人梭羅的《瓦爾登湖》，心靈受到極大的震撼和影響，由此改寫散文，並真正從生活本身改變了自己。葦岸生前居住在北京的郊區昌平，那時的昌平還是真正的郊外，從他的居民樓走出不遠，便可以見到農田、植物和花鳥，這為他後來斷續觀察和寫作長篇散文〈一九九八　廿四節氣〉預備了現實的基礎。這一組文章寫到「穀雨」之時，葦岸就被發現患有癌症，因此這組文章最終成為令人遺憾的作品。由於深受梭羅、利奧波德等人的自然思想和倫理觀念的影響，葦岸的作品風格不同於環境文學，而更接近在西方被稱為自然寫作（NATURE WRITING）的文體。他在創作上，體現了對博物學的重視，表現出自然科學家一般的嚴謹。為了寫作〈一九九八　廿四節氣〉，他用了整整一年時間在他居所附近的田野上選了一個固定的基點，每到一個節氣都在這個位置，面對同一畫面拍一張照片，形成一段筆記，時間嚴格定在上午九點，風雨無阻。然而，他僅僅創作完其中的六個節氣之

後，便被病魔奪去了生命，〈一九九八　廿四節氣〉竟成為曠世絕響。我始終以為，〈一九九八　廿四節氣〉也僅僅是他整個寫作計畫中的一個很小的部分，但遺憾的是，我們永遠無法再見到他所設想的全貌了。

　　葦岸對於自己的文字十分苛刻，他所留下的東西極少，但每一個文字都顯示了他對於這個世界美好的見證與認識，生前他僅僅出版了一部散文集《大地上的事情》。能夠讀到這冊散文集的人估計不會很多，我後來偶然買到他的散文集《太陽升起之後》，係他離去後由友人整理完成的，這冊書中收錄了他臨終前未曾完成的作品〈一九九八　廿四節氣〉。去年是他離世十周年的紀念，我一直想寫點東西表示自己的懷念與致敬，但卻始終難以下筆，前不久到書店看到由馮秋子女士重新編選的葦岸散文集《最後的浪漫主義者》，又增收了他生前的許多日記，我默讀良久，為他的早逝又一次感到難過。這難過還因為我在書店裏看到的另一冊散文集中，某位享有盛譽的作家不無炫耀地書寫自己在鄉間的山南水北之間，構建豪宅，種植修路，偶作隱居，享受優待，從而寫下那些所謂的山居筆記。更讓我詫異的是，這種偽寫作不但頻頻獲獎，還在讀者中暢銷，真是悲從心間來。這也倒讓我想起繆哲先生為《塞耳彭自然史》所寫的譯者跋記，末尾處有這樣讓人無不動容的感慨與遺憾：「對自然的興趣，在中國如今已漸成小小的風尚，並有幾位作者，是專寫這一話題的，我與之有過數面之雅的已故的葦岸先生，是其中最出色的。一九九五年他的《大地上的事情》出版後，曾賜我一冊求我『雅正』，我回信說，英國有一本自然史的名著，叫《塞耳

彭自然史》，兄倘能讀英語，可借來一觀，或可稍去『感慨多觀察少』的毛病。我當時所謂的『毛病』，是指我們的作者寫蟲鳥的話題時，每以蟲魚做感慨的引子，對蟲魚的觀察，卻失於膚淺，這是古人以香草美人托喻的遺風，不合現代自然史的傳統。但人各有性，有以思慮見長者，有眼銳而知微者，不好用同一個標準第其優劣，故我當時說的毛病，也未見得是毛病。如今書已譯成，欲呈一冊乞葦岸先生的雅正，已無由寄達，說來不勝人琴之感。」

（原載《譯林書評》2010年4期）

作為土星氣質的知識份子

在一九七八年拍攝的一張照片上，蘇珊・桑塔格面帶微笑，神情自信優雅，脖子上繫著紅色的紗巾，與黑色的緊身毛衣相映對比明顯，她斜靠在自己紐約曼哈頓切爾西區頂層公寓的書架旁，那是她精心收藏和喜愛的兩萬多冊藏書。相比於照片上的這個身材纖細面容清秀的女性，這些書籍顯得面孔古板與嚴肅，她們之間是那樣的格格不入。而令我驚奇的是這張照片所拍攝時間的一九七八年，此時桑塔格已經年逾四十五歲，而照片上卻讓人感到她還是一個剛剛二十出頭的少女，更令人不可思議的是拍攝這張照片的時候，桑塔格已經疾患癌症兩年時間了。是照片欺騙了我的感覺，更讓我吃驚的是在患病中的這一年，桑塔格完成並出版了他的顛峰之作《疾病的隱喻》。這是我最喜歡的桑塔格的一張照片，正如照片中所流露出來的那種氣息，她是如此的年輕、優雅、自信、高貴、智慧，當然還有一種讓人驚歎的美麗。

這是一種讓人百思不得其解的謎語，如此完美的一位知識女性卻沉浸於閱讀之中，她年輕時代

的夢想就是想成為《黨派評論》的一位撰稿者；她一生鍾情於書籍，閱讀成為了自己最大的愛好，且甘願貧窮與孤獨，在成為美國甚至世界上有名望的知識份子後，她還是沒有擁有過汽車、電視機這樣的消費品。我們如何定位於這樣一位女性知識份子呢？在閱讀桑塔格完成於一九七二年的作品集《在土星的標誌下》一書中，我似乎為這種獨特的知識份子氣質找到了一種答案。批評家總是將自己最完美的文字獻給他所喜愛的對象，對於那些批判性的文字其實在骨子裏也是帶有某種欣賞的成分，否則他是無法調動起自己寫作的激情。閱讀《在土星的標誌之下》我再次證明了自己這個大膽的假設，蘇珊‧桑塔格這本書中論及了保羅‧古德曼、阿爾托、萊尼‧里芬斯塔爾、本雅明、西貝爾貝格、羅蘭‧巴特和卡內蒂，如果要是加上她曾經論述過的依薇、卡夫卡、卡謬和普魯斯特等自己特別喜愛的知識份子，可以很容易地探尋出桑塔格對於知識份子的判定與個人趣味。

值得注意的是這本書的三個細微之處，其一是這本書的扉頁上標示是特意獻給詩人布羅斯基的，在一九九八年她曾經專文寫過一篇〈約瑟夫‧布羅茨基〉，在這篇文章中她這樣描述這位流亡的詩人，「他著陸在我們中間，像一枚從另一個國度射來的導彈，其承載的不僅是他的天才，而且是他祖國文學那崇高而苛嚴的詩人威嚴感」。其二是這本合集以她論述本雅明的文章〈在土星的標誌下〉作為全書的名字，由此可見她對於這篇文章的重視也反映出她對於本雅明的喜愛，在這篇文章中她借用本雅明自己的語言重新解讀土星氣質，「我在土星去標誌下來到這個世界——土星運行最慢，是一顆充滿迂迴曲折、耽擱停滯的行星……」，這種看似玄虛的星象學表徵反映出土星

氣質所天生具有的憂鬱與激情，憂鬱是一種「深刻的悲傷」，激情是一種持久的耐力。其三是在所有的桑塔格的評論文章之中，〈迷人的法西斯主義〉是他的一篇獨特的文章，這篇論述德國電影導演萊尼‧里芬斯塔爾的文章是她不多見地對於其論述對象進行嚴厲批判的文章，而在此之前她曾經寫過一篇文章曾經讚賞過這位德國女導演的美學風格，然而如此一百八十度的大轉彎難道不讓人感到驚異？其實這篇文章如果仔細的閱讀可以發現在文章中桑塔格內心深處的矛盾，對於裏芬斯塔爾的美學風格她依然是懷有欣賞甚至讚歎的情懷，她批評的是這位藝術家品質上的道德問題，即其虛偽與違背良知的不誠懇，這些被認為是知識份子最基本的品質，但由此也反應出桑塔格對於知識份子所具有的那種帶有優美與誠懇勇敢的品質相結合與統一的心願。由這三個僅僅是書籍中的細微之處，我們不難反映出桑塔格對於知識份子所期待的是那種崇高、嚴肅、憂鬱、激情、誠懇、優美與勇敢的品質，這些應該都統一在她廣義的「土星」氣質之下，就像她將其作為自己的書名一樣直接明瞭。

　　土星氣質作為知識份子的一種標誌，那麼蘇珊‧桑塔格就是在將這些評論寫成關於自我的一部精神自傳。在〈紀念巴特〉與〈作為激情的思想〉中她分別論述了巴特與卡內蒂這兩位知識份子所特有的激情，羅蘭‧巴特在寫作中不斷超越自我的激情，卡內蒂在寫作中的「渴求、饑渴與嚮往」，在〈論保羅‧古德曼〉中她論述這位美國作家具有風姿卓越的思想與欽佩他「願意發揮作用的熱情」；而在〈走近阿爾托〉和〈西貝爾貝格的希特勒〉中她所讚歎其描述對象具有的那種帶有批判性的英雄主義氣息與宗教崇高感的

藝術追求，並且花費長篇文章的筆墨來細加分析；如此看來桑塔格在精神氣息上與這些知識份子內在的一致性，她是渴望成為具有英雄主義崇高感的知識份子，這是土星氣質的另外一重含義。其實對於桑塔格本人來說，她於一九九三年冒著生命危險前往戰火中的薩拉熱窩並執導貝克特的話劇《等待果陀》，這一具有實踐性的行為可以代表了她作為知識份子的獨特身份，以及在眾多類似行為中所有激情與崇高英雄主義氣質的一種典型象徵。在她同年寫成的〈在薩拉熱窩等待果陀〉這篇文章的結尾，我也讀到了這樣充滿憂傷的英雄主義氣質的文字，它令我難忘，「在八月十九日下午二時那場演出臨結尾，在信使宣佈果陀先生今天不會來但明天肯定會來之後，弗拉迪米爾們和埃斯特拉貢們陷入悲慘的沈默期間，我的眼睛開始被淚水刺痛。韋力博爾也哭了。觀眾席鴉雀無聲。唯一的聲音來自劇院外面：一輛聯合國裝甲運兵車轟隆隆碾過那條街，還有狙擊手們槍火的劈啪聲」。

　　二〇〇四年十二月二十八日，桑塔格在美國去世，報紙評論她將為美國知識界留下一個巨大的空洞，其實這種空洞準確說就是桑塔格所具有的那種獨特的知識份子土星氣質。更讓人敬佩的是桑塔格將他生前所留下的紐約頂樓裏博爾赫斯式的兩萬五千冊圖書全部捐獻給了美國加里福尼亞大學。她生前是如此酷愛書籍，《在土星的標誌下》這本書中她也特別地關注到那些她所喜愛的知識份子對於書籍和閱讀喜愛，諸如本雅明、巴特或者卡內蒂。

　　　　　　　　　　　　（原載《中國圖書商報》2006年10月12日）

從漢語想像本雅明

　　本雅明不算是那種特別有魅力的男性，儘管他很有才華，學術天賦也是一流。這個推斷來源於本雅明的一段戀情，由這戀情又引出一本有趣的書。一九二八年本雅明出版了《單向道》一書，他在這本書的扉頁上鄭重寫下了這樣的獻詞：「我以她的名字將這條街命名為／阿西婭‧拉西斯街／作為工程師／她讓這條街穿過作者。」阿西婭‧拉西斯是本雅明的一個情人，我通過書中的照片看到這位來自俄羅斯的女性，她氣質高貴，神情略帶憂鬱，特別是她那雙眼睛，流淌著一種清晰明亮的美麗，更重要的是她是一位有堅定信仰的知識女性。這位俄羅斯女性使得本雅明為之瘋狂，為此他與已經撫育愛子多年的妻子離異，並特意到俄羅斯遊歷，重要的是這個信奉馬克思主義的女性改變了本雅明，使得他的學術生涯開始了新的歷程。因此本雅明特意將《單向道》獻給這個女性，並使用了「穿過」這樣讓人心動的詞語，的確她是穿透了本雅明。但是，本雅明最終沒有使這個女性終身追隨於他，

多次的求婚都告失敗，他則像卡夫卡一樣憂鬱而脆弱，一九四〇年在遭到納粹迫害的本雅明逃亡到西班牙邊境自殺而死。

　　手邊有三本本雅明的《單向道》，我上面抄錄的那一段獻詞是一九九九年八月社會科學出版社的《本雅明文選》中收錄並由趙國新翻譯的，而這位譯者將這本書翻譯為《單向街》，我比較了三個譯本，這個版本的獻詞我最喜歡，儘管我不懂德語，無法看著德語原文來仔細比較。二〇〇六年三月江蘇人民出版社由王才勇翻譯的《單向道》，此書採用的是一九二八年本雅明在德國柏林初次出版時的封面，王才勇已經在這個出版社連續翻譯出版了《攝影小史+機械複製時代的藝術作品》和《發達資本主義的抒情詩人》，特別值得一提的是在這本《單向道》中王才勇對每一篇文章都附錄了自己的心得，儘管這些東西一般不必認真讀但也可見譯者的用心。而那個我在上面提到的拉西斯的照片，則來自於人民文學出版社二〇〇六年十月出版的由李士勳翻譯的《單向道》，這本書有許多相關的插圖，也是因此書我知道江蘇版採用的是由一個名叫莎沙·斯通的人設計的初版封面，這個封面以一副巴黎街道的照片在直觀上滿足了我對單向道的想像，但此版本意外使用的是法國人喬治·李伯蒙·德賽涅一九二〇年的達達主義作品《小提琴樹》，這副畫作簡潔清爽而帶有一種智慧的象徵味道，對於這本書此畫似乎更容易讓人接受。在李士勳譯本的後記中我又知道一九九八年作家石濤在《傾向》雜誌上曾刊載過由他從英語翻譯過的部分章節，書名也為《單向街》。而我至今還沒有買到的文匯出版社一九九九年一月出版的《本雅明：作品與畫像》，此書也收錄了節譯的《單向街》，

據我一個讀過的朋友介紹說也是由石濤翻譯的，我想應與《傾向》雜誌上的是一個版本，這應是我所知道的第四個關於此書的漢譯版本。本雅明的名字似乎是一個忽然出現在中國學術界的時尚標籤，當我去年冬天到北京西郊的一家單向街書店買書的時候，對本雅明還很陌生，但不到一年時間我就陸續添購了他的將近十本著作。也許是我追風逐雲，但本雅明在中國忽然間成為了一個具有學術明星魅力的人物，與蘇珊‧桑塔格、漢娜‧阿倫特和卡爾維諾一起可以構成二〇〇六年的學術文化出版的時尚標誌。

　　三個不同的譯本從三個細微之處恰恰滿足了我對於本雅明和他的這部著作的認識。在將人民文學出版社的這個譯本買回來後，我忽然有興趣將那兩本已經快積上灰塵著作找出來，然後一章章的對比著閱讀，這種奇怪的閱讀方式讓我的思維一度充滿興奮又矛盾重重，因為這三個譯本均有讓我動心之處也同樣又不滿意的地方。由於我不是翻譯家，因此無心比較三個譯本的憂劣，但我歡迎這樣的翻譯盛況，用學者黃燦然在他的文章〈西施與苯情婦〉中關於翻譯桑塔格的話來說，由此本雅明的這幾個譯本對我閱讀的感受也是很妙的，多了幾個幸福單位：「如果你接受它，我相信那不是因為它美，更不是因為它絕色，而是因為你眼下留情，多估計了幾個幸福單位。」同時令人感到愉快的是《單向道》原是一本對情人表白心聲的書籍，但同時也是一本表達自己內心選擇的書籍。我以為這兩點對於本雅明來說均是十分重要的，他在出版這本書之後開始了雄心勃勃的寫作一部《巴黎拱廊街研究》，但最終沒有完成。由此可見，是拉西斯改變了本雅明的學術追求，相比他的幾部重要的學術

著作，這本小書顯得輕逸，具有一種獨特的文藝氣息。其實，從這本書中可以看出他決心思想轉型的代表，書籍的出版恰恰代表了他急於向拉西斯表達自己的這種轉向，因此他首先以這種片段式的文風展示自己。《單向道》展示的是法國十九世紀初期資本主義城市的沿途風景，本雅明的每一段關於這風景中的文字片段連接起來就是十九世紀法國巴黎的城市景致，它清晰地呈現了本雅明所具有的敏感、細膩、優雅與靈動。

關於《單向道》這本書，蘇珊‧桑塔格有一篇出名的評論文章《在土星的標誌下》，她這樣評價本雅明與這本書：「他生前發表的唯一一本具有審慎的自傳性質的著作，題名為《單向街》（One-Way Street），對自己的回憶成為對一個地方（一條街道）的回憶，他圍繞著這個地方遊移，在其中不斷變換著自己的位置。」（張新穎譯）桑塔格說這是一本自傳性質的著作，它又滿足了我對於本雅明的私人推斷。我最早對於本雅明的認識源於閱讀桑塔格的這篇文章，其次是偶然在網上閱讀到他的一篇關於卡夫卡的論文，那篇關於卡夫卡的論文讓我極為佩服，這也成為我購買本雅明書籍的源頭，說實話我的那本《本雅明文選》是花錢從國家圖書館高價複印的，這本書也恰好收錄了本雅明寫作於一九三四年的論文〈弗朗茨‧卡夫卡〉。本雅明對於我的啟發首先是他的文體意識，而他的那句嘗試用引語寫作一部論著的野心也成為許多熱愛引言的寫作者們的口頭禪。當我逐步地接近這個憂鬱的學術男性，逐漸地體會到他的精神魅力，那閱讀似乎根本就像是進入了一個迷人但又幽深的地方，彷彿一大片茂密樹林所支撐起來的森林，豐富美麗卻容易讓

我迷失歸途。我忽然懷疑和試圖否定我在文章開頭的推斷，但我最終還是狠心沒有刪去那句話，因為我相信對於一個情人，本雅明的憂鬱、脆弱、細膩的性格以及埋首書籍又漂泊動盪的生活絕對不是首選。這似乎是一個悖論。作為一位傑出的俄羅斯革命家，拉西斯註定不會嫁給本雅明這樣熱衷於書齋生活的哲學家，而本雅明也絕對不會像拉西斯那樣對於革命表現出激烈甚至狂熱的行動。

（原載《青島日報》2007年1月27日）

歌吟生命的死亡之書

　　有一種作家他一生並非以寫作謀生，但卻能寫出一流的文字，諸如在奧地利的一個銀行裏充當職員的卡夫卡，他寫作一生，幾乎沒有發表過多少東西。但那些幸好被遺留下來的文字被證明是人類文學的經典，我以為這個一生都不曾幸福生活過的作家一定看穿了生活的某種玄機，而他只是以冷俊的眼光悄悄地書寫著，由此我想到了這幾日剛剛讀過的詩人王小妮的一段話，「神看不見詩人，就像荷馬也沒看見過神，因為詩人和神在同一所園子裏。他可能是一名郵差，或者一個木匠。他可能會剪裁各種袍子。無論淹沒在多麼龐大的人群中，他都能保持住鮮亮的感覺。他看到詩存在，有了那繽紛閃光的東西，他就心情很好。如果旁邊正好有筆和紙，他就隨手記錄一些。這就是詩人。」當我讀美國人湯瑪斯·林奇的著作《殯葬人手記》時，我很感興趣這個具有多重身份的美國人，他是一個職業的殯葬師，一個天主教徒，一個離過婚帶孩子的中年男子，然而他同時還是一個詩人，一個散文作家。這是一

個奇妙的組合，他的職業完全沒有讓他喪失對於世界認識的敏銳，恰恰相反，正是因為這個每天幾乎都在一個美國小鎮上進行處理殯葬生意，而讓他比一般人更多的直面和參悟到生與死，因而才有這樣一本獨特魅力的散文作品。可以肯定的是，林奇還沒有卡夫卡偉大，但他的生活遠比卡夫卡幸福的多，他的這本獨特的著作也值得我閱讀，因為關於死亡我們每一個人都無法逃脫。

人類對於死亡有著一種天生的焦灼，因為這是一個無法抗衡的自然規律，所不同的是怎樣赴死與何時赴死。作為一個殯葬師，自然每一天都會面臨各種各樣的死亡方式，那些可能一生都很難思考幾次的死亡問題幾乎每天都會呈現在這樣的一個人面前，然後再經過他的雙手讓其安息，這種職業無法不讓一個人對死亡產生一種認識，否則它會讓一個神經脆弱的人最終崩潰，因為死亡所帶來的終結在一個直面死亡的人眼中會變得比生活更讓人恐慌。而的確，林奇告訴我們，那些他每天處理的殯葬，並不完全是以安靜的方式從家中的病床上離開的，生命有時太過於脆弱，脆弱到像一棵隨時都會被風吹斷的蘆葦。我印象深刻的是在閱讀林奇所講述的一個關於死亡的故事，一個女孩坐在父母親駕駛的汽車後坐上，但卻被從高速路上的天橋上跌落的一塊石頭擊中，這塊石頭從天空墜落，擊碎了汽車的玻璃，從父母親的身旁飛過，劃破了汽車坐椅的靠座，然後從兩個妹妹的身旁越過，而之前這個女孩剛剛與她的妹妹調換了座位。也許僅僅是偶然，但生命卻永遠地消逝了。死亡以一種突然襲擊的方式結束了一個年輕的生命。在林奇的筆下，還有更多離奇的方式，但都彰顯出作為生命載體的肉體的脆弱。林奇的任務就是

將這些可能殘缺的生命肉體處理成生前完好的狀態，然後讓他們安息，或者化土為安，或者與火焚燒升入天國。我在閱讀這一個個關於死亡的故事的時候，常常會為那些離開我們的靈魂所動容，他們每一個人都曾經擁有故事，都曾經在這個世界上與我們同在，但如今他們都化為了虛無，成為一種遙遠的記憶，殘存為一些片段或者最終的徹底被遺忘。

　　但這未必是一件痛苦的事情，沉浸因此而帶來的恐懼之中，只能帶來對於生的虛無和死的恐懼，在生與死兩者之間，都不可能獲得某種安寧。林奇的一些觀點，我是保持一種讚賞的態度，作為一個殯葬師，他將死亡之後的肉體分為乾淨與不乾淨的兩種，那種自我折磨或遭受外來襲擊而造成肉體的殘損被他認為是一種不乾淨的，這種帶有宗教情感的區分我以為在某種程度上也是對於人的肉體的尊重，是渴望人獲得由生到死的一種完美。因此當林奇在面對任何一件殯葬事物的時候，他都會儘量讓死者以尊嚴、體面甚至是肉體的完美來進行一種表示結束的儀式。其次，他對於死亡有一種出奇的寧靜，只是將死亡看作一種生的最終歸宿，因而對於生就會有一種特別的渴望與熱愛，他在書中講述父母親對於自己成長中的關切以及他對於自己的孩子的那種關愛，在他離婚後對於生活所保持的那種以一貫之的熱情，他繼續從事自己的事業，繼續寫作詩歌，繼續認為生命依然是一件美好的事情，活在塵世之間就應該與這個塵世的完美保持那種天地一體的寧靜與和諧。我彷彿讀到他內心中的那種歡欣，在書中他寫到自己曾經回到鄉下在一間老屋居住的日子，有一段話寫的詼諧而讓人思考，「仰望星空，痛痛快快

地將腹中的啤酒化作尿液排泄一空。那時我年輕，酒喝的多，一邊撒尿一邊仰望遼闊的夜空，天上繁星皎潔，而暗處極盡幽黑，想著自由女神，對於生命滿懷感激之情」。他將一個人對於生命的形而上與形而下都在這一句中表達清楚了。在這本書的結尾中林奇以分外平靜的口氣訴說了對於自己死亡後的殯葬禮儀的安排，一切都是那樣的平和，但我注意到他對於自己死後的安排更多是為了生活著的人的考慮，包括關於他對於自己葬禮的安排。但也更說明他同時還是一個詩人，因為他充滿詩意的希望自己能夠在冬天的二月裏安息，「我寧願把雪地弄得一片狼藉，彷彿大地的傷口，彷彿它是被迫敞開胸膛——一個不情願的參與者。」

可以說，這是一本關於死亡的書，但更是一部關於生存的書，因為生存也包括死亡，死亡只是人生存的一個組成部分；談論死亡是為了更好的生存，因為死亡同時帶給我們對於生存的希望與愛護。這是一本值得閱讀的小冊子，文筆優雅、詼諧、平靜，又充滿了對於生命的洞察與參悟，因此也帶有一種沉思的幽遠與遼闊。一個人，為什麼不能也像林奇那樣，即使每天都與死亡打交道，即使生活還有很多不爽的事情，但依舊對自己的工作充滿熱情，然後寫作詩歌，或者交遊、運動、聚會，享受生活。

（原載《北京日報》2008年1月12日）

舊書情緣成佳話

　　一九四九年十月五日，一位名叫海蓮・漢芙的美國女作家因為偶然在《星期六文學評論》上讀到一家英國舊書店刊登的廣告，她有些激動地給這家名叫馬克斯與科恩書店寫了一封求購的書信，在信中她稱自己「只不過是一名對書本有著『古老』胃口的窮作家罷了」。就是這樣一封簡單的求購書信卻拉開了一段長達二十年的傳奇佳話，因為對於舊書的熱愛使得這個美國的窮酸的女作家與一位遠在英倫島上的舊書店的老闆弗蘭克・德爾通信長達整整二十年，也使得這家位於倫敦查令十字街八十四號的舊書店成為讀書人神往的地方，而他們二十年來的通信被整理成為《查令十字街八十四號》成為暢銷世界的作品，這本被稱為「愛書人聖經」的通信集使得這位一生立志於創作的女作家大為吃驚，因為她隨意而為的文字卻超過了她精雕細琢的文學作品。後來他們的故事被改編成戲劇搬上舞臺，拍攝成浪漫優美的電影，這個地名也因此名揚世界，至今在那裏還可以見到這樣的一個標誌：「查令十字街

八十四號，馬克斯與科恩書店的舊址，因為海蓮・漢芙的書而聞名天下。」

　　一切起源於對舊書的熱愛。美國女作家海蓮因為對舊書有著一種天然的喜愛，在給書店老闆弗蘭克的信中她反覆的表達著自己的這個嗜好，一九四九年十一月三日在寫給書店的信中激動的表達了自己的心情，「今天收到你們寄來的書，斯蒂文森的書真是漂亮！把它放進我用水果箱權充的書架裏，實在太委屈它。我捧著它，深怕污損它那細緻的皮裝封面和米黃色的厚實內頁。看慣了那些用慘白紙張和硬紙版大量印刷的美國書，我簡直不曉得一本書竟也能這麼迷人，光撫摸著就教人打心裏頭舒服。」一九四九年十二月她因為買到一本出版於一八七六年的《沃爾特・薩維奇・蘭多作品暨傳記全集》第二卷的舊書而致信大談其對於舊書的熱愛，「我著實喜愛被前人翻讀過無數回的舊書。上次《哈茲里特散文選》寄達時，一翻開就看到扉頁上寫著『我厭惡新書』，我不禁對這位未曾謀面的前任書主肅然高呼：『同志！』」一九五〇年當她收到郵寄舊書的包裹時給老闆寫信顯然已經將她對於舊書的熱愛表達到了極端，「真是的！不是我愛嘮叨，弗蘭克・德爾！看到書店竟然忍心把這麼美的古書五馬分屍，拿內頁充當包裝紙、填箱料，我真是覺得世道中落，萬劫不復了。我向被包在裏面的約翰・亨利告狀：『主教閣下，斯文如此掃地，君豈信乎哉？』」這種略帶情緒化地責難真讓人感到這位熱愛舊書的作家的可愛與熱情。在一九五二年三月三日的信中她又很驚訝於買到《五人傳》這本舊書的歡喜與氣憤，「實在難以置信，這本一八四〇年出版的書，經過了一百多年，竟

然還能保持這麼完好的書況！質地柔細、依舊帶著毛邊的書頁尤其可人。我真為前任書主（扉頁上有『威廉・T・戈登的簽名』）感到悲哀，真是子孫不肖呦！竟把這麼寶貴的東西一股腦兒全賣給你們。哼！我真想趁它們被稱斤論兩前，拎著鞋溜進他們的書房，先下手搜刮一番！」

　　一個是不折不扣的舊書迷，一個是認真負責的舊書店的老闆，他們雖然遠隔千里但鴻雁翩飛，生意也做的很愉快。海蓮・漢芙熱情卻也很細心，她在回報這個書店老闆的努力是給當時剛剛結束戰爭食品短缺的書店工作人員寄去火腿、生雞蛋、牛舌頭等食品，弗蘭克則是一個謹慎負責的英國紳士，他努力為這個美國作家搜尋舊書，並且幫助她換算匯率，甚至已經熟知了對方求書的喜好和範圍，有好書則先為其保留著。我讀這些信件，深深地為這種互相信任真誠對待的情感所感動，要知道他們之間不過僅僅是在進行一次又一次的交易罷了，但他們都將內心的關懷與愛獻給了彼此，我想也許所有熱愛讀書的人在他們的內心世界裏都存留著這樣美好的人類感情，那就是彼此相待的坦誠、熱情、善良和認真。我可以體會到，在這二十年中無論是海蓮還是弗蘭克都因為這些充滿純真的愛的書信而感到一種淡淡與悠遠的溫暖！也難怪這位貧窮的女作家時刻都在夢想著親自到遠在倫敦那個讓她魂牽夢繞的查令十字街八十四號，可惜在弗蘭克的有生之年，海蓮沒有完成這個夢想，她曾經這樣許諾給弗蘭克，「到時候我會蹬著古董木梯，撣去你們書架頂層的陳年積垢，順便也把你們的優雅端莊一併一掃而光。」一九六八年十二月十二日，弗蘭克因病去世。一九六九年四月十一

日海蓮寫給一位即將前往英國的朋友一封無限傷感的信件，這也是她最後的一封與這家舊書店有關的信了，我讀時覺得這是所有書信中最飽含感情的一封，只可惜弗蘭克的書店那時也已經因為主人的離世而關門停業了，但我還是願意將它全部抄錄在這裏作為這篇文章的結尾：

「我在整理我的書架，現在抽空蹲在書堆中寫信給你，祝你們一路順風。我希望你和布萊恩在倫敦能玩得盡興。布萊恩在電話中對我說：『如果手頭寬裕些就好了，這樣子你就可以和我們一道去了。』我一聽他這麼說，眼淚差點兒要奪眶而出。

「大概因為我長久以來就渴望能踏上那片土地……我曾經只為了瞧倫敦的街景而看了許多英國電影。記得好多年前有個朋友曾經說：人們到了英國，總能瞧見他們想看的。我說，我要去追尋英國文學，他告訴我：『就在那兒！』

「或許是吧，就算那兒沒有，環顧我的四周……我很篤定：它們已在此駐足。

「賣這些好書給我的那個好心人已在數月前去世了，書店老闆馬克斯先生也已不在人間。但是，書店還在那兒，你們若恰好路經查令十字街八十四號，代我獻上一吻，我虧欠它良多……」

（原載《中國教育報》2006年3月16日）

片片濃情在筆端

一九四九年，年僅十七歲的奈保爾從印度的西班牙港前往英國，這個來自西印度群島特立尼達一個普通印度家庭和英國移民的後代，雄心勃勃地準備前往舉世聞名的英國牛津大學求學。在輪船還未啟動出發的特立尼達，奈保爾已經分別為他在印度大學求學的姐姐卡姆拉以及全家人寫了一封信，在信中奈保爾細緻地描述自己分別的心情。隨後的三年時間裏，奈保爾與他的姐姐卡姆拉還有父親老奈保爾三人之間頻繁通信。信件後來被輯錄成《奈保爾家書》，這些書信基本寫作於奈保爾在英國留學期間，閱讀這些書信讓人可以感覺出一位大作家在他開始寫作並且逐漸走向成功的心路歷程。書信是人類傳達情感最美好的途徑之一，奈保爾一邊在英國的牛津讀書寫作，一邊將自己的學習、寫作以及交友、旅行、打工等生活片段寫下來傳遞給遠在印度的家人。

遠離故鄉的奈保爾正值青春又逢思鄉之苦，加上熱愛文學練習寫作自然是最需要傾訴與交流的，因此他會常常在信中抱怨親人的書信不夠

及時和主動。在牛津大學，奈保爾學習十分優秀，生活儘管有些清貧甚至常常會入不敷出，但一切還算順利，他將自己所觀察到的一切感興趣的都寫在信件中，然後與父親和姐姐分享。從一九四九年到一九五三年，奈保爾與父親通信的比重佔據了其中的三分之二，直到一九五三年他的父親溘然長逝，隨後他寫給家中的信件逐漸的減少。父親無疑是奈保爾最直接的交流對象，這位將兒子的成就當作自己驕傲的印度作家一生追求文學藝術，他與兒子一起在書信中研究小說的寫作藝術，而且還循循善誘地告誡其交友等生活細節，那其中每一句都充滿了關切與溫暖，這無疑是一位偉大的父親。老奈保爾生活在遙遠的西印度群島上，從事一份只有微薄收入的小公務員工作，儘管生活異常的清貧，但他從來不抱怨生活，也不在信件之中回避家庭財政的困境，甚至有時他還在信件中自嘲其是一隻「困獸」；但他一直堅持自己的信念，從事文藝的追求，小說的寫作佔據了他工作以外的大部分時光，甚至這些小說的發表所帶來的少許收入也會給他帶來許多的快樂。在這些信件中，可以看到這位作家父親與他的兒子在耐心地談論小說的寫作，有時父親也會聽聽甚至建議自己的兒子為他的作品提點意見。他的這種對於文藝的愛好直接引發了奈保爾對於文學藝術的追求，如此家庭的良好薰陶與一位導師般父親的呵護，這些都給一位正在摸索前行的年輕人建立了信心，這樣的關切一直持續到1953年父親的突然去世。隨後的幾年時間裏，奈保爾逐漸在英國獲得了寫作的成功，他的長篇小說接連不斷的出版，但斯人已逝。我想沒有人能夠理解奈保爾此時的心情，因為只有父親才是最懂得他的成就和進步的人，後來奈保爾在

他的長篇小說《畢斯沃斯先生的房子》中塑造的主人公就是以他的父親作為原型的，這是一部致敬與懷念之作。

　　老奈保爾一生操勞，在貧窮與疾病中謹小慎微地度過，他熱愛藝術，在家鄉的一家小報社擔任記者，遺憾的是直到去世他所寫的長篇小說都沒有來得及出版，唯一值得欣慰的是他的幾個孩子。老奈保爾離世時留給這個家庭七個孩子，最大的孩子畢拉姆在印度大學讀書，由於家庭的原因最終回到故鄉，在這些書信中詳細地記錄了這位大姐與父親以及奈保爾交流的細節，這是一位犧牲自我顧全大局的姐姐。另一個讓老奈保爾榮耀的是在牛津讀書的小奈保爾，因為這個兒子回到了母土最好的大學讀書，而且還繼承了自己對於文學藝術的追求，甚至在其還很年輕的時候就有了超越自己的好兆頭。我注意在這本書信中的一個有趣的細節，就是父子兩人同時進行小說的創作，然後將自己的小說稿件分別投給英國廣播公司予以發表，也就是在英國廣播公司的節目中進行朗誦。我沒有查詢到為什麼他們不願意將自己的小說投給文學期刊發表而寧願選擇在電臺中播出，但我更願意相信他們認為通過這種傳播的方式可以讓相距遙遠的親人同時感受到自己辛勤的成果。老奈保爾多次在廣播中聆聽了自己兒子的小說作品，每次他都給予兒子以最大的鼓勵。我無法想像當電波中傳來親人的作品時，大洋兩岸的親人守候在廣播前聆聽的心情，而老奈保爾自然更是心情起伏，激動不已了。由此我也想到在中國同樣具有魅力的《傅雷家書》，這本家書記錄了中國著名的翻譯家傅雷與遠在美國留學的傅聰談論藝術與人生的細節，兩本書對照閱讀，都是令人感慨萬千，兩個同樣偉大的父親，兩個同樣讓人慨歎的孩子。

　　但我以為留學美國學習鋼琴藝術的傅聰與在英國學習的奈保爾是不可相比的，在此我毫無興趣比較他們兩人的異同之處，我只想說在英國牛津讀書的奈保爾的獨特之處。來自西印度群島的奈保爾原本就是英國殖民地的印度人，他是英裔的後代，重新回到自己的母土的心情也自然非同一般。所有的人對於故鄉都有一種天然的親切與敬畏，但對於奈保爾而言自己的故鄉究竟應該是英國還是家人居住的西印度群島？這對於奈保爾來說是一個人生永遠無法釋懷的困惑。在他讀書期間，由他寫給自己家人的信件所流露的心情就可以發現他所存在的那種明顯的焦慮與矛盾，他拼命的學習想要在英國證明自己，最終在畢業時選擇了留在英國，但他所有的寫作主題和反映的內容都是來自於他曾經生活的故鄉印度，這之間存在著一種對於家園的尋找與焦慮。何處是我的家園？對於一個英裔的後代，他是英國人還是印度人，這是一個問題。奈保爾由此一生以這樣一種分裂的心情來生活和寫作，最終讓他成為世界性的大作家，這也許是一個重要原因。世界上有兩種作家總讓人感慨，一種就是奈保爾這樣無法對自己身份真正認同的作家，一種就是流亡他鄉的作家，後者在內心中充斥著一種永遠的還鄉，一種徹骨的悲傷，而前者則是一種迷茫與焦灼，是一種不斷尋覓自我的艱難旅程。曾經在少年時代流落法國殖民地越南的杜拉斯也是一個，她的小說《情人》最能代表這種心情，主人公那種自卑與優越的矛盾彌漫的無處不在，也許可以這樣去認識作家奈保爾。

（原載《中國教育報》2006年10月26日）

寫下歷史真相的參戰者

「我個人在這場戰爭中所扮演的角色無足輕重，戰爭只給我留下了最不愉快的回憶，可我還是不想與這場戰爭擦肩而過。你已經看到了這樣一場災難——雖然西班牙戰爭已經結束，但這場戰爭最終將被證明是一場駭認聽聞的災難，它所帶來的遠遠超出了一般意義上的屠殺和肉體上的痛苦——這場戰爭不一定會導致理想破滅或玩世不恭。奇怪的是，整個經歷卻讓我更加堅信人類的高尚品質。」在作家奧威爾的自傳體回憶錄《向加泰羅尼亞致敬》的結尾，我讀到這樣充滿憂傷的感慨，這個曾經滿懷理想的作家在奔赴這場本稱作為人類最偉大的戰爭之後，卻讓他清醒地看到了政治的本色，儘管他聲稱自己也具有政治的立場，但對於本應嚴肅的戰爭而奧威爾卻驚訝地看到了人類歷史上荒誕不經的笑料，這些笑料的背後卻是人類歷史的災難。

一九三六年，西班牙爆發了反對佛朗哥法西斯暴動的戰爭，世界各地的志願者先後來到西班牙與這裏的人民一起組成反抗法西斯的偉大

鬥爭，這一被稱作人類歷史上充滿國際主義精神的戰爭被後人驕傲
的寫在了史冊上。而在這場戰爭中，後來成為著名預言小說大師的
作家奧威爾也參與了這場戰爭，作為記者的他攜帶新婚不久的妻子
準備將這場戰爭報導回倫敦，沒有想到，他也直接被捲入了戰爭，
並且被授予了少尉的軍銜，成為前線戰場上的一名直接參戰者。讓
奧威爾驚訝甚至失望的是他在戰場上發現這支被送上前線的部隊只
是一個鬆散和沒有任何培訓的民兵隊伍，他們裝備極差，條件艱
苦，戰鬥進行的異常的艱難，荒誕的是由於戰爭沒有經過認真的準
備，許多沒有經過培訓的孩子也被送上前線，他們由於不懂得自我
保護很容易成為真正的犧牲品，更荒誕的是由於對於真正的殘酷性
的認識不足，這些孩子往往以惡作劇的方式將自己的戰友送上了天
堂。表面上是戰爭的嚴肅與殘酷，實際上卻成了一場帶有喜劇色彩
的遊戲，奧威爾寫到戰場上雙方的火炮質量和口徑完全相同，由於
戰爭中裝備的嚴重缺乏，許多沒有爆炸的炮彈會被修理後重新發射
回去，令人驚訝的是有一顆未曾爆炸的炮彈因為反覆穿梭於雙方的
戰場而被人們賦予了「旅行家」的稱號。在奧威爾的回憶中，描寫
最精彩的是一次偷襲法西斯的行動，在這場戰鬥中因為支援部隊不
力和武器裝備補給不足而最終失敗，但我在回憶錄中卻讀到了讓人
感動的一幕，由於拋擲的一顆手榴彈正好擊中一名射擊的法西斯，
當從遠方傳來一聲慘叫，奧威爾卻沒有從內心裏激蕩起一種殺戮的
快感，而是產生了一種同情，他甚至這樣感歎到：「可憐的傢伙，
可憐的傢伙！在聽到他的慘叫聲時，我心中產生了一陣隱約的悲
哀。」

　　就是這樣一場沒有最終成功的突襲活動卻被後方的巴賽隆納的政治家們宣傳為一場驚人的勝利，那些從來沒有上過戰場的宣傳家們將戰爭的費用用來進行政治的運作，大肆宣揚和構造各種謊言。從戰場休假歸來的奧威爾發現首府巴賽隆納完全是另外的一副場景，那些衣著光鮮、裝備精良的部隊被用來作為政治家宣傳的樣品，這與戰場上的情形完全相異。更令他失望的是，這個地方正在進行著一場你死我活的政治較量，幾個黨派為了爭奪政治利益互相鬥爭，作為戰場歸來的奧威爾被安排在這個城市的一個守望地點站崗。前方戰場是與法西斯殘酷的戰爭場景，而在後方的首府卻是幾個政治勢力為了奪取利益的衝突，由此帶來的是城市的騷亂、巷戰、秘密逮捕以及處死等各種奇怪的行為，那些被人們宣稱為齊心協力的國際戰爭的背後卻是各種力量為了自己的利益較量的殘酷行動。最讓奧威爾感到驚訝的是他所看到的一幕奇特的景象，在巴賽隆納的一個大街上，許多從前線剛剛歸來的戰士躺在大街上神情疲憊，衣衫破爛甚至渾身泥污不堪，而這些作為馬克思統一工人黨的士兵在歸來才發現他們的政黨已經在政治較量中被鎮壓，他們的家人和朋友都被牽連其中，這些剛剛從前線歸來的士兵面對的只有兩種命運，要麼躲藏起來，要麼進入監獄。奧威爾花費了大量的筆墨來描寫在戰爭的後方那些政治家為了奪取政治的果實是如何進行宣傳的，還有他們將如何進行互相爭鬥的，而那些從國外充滿激情來參加這場偉大鬥爭的國際友人卻常常成為戰爭的直接受害者，奧威爾的朋友也是他在戰場上的上級少校軍官柯普，這位來自法國的預備役軍官一腔熱血的投入到這場反法西斯鬥爭中，他英勇作戰，憑藉自己的努力從一名士兵勝任為軍官，卻在執行任務時被抓

捕投入監獄，一切原因是他所信仰的馬克思統一工人黨已經在政治鬥爭中失敗。

奧威爾不惜筆墨為我們寫下他曾經在西班牙反法西斯鬥爭中的驚心動魄的經歷，他在提醒我們注意那些我們曾經信以為真的歷史卻只是政治家為了自己利益的宣傳材料，只有真正經歷這場戰爭的人才有權利寫下真實的歷史，儘管所有人都不可能完全的客觀和真實，但必須要有一顆書寫歷史的心靈。我在閱讀這部回憶錄的時候，一邊跟隨著這位親歷戰爭的作家感受戰爭中的一切，一邊在思索究竟我們該信任什麼樣的歷史。那些按照官方材料寫出來的權威歷史具體有多少值得可信，更重要的是這些所謂的歷史宣傳將遮蔽多少曾在歷史現場中心靈所遭受的苦難，而未來人們將怎樣來看待這一歷史，是否會真正記取失敗，而不僅僅只是那些榮耀的宣揚。奧威爾以他冷俊又充滿譏諷的筆觸讓我們重新認識這段歷史，更重要的是他提示我們怎樣去看待那些書寫在權威歷史書上的文字。而這場戰爭也成就了奧威爾，它讓這位作家認清了他曾經信仰的政治，一九四五年他寫下的預言小說《動物莊園》和一九四八年寫下的《一九八四》，這兩部讓他成為世界小說大師的文學作品中都不難找到他在這場戰爭中的一些政治操作的黑幕。作為一本試圖書寫真相的回憶錄，它既是一段歷史，也成為一種對於未來預言的素材。

（原載《北京日報》2006年10月15日）

盧瓦河畔的明媚記憶

　　與一位心儀的偉大作家相遇，對於一個在還未曾成名時期的作家來說，那將是他一生中最難忘的人生經歷。海明威在他的回憶錄《流動的聖節》中記下他與自己敬仰的作家菲茨傑拉德在巴黎的相遇，他是這樣形容這位天才般的作家，「他的才能像一隻粉蝴蝶翅膀上的粉末構成的圖案那樣自然」。而茨威格在他的回憶錄《昨日的世界》裏講述他與羅曼‧羅蘭的一次相遇，筆底充溢的都是記憶的欣喜，「人生中特別要記住的日子要比平常的日子光亮得多」。可誰又想得到，能夠寫下如此激動文字的作家均在寫完之後結束了他們的生命，這些美妙的相遇正如茨威格所描述的那樣，它們比愛情還讓人激動。閱讀法國作家菲力浦‧勒吉尤拜訪作家格拉克的回憶《盧瓦河畔的午餐》，開篇就是那樣讓其銘記一生的喜悅：「長久以來，我夢見他如此遙遠。他在他的傳奇裏，頭帶光環，不可企及。一個偉大的魔術師。他不是人們可以隨便認識的人，說些雨季和晴天，說些逝去事物的無意義。他的傳

奇，人們口中的傳奇，以及我對他的書的無盡敬仰，使他離開日常
關係的遊戲，他並不一定高高在上，只是離得遠遠的，在某個近乎
神聖的門檻的另一邊。」

　　一九九八年二月六日，菲力浦‧勒吉尤前往法國的舊聖‧弗洛
郎的盧瓦河畔拜訪作家格拉克，在這之前他們曾經有過將近二十年
的通信歷史。還是在一九七九年十一月的一個夜晚，正在讀書的勒
吉尤收到了格拉克給他的回信，他稱呼這為一個「信號，來自我所
愛的人」，很多年之後他還清晰地記得那個夜晚。二十年的時間，
他們斷斷續續的通信，接著有了幾次的見面。在這二十年的時間
裏，格拉克變得越來越老，在盧瓦河畔像一個隱士一樣寫作，而青
年的勒吉尤也變成了一個作家。流淌的盧瓦河，對於勒吉尤來說幾
乎成為一個符號，它時刻在召喚著這位年輕人，終於有了這次依然
短暫的相見。而對於法國文壇乃至世界文壇來說，勒吉尤的造訪幾
乎是打開了一面通往作家心靈的窗戶。這位隱居在河畔一所巨大而
陰冷的老房子裏的作家幾乎拒絕了所有的拜訪者，他讓我想起曾經
寫過《麥田裏的守望者》的塞格林，在隱居山林的晚年幾乎只接待
了一位前來採訪他的中學生。不過，在勒吉尤的筆下，格拉克並非
是一個性格怪異的作家，試圖以隱修來達到某種特立獨行的姿態，
只是他太老了，他經歷了太多的滄桑，他看淡了名利喧嘩，只想安
靜地寫作或者生活。

　　對於一個中國讀者來說，格拉克是一個陌生的名字，據說至
今國內只翻譯過他的一部小說《林中陽臺》，但他在當今法國文壇
的地位卻是獨一無二的，他的文學創作在法國具有著不可忽視的

影響，也是不多仍然只堅持純文學立場寫作的作家，他的作品被法國伽利馬出版社列入到權威叢書「七星文叢」之中，這套經典作家全集對於在世的法國作家來說，格拉克是僅有的幾個人之一。他出生於一九一〇年，被人們稱為「偉人們中的最後一個」，我在勒吉尤的文字中找到了一段關於他生平的簡單回憶，「他回到童年的回憶，那一刻，彷彿他所穿越的世紀不再存在，優異的學習，於爾姆街、坎佩爾、《阿爾戈城堡》的出版、布勒東的迅速的贊許、戰爭、西里西牙的流放、在克勞德-貝爾中學的教書生涯、拒絕了的龔古爾大獎、日益增勝的名聲、在法國與別處的旅行、放棄敘事、隨想式寫作的樂趣」。格拉克身受普魯斯特的影響，是法國浪漫主義作家的代表人物，但我看到他這些一生的漫長經歷，不得不區分他與普魯斯特之間的差異，一個經歷了人生坎坷的作家，而另一位則幾乎一生都在病床上完成他的巨著《追憶逝水年華》。因而格拉克的《林中陽臺》被稱為法國描述第二次世界大戰最好的小說之一，因為他具有通徹心扉的體會，他能夠將痛苦的文字轉化成優美平靜的敘述。

這幾乎是一本堪稱完美的書，封面潔白、典雅，印刷字跡清爽、沉靜，書中的版式也是爽亮的，甚至連紙張都有一種柔軟的質感，更重要的是作家的文字，優美、雅致和簡潔，略帶憂傷。勒吉尤在他的筆端慢慢地描述著他所心儀的作家，從造訪的開始到結束，波瀾不驚，幾乎沒有任何的高潮與奇異之處，卻使人感受到文字的巨大魅力。在他的筆下，盧瓦河畔成為了一個朝聖之地，他細心地描述了與作家有關的一切風物，並記錄下了他們支離破碎的談

話，這些沒有中心的交談涉及到作家的家庭、經歷，他們更重要的談到了法國的一些作家或者學者，諸如羅蘭·巴特，諸如普魯斯特，等等。之間他們一起外出共進午餐，然後他還去這個小城市進行散步，悄悄地去了作家家族的墓地，也許不久作家也將埋葬在這裏。在訴說這一切的時候，勒吉尤常常會提到盧瓦河，這條普通的法國小河，因為這個智慧的老人而變得明媚與燦爛。

在勒吉尤關於作家的敘述的後面，附錄了作家晚年創作的隨感，對於沒有閱讀過其作品的讀者來說，這是一個讓人稱讚的舉動，這些隨感談到了眾多的法國作家，一些即興但似乎又是充滿徹悟的語言。一切都是那麼讓人反覆琢磨，這是一位作家在晚年對於文學的思考的一種獨特的方式，用那些隻言片語來進行傾訴。我讀這些文字，一樣的優美、簡潔，無疑二十年前與作家相識的勒吉尤深深地受到作家的影響的，這二十年這個作家不斷地走進這個文學的寶藏，體會他的智慧、孤獨與完美，更得到許多研究者無法感受到的文學魅力，也正如朱利安·格拉克所寫下的那樣精確與獨到，「我想，我們通過書從大部分作者那裏得到了他們最好的東西。有一些作者，我們認識他們；還有一些作者，通過私人的接觸，我們得到了額外的東西」。

（原載《新京報》2006年8月18日）

菜市場上的一聲驢叫

　　陀斯妥耶夫斯基在他的小說《群魔》中有這樣一句話：「真正偉大的民族永遠也不屑於在人類當中扮演一個次要角色，甚至也不屑於在人類當中扮演頭等角色，而是要扮演獨一無二的角色。一個民族若是喪失了這種信念，它就不再是一個民族了。」在陀翁的心中，俄羅斯就是唯一「體現了上帝旨意」的民族，那種對本民族刻骨銘心的愛讓人讀之震撼。在每一個俄羅斯的心中，都蘊藏著一份豐厚的「俄羅斯理念」，那就是一種憂國憂民、關注整個人類命運的感情與信念。他們虔誠又自律，嚴肅又天真，有著強烈的民族使命感和宗教情懷，著名的宗教哲學家索洛維約夫對此曾說，「一個民族的理念不是它在自己時間中關於自己所想的東西，而是上帝在永恆中關於它所想的東西。」

　　也許正是這種對自己民族天生的愛與虔誠，俄羅斯人民在其文化領域所創造的藝術成果，滋養著整個俄羅斯民族甚至一切熱愛這片土地的人。在短短的俄羅斯歷史上，俄羅斯文化的天空

上始終是群星璀璨，儘管這個民族歷經磨難，她的人民備受煎熬，但是正是這種偉大的「俄羅斯理念」從來沒有減少他們對這個民族赤子般的眷戀與熱愛。也正是這種愛與磨難，這種堅執的理念，使他們創造了優秀的文學、傑出的繪畫，獨一無二的音樂……。翻開俄羅斯藝術的史冊，普希金的詩歌吟唱，猶如心靈的翅膀飛翔在整個人類的心中；柴可夫斯基的音樂絕響，每一個音符都震動著這個民族的心靈之弦；別爾嘉耶夫的俄羅斯信念，「雖九死尤不悔」，即使被流放，卻一如既往的研究和關注自己的民族；列夫‧托爾斯泰、果戈里、涅克拉索夫、陀斯妥耶夫斯基……，他們用手中的筆抒寫著這個民族的精神與信念，用博大的愛與寬容拯救沉淪的心靈；庫因芝筆下的《白樺林》，象徵著這個民族憂鬱而又樂觀，博大又沉厚，是「觸動著每一個觀眾的詩（列賓）」。這種對於本民族的愛與虔誠，在俄羅斯最終以極端的形式予以表現像「十二月黨」人，為了這個民族的未來，放棄了貴族的身份與待遇，而寧願冒險反抗和革命以致被流放到荒寒的西伯利亞；他們身處府邸的嬌妻，也寧願和他們的丈夫一起去承受死亡和苦難的折磨，互相呵護、互相溫暖；還有那麼多優秀的俄羅斯知識份子，放棄貴族的身份，優越的生活條件，反抗專制與極權，追求自由與民主，不惜被打壓、被監禁、被流放、被殺戮。青年作家王開嶺在《俄羅斯課本》中深情地寫到，沒有哪塊土地上的黑暗像它那般漫長，動盪和凶桀；沒有哪一個民族的知識份子被編成如此浩蕩無際的流放隊伍；亦不見哪個國家的文學青年出於良心憂慮或幾個詩幻的念頭而遭受那麼多的煎熬與苦刑……。

　　我們得承認，在這個民族的血液裏流淌著一種無名的愛的基因，因其愛，愛的沉重，愛的無私，才終究塑成了這個民族獨一無二的性格。阿・托爾斯泰有一部小說《俄羅斯性格》，書中寫到蘇軍的一個坦克手，名叫德略莫夫，他參加了戰爭，和德國軍隊打了好幾年的仗，戰功非常卓著。然而，就在戰爭就要結束的時候，他的坦克被擊中了，整個坦克著起了大火，他被燒得面目全非。最後經過醫生的整容，誰都認不出他來了，連聲音都變了。當時，給他拆繃帶的時候，護士把一面小鏡子遞給他，然後就轉過身去，不敢去看他。德略莫夫看見了，對護士說，沒什麼，我這樣也一樣能活下去。不久，德略莫夫想回家看看，但他怕父母傷心，就說他是他們兒子的戰友，說他們的兒子一切都好。父母親對他十分熱情，還留他在家住一晚。第二天，他又見到了自己的未婚妻卡佳，卡佳看到他的樣子使他決心離開，他當天就走了。回到部隊，家裏來了一封信，說你的戰友來看過了，但是母親覺得那就是你，那怕你變成那樣子也沒關係，我們只會為你感到驕傲。又過了兩天，他的母親和未婚妻來部隊看他，母親說，你是我的驕傲；未婚妻卡佳對他說，我一輩子跟著你。托爾斯泰在故事的結尾這樣說，看這就是我們的俄羅斯性格。這個盪氣迴腸的故事從平凡與細微之中透露出一種對俄羅斯民族的理解與熱愛。就是這樣的一個民族，讓你永遠地琢磨不透，永遠地唏噓感慨，如果你讀過車爾尼雪夫斯基的《怎麼辦？》，讀過涅克拉索夫的《誰能在俄羅斯過好日子？》，讀過萊蒙托夫的《當代英雄》，讀過赫爾岑的《往事與隨想》，讀過索爾仁尼琴的《古拉格群島》，讀過帕斯捷爾納克的《日瓦戈醫生》，

讀過肖略霍夫的《靜靜的頓河》，……，那麼你肯定會流著眼淚說，這是一個怎樣的民族啊！

十九世紀俄國著名的詩人丘特切夫曾說過：「用理性不能理解俄羅斯，用一般的標準無法衡量它，因為在它那裏存在著特殊的東西。」正是這種無法真切傳遞的愛與理念鑄就了特殊的「俄羅斯性格」、「俄羅斯道路」、「俄羅斯思想」還有「俄羅斯意識」，生生不息地傳遞在每一位俄羅斯人的心中，熱愛他們的民族，熱愛他們的人民，熱愛他們廣袤又寒冷的黑土地……。當索爾仁尼琴於一九九四年的五月返回祖國俄羅斯時，距離他的離開已經整整二十年了。人世變幻，白雲蒼狗，這二十年，他獨自漂泊異鄉，流亡在沒有歸依的土地上。這位「牛犢頂橡樹」的頑強鬥士，為追求心中的理念，受盡折磨與屈辱，《癌症樓》、《古拉格群島》、《伊萬傑尼索維奇的一天》中憂傷，粗礪的文字證明著他艱難生存的真相。然而，肉體在摧殘，精神在煎熬，但思想永遠鋒利，對祖國和民族的摯愛永遠熾熱。當他在斯維特蘭娜街中心的廣場上，看到歡迎的人群時，他流淚了，深情地對人們說，「我流亡期間一直關注著祖國人民的生活。……我知道國內還存在許多反常現象，人民對未來感到迷茫，但我堅信命運掌握在每個人的手中。」即使這片土地曾經令他那麼地傷心和絕望，但祖國的一聲召喚便讓他義無反顧的回歸，這種對祖國的愛是包含著苦難的，那是兒子重新回到母親懷抱的溫暖與幸福。遠東大學教師索羅金夫婦帶著小女兒奧莉也來到中心廣場，他激動地對記者說，「這樣的人物都回來了，說明俄羅斯還沒有完蛋。」

　　在俄羅斯人，尤其是那些思想敏銳的知識份子的心靈深處，都蘊藏著一個無法化解的民族情節，這種情節來自於生命中最原始的情感和力量。諸如陀斯妥耶夫斯基，這位一生都處於窮困中的偉大作家，正是用他手中的一支筆，通過他的小說，他小說中的主人公，在罪惡與高尚的精神掙扎中為這個民族奉獻上屬於心靈的深邃與美麗，來表達他心中對於俄羅斯的一腔癡情。他在小說《白癡》中，寫到他的主人公是一個名叫梅什金的「白癡」，他最初在瑞士治病，治了五年，病情沒有什麼好轉，這時他決定返回俄羅斯。而決定返回俄羅斯的原因是由於菜市場上的一聲驢叫，把他從睡夢中驚醒，突然覺得自己的前途和使命在俄羅斯，於是立即決定返回俄羅斯，去實現自己的使命，俄羅斯的使命。這種情感和力量，只需要輕輕的一點刺激，就會激起內心中的驚濤駭浪。其實，哪一個民族何嘗不是如此呢？他們的歷史上又何嘗沒有那些可歌可泣的壯美故事呢？也許許多民族精英的覺醒，正是菜市場上的那一聲驢叫驚醒了他們沉睡在心靈深處的情感和力量！

　　讓我們為每一個民族呼喚那一聲驚醒心靈的驢叫。

（原載《讀書時報》2003年5月）

一種灼熱文字的迷人魅力

　　林賢治在他總結整個中國五十年散文生態史的雄文〈五十年：散文與自由的一種觀察〉中強調自由精神對於散文的重要與關鍵，他斷言到，「散文對自由精神的依賴超過所有文本。」因而，對於一個衷情於散文寫作的作家來說，我們不難想像他筆下文字的風格。當然，最好還是閱讀他的散文作品吧！在南中國的土地上還有一位女性的散文作家筱敏也同樣的擁有著這樣的精神內涵。他與筱敏的散文寫作都具有很強的民間性和自由性，他們筆下流淌的文字絕沒有風花雪月的閒雅，而是關照人文精神的隨筆。這兩位身處中國南方的隨筆作家給中國的文人寫作創立了一種很好的寫作範式，他們是獨立的，精神的，帶有強烈批判和反思的情調的。我讀過他們大量的隨筆，深深地被他們廣袤的視野和詩意的鋒芒所癡迷。其實，他們的這種寫作並不是唯一的，不是獨特的，而只是具有很強的代表性與典型性。當然，對於整個隨筆的寫作，在他們之前，就曾經有過；在他們周圍，也有更多默默的作家在依

照這樣的寫作方式探求他們心中的精神理想；在他們生活的土地之外，也有更多的寫作者，都以這種追求文字的真正力量作為寫作者的生命追求。他們之間，或者成為一種互相參照的光芒，或者成為彼此的精神資源。

之所以將這兩位隨筆的寫作者拉在一起來談論，是緣於書桌上的這本剛剛出版的《人文隨筆：2005年春之卷》。這是兩位作家共同主編的一本以書代刊的隨筆雜誌。我用整整一個下午的時間集中閱讀完了這本並不厚的書刊，心中有一種深深的敬畏感，這是一種真正對於文字的敬畏，是對於文字的寫作者的精神的敬畏，是對於書刊的編輯者的敬畏，他們更可能是對於時下的寫作者的不滿，對於時下散文隨筆刊物的不滿，因而有了這樣一本雜誌。我很長時間已經關注過這兩位作家的創作與編輯的路程，林賢治先生曾經主編過這樣的系列雜誌，諸如《散文與人》、《讀書之旅》、《記憶》以及「文學中國」編年叢書，還有他主編的各類隨筆的叢書，這些叢書中的文字都有一種灼熱的力量，炙烤著中國讀書人的內心。還有筱敏，她曾經以一個人的力量梳理了從一九七八年以來二十年人文隨筆創作的成果，彙集成冊，展示了人文隨筆寫作的精神魅力與思想鋒芒。這些文字的不斷地彙集都有一種內在的淵源，延續在一起，我認為認真的對待這種出版與編輯的精神是中國讀書人必須值得重視的一個重要的現象。

我在讀到這本書刊的時候，突然想到了魯迅先生，這位中國精神界的鬥士就是在寫作那些熱烈的文字之時還同時積極主持各類文藝刊物，以形成陣地給青年讀者一塊發表和閱讀的精神家園。林賢

治先生作為對於魯迅先生極為熱愛和深得其內在精神的研究者，他在以同樣的方式為我們閱讀者爭取著精神領地，在這個以一種閒雅的情調和追求物質時代的文化消費作為精神底色的時代裏，這種一點一滴的努力其意義該是何其令人感歎。

　　隨筆是一種自由的文體，但這種自由的背後是精神與思考作為基礎的。沒有思想的文字猶如沒有骨頭的肉體。這本人文隨筆的選本恰恰是在遵循著這種選擇的規律。它以隨筆這種文學的方式來關照對於現實、歷史以及這其中的人的關照。諸如這本書中話題中對於中國礦區生活的集中關注，三位來自礦區的作者以他們自己真切的生命體驗為我們描述了我們在新聞報導中所感受不到的真實，它極為痛疼啟動了我對於同樣與我們生活在這片土地上卻在黑暗的世界裏艱難行走的人們的生活的認識。還有對於中國歷史或者西方歷史的解讀或者對於故人的追憶其實都是讓我們在今天的生活中尋找到一種反思的參照，儘管許多已經是被反覆提及的常識問題，但我人文只有不斷的將這種常識以各種形式來講給我們的讀者才可能將這些常識深深的積澱在我們的現實生活中去，使其成為我們生活的方式的一個自然的組成部分。

　　令我特別感興趣的是編輯對於西方的一些經典的翻譯作品的選擇與介紹，我注意到這是林賢治先生在他的書刊編輯中一個明顯的特色。儘管我們常常提及那些具有影響力的經典文論，可是我們常常卻是以一種轉述的形式獲得的，我想這種閱讀原典的意義絕對是具有強烈的震撼性的。諸如左拉在著名的德福雷斯案件中寫下的有名的檄文〈我控訴〉竟然在此是第一次被翻譯成中文。而我更關

注的是這些經典的西方文章多數的選擇是那些作家在介入公共事物中以他們文字的方式來表達自己的見解，這種知識份子的精神正如左拉所講到的，「對法蘭西效勞的有各種方式，可以用劍也可以用筆。」書生以筆報國。為此，我們可以讀到作家馬爾克斯決定以不再出書作為對皮諾切特的統治當局的反抗，也可以讀到具有社會良知的女性批評家蘇珊桑塔格對於忠實追隨納粹政權的著名德國導演萊妮瑞芬施塔爾的精彩的批評隨筆〈迷人的法西斯主義〉，還有法國作家雨果對於因為市政建築的發展拆除古建築所寫下的激烈的批評文章〈向毀滅古跡的人宣戰！〉，這些都具有強烈的參照意義的文章對於我們現實的社會建設仍然有著鮮活的生命力！

在今天，隨筆似乎成為了一種發達的文體，眾多的寫作者都在試圖加入其中，但我們看到的更多的是一些文人學者的粗製濫造的情緒的慨歎或者掉書袋的可笑賣弄，因而這些隨筆寫作的虛假繁榮並不意味著這種文體真正達到了它的寫作的內在要求。我想如果讀讀這些文字，我們也許會得到答案，為什麼這些充滿智慧與自由的靈光，充滿批判與反思的氣息的文字何以如此迷人，他們將擁有真正的生命力！我嚮往這種寫作。

（原載《觀察與思考》2005年17期）

萬卷藏書隱軍帳

　　這是一本很隆重的書，北大教授季羨林先生題寫書名，著名藝術家呂敬人親自操刀設計書衣，畫家袁熙坤為作者素描畫像，文化部部長兼中國文聯主席孫家正和現任中國作家協會主席的著名作家鐵凝書寫序言，書法家歐陽中石和有「奇人」之稱的王世襄分別為此書揮墨題簽，兩副沒有留名的藏書印章的篆刻者看來也非等閒之輩，而此書的作者更是位居部隊上將軍銜的要職，這一系列的名頭足以讓所有愛書人展開豐富的聯想。但且慢，看書中的內容，更是讓人在驚訝之餘賞心悅目，書中介紹了作者交際的名流顯貴政治要員文人雅士百餘人，他們均為作者在自己所著書籍上親筆簽名或者蓋章留念。

　　無須再作太多的噱頭了，這本特別的書是由中國人民解放軍原副總參謀長和現任中國國際戰略學會會長的熊光楷上將所撰寫，可吸引我的不僅僅是他的特殊身份，還有他的這一業餘的愛好。從書中可以看出，熊將軍儒雅瀟灑，學識淵博，顯然是我軍的一員儒將，他長期從事軍事情

報工作，見多識廣，又曾擔任我軍高級領導職務，但就是這樣一位高級將領，卻獨獨鍾情於藏書，而且是熱衷於收藏自己喜愛作者的簽名書。據作者說，他如今已經收藏了兩千多部簽名書，也恰恰是因為他的身份，這些藏書幾乎多數都可為藏書中的珍愛之物，以這本書中所記錄的，就有毛澤東、鄧小平、江澤民、胡錦濤等多位高級領導人的蓋章或簽名藏書，有葉劍英、徐向前、陳毅等叱吒風雲將領的蓋章或簽名藏書，有克林頓、布希、葉利欽、普京等國外政要的親筆簽名藏書，有啟功、李鐸、劉炳森等藝術家的簽名藏書，有錢學森、朱光亞等科學家的藏書，有曹禺、巴金、金庸等文學大師的簽名藏書，……，這些簽名書收藏的背後卻是一個個讓人驚歎的收藏佳話。

在熊將軍的人生風景中，因藏書而抹上幾許不同於金戈鐵馬的色彩，又因這人生的風景讓將軍的藏書增添了許多獨特的價值。讀這些有關收藏的書話文字，彷彿因此而看到這一冊冊著作背後的面孔，他們或者是讓人敬佩的大師，或者是胸藏百萬雄兵的將帥，或者是弄潮政界的要員，或者是埋首書齋的學者，但通過藏書與他們的交往中，感受到的是他們的樸素、可愛、機智、學識淵博、思想前衛、高瞻遠矚、親切大方等等諸多的人格魅力，如此書緣，自然會耳濡目染，如春風化雨。也因此書緣，我們可以通過熊將軍的筆端看到那些距離我們遙遠的人物具有質感的生活與氣息，許多片段讀來，頗為有趣，印象很深的是葉劍英元帥晚年喜歡觀看原版的外國電影，常常在家中與老朋友們一邊看電影一邊交流時事，年輕的熊光楷則為老帥們擔任同聲翻譯，這看電影用熊將軍的話說卻用著

另一番的意義，「在這種情況下（指文革期間），看電影就成了葉劍英與自己信賴的老同事老朋友交流資訊、溝通想法的重要方式。後來我想，葉劍英之所以能在關鍵時刻挽救我們的黨和國家，既與他的多謀善斷有關，也與他能廣泛地進行聯絡，聽取黨內老同志的正確意見想法有關。」由此因緣，熊將軍終於有了蓋有私章的《葉劍英選集》。

晚明才子張岱曾言：「人無癖不可與交，以其無深情也。」有所嗜好的人往往讓人感到一些特別的可愛與專注，這種情感隱藏在他正常的社會生活的夾縫之中。熊將軍作為我軍高級將領，我從他的藏書之中也看到了新時期將帥的獨特風采，如此博覽群書又並非泛泛地瞭解，也可見其學識修養的非同一般，現在熊將軍雖然已經不再沙場上指揮千軍萬馬，但他所擔任的中國國家戰略研究會就更更加需要這樣一位頗有經驗的儒將來擔當重任，因此以書為緣讓將軍有了更多思想碰撞的機緣，諸如書中講到熊將軍因為收藏和閱讀了國防大學李際均將軍的著作，十分欣賞，因而決定讓他在中國國際戰略研究年會上作報告，果然獲得了極大的反響。

在今天這個社會中，有收藏嗜好者很多，但以藏書為樂趣的高級官員似乎不多，以收藏名人的簽名著作的更是少之有少。藏書本身是一個屬於小部落私秘的樂趣，也是一種極為容易入門又很難有所成就的愛好，是一種高雅脫俗不靠權財的興致。作為一個高級官員，完全可以收藏金玉古玩，可以搜集名人字畫，可以珍藏奇珍異寶，但對於愛書人來說，這些都是大俗之物，在如今這個社會中，能夠以喜愛這種清雅的藏書為樂趣的人是值得敬佩的，也是值得我

們社會為之倡導的，以我所知道的一些腐敗的高級官員，他們被揭露的贓物中既有大量的古玩珍器，又有不少的名人字畫，但是卻極難看到有什麼藏書珍品，這雖是一個看來極端的例證，但由此也可以說明一個小道理，那就是真正有高雅愛好的人是極少去做不雅之事的。因為在更高的層次上，它們一定是相通的。

我本人添列行伍之中已有十年的光陰，但與熊將軍相比，我只能是一個小兵，不過相同的一點是我們都愛書，也熱藏書。我雖然沒有熊將軍藏書的可觀與珍貴，但在對於書的愛好上來講，我們都是藏書的中毒者。也許是因為張岱的那句名言，讓我可以大膽地對作為我的領導的領導的領導進行指手畫腳，為此，我為在軍旅中有許多這樣未曾謀面的趣味相投者而感到興奮，因為我們勢必會在某個夜深人靜的時刻在紙上相遇。我手中的這本由熊將軍所著的《藏書‧記事‧憶人》，封面設計樸素，版式清新自然，整體大方厚重，乃藏書界的一部特殊著作。

（原載《藏書報》2008年2月25日）

紙人的氣質與寫作

　　在人的肉體之中，還存在著另外一個人。這個人存活在人的肉體之中，有時他會比肉體存在的生命更長久，與普通的人所不同的是，他寄生在人的肉體之中，但卻以紙張作為生存的唯一依靠。人對紙張的不同選擇決定了他生命的狀態，因此他的生存的強大與弱小、崇高與猥瑣很可能取決於人對於他的生命食物的選擇。這是一個讓人感到有些恐怖甚至顫抖的想像，他叫紙人。其實紙人是一種假設，一種人對於書籍和紙張上知識與思想吸收的假設，但這個富有想像力的假設在時刻提醒著人去有意識地選擇和汲取不同的紙張，來培養和塑造我們肉體中的這個紙人。因此，承載思想與文字生命的紙張具有了非同凡響的意義和價值。這是我在閱讀作家蒼耳的散文《紙人筆記》中的一個很大的收穫，在我剛剛閱讀到這樣的一個意象的時候，我的內心似乎被深深地擊中了一樣，因為這種並不存在的假設卻似乎奇跡般地降臨在我的肉身之中，他引起了我的重視和深思，我曾經餵育過他怎樣的紙張，那又是怎樣的一種精神的食糧呢？

　　蒼耳的散文集《紙人筆記》在回答自己的這樣一個反問，他是給自己的紙人以什麼樣的紙張作為精神的食糧呢，這個紙人的生命是強大與偉岸，還是讓人失望地如侏儒一樣呢？我閱讀蒼耳的這些讀書文字，正是他對於自身反問的一個有力的回答。而紙人筆記，也可以作為紙人自己的一種個人的證明，是他對於自身成長與強大的一種獨語與寫作。在這本散文集中，我讀到了蒼耳的閱讀與思考，我彷彿感受到他體內的紙人在面對自己的精神食糧時所發出的讚歎與體悟，是轉化成肌體內部成長力量的聲音。而這種獨語，這種力量是憂傷的，是尖銳的，是孤獨的，但也是強大的。這種紙人因為自身汲取生命力量的緣故而轉化成新的生命形態，他渴求一種精神的自由，他面對眾生希冀一種安寧與平等，他對弱小與美好充滿了悲憫與呵護，他歌唱屬於理想氣質的詩意生存。因此，他的獨語才顯得那樣的憂傷與尖銳，帶著一種「叫喊」的力量。

　　我特意注意到他在文字中的那種細微而節制的表達，在〈晚安，小灰鼠〉中我讀到了那個在囚牢中與小灰鼠相依為命的生命境界，但最後連小灰鼠也被排除了，人在囚牢中又何其孤獨，蒼耳試圖在提示我們關注一個遠比我們低劣的生命存在的價值，在文章的結尾作家不無憂傷地寫到：「如果地球上只剩下除了人以外的最後一種動物，我想也許就是鼠類。到那時，人類是否會重曆那個囚犯對絕境的體驗？整個大地都成了囚牢，時間成了鐵柵，人該怎麼辦？也許人會說：晚安，鼠哥哥！而老鼠會說：你好，『害蟲』！」在這裏，小灰鼠又豈止是一隻普通的老鼠呢？在散文〈馬燈〉中，我注意到蒼耳的寫作是始終將馬燈這種東西納入到民間與

個人的視角之中的，是注重一種生命體驗帶來的切實感受，如果是很多的大文化散文作家，很可以想像他們一定在文章中將馬燈這樣的普通對象與革命，與歷史，與偉大的英雄人物，與宏大的敘事相聯繫，但蒼耳恰恰相反，他甚至在文章的最後不無憂傷地為一個遺留在古墓中的馬燈所帶來的歷史想像而慨歎，他感歎一定是那個被宏大敘事與歷史英雄所屠殺的歷史小人物，那個在最後一刻被永遠地留在墓穴中的工匠或者抬手，蒼耳的文字在此時是如此地驚心動魄，又讓人感到恐怖與壓抑，這就是他筆下屬於自己的馬燈，「在永遠不會改變的這個世界的風中雨中，它的孤獨一剎那擊中了那黑暗心臟的脆弱部分。」

　　從蒼耳的簡歷之中，我知道這樣的一個默默的寫作者與精神閱讀者，他生活在中國的一個安靜的小城市之中，對閱讀與寫作有著極高的要求，但他寫作的數量十分稀少。蒼耳生活在皖南的一個名叫安慶的城市，但他的文字卻奇怪地具有了一種超越這個地域的氣質，也許這就是因為他體內紙人的獨特氣質的緣故。我在閱讀中發覺到他的文字之中擁有一種獨特的氣質，這種氣質很類似於我曾閱讀過許多東歐作家的文字，他的文字之中有一種優美、憂傷的氣質，但更重要的是一種散發著自我覺醒和追求自由的氣質，這種氣質輕盈、敏感而尖銳。我注意到他在文章中多次提到故鄉的人與物，諸如生於故鄉的詩人海子，還有那個被清朝統治者砍了頭的文人戴名世，那個與專制統治作對的悲劇英雄孤雲，那個寫下〈燕子箋〉諷世的弱女子阮麗珍，以及流傳於世的〈孔雀東南飛〉中的劉蘭芝與焦仲卿，等等。這些人物之所以被蒼耳寫在了文字之中，我

想很重要的原因就是他們骨子深處的那種剛烈與決絕，是與俗世和外界污濁相隔離，又渴望爭取到一種精神自由與平等的勇氣。而這樣的視角，我以為完全取決於他對自己體內紙人的餵養，因此我注意到他的文字，那些有關閱讀筆記的文字，那些閃爍著碎瓷片一樣光芒的文字，它們的來源與它們的生命同在一個精神的緯度之上，否則蒼耳是無法將那些被眾人都已經即將遺忘的人物引為自己的精神知己與書寫對象的。而再看那些他的文字中所不斷出現的閱讀對象，奧威爾、曼德爾施塔姆、基希、卡夫卡、魯迅、昆德拉、格拉斯，等等。他們不斷地閃現在他的文字之中，不斷地重新組合，再以重新的面目出現在文字之中，那些來自於不同精神世界的思想與文字經過紙人的咀嚼、吸收和消化，終於轉化成為一種更為新鮮和充滿精神力量的文字，這恰恰是紙人所帶給我們的命題。也因此，在蒼耳的這些文字之中，儘管我對〈晚安，小蒼鼠〉、〈馬燈〉、〈舊址〉、〈土豆不會飛〉、〈親愛的盲腸〉這樣短小優美的散文作品很偏愛，但我更可能去重視那些細膩和尖銳的閱讀筆記，諸如〈一九八四：白與藍〉、〈對稱的城堡〉、〈沖著世紀叫喊〉、〈漂泊者文學〉、〈默劇時代〉、〈歷史旁邊的美麗花園〉，等等，因為這些閱讀筆記展示了一個作家內部的精神秘密，就像他體內的紙人透露了自己的成長的秘訣一樣，況且這些東西是如此地獨特而富有令人沉思的魅力。

農曆新年的最後一天，我在河北一個小城市的女友家中翻看數年前自己所遺棄的雜誌，忽然在落滿塵埃的紙張中讀到了一篇令我動心的文字，它是那樣默默地夾雜在整個厚厚雜誌的各種文字

之中，而我記住了那個作者的名字，蒼耳；也記住了那篇文章的名字，〈在鐵軌附近〉；還記住了那篇文章的開頭：「在年底的寒氣裏與阿蒂拉‧尤若夫相遇。」那一天，天空中飄落著一場大雪，室外異常的寧靜，我數次重讀了這篇文章。在年初的大雪之中，我與蒼耳相遇。回到北京，我很奇怪地在書店買到了剛剛出版的蒼耳作品集《紙人筆記》，薄薄的一個小冊子，其中收錄了我印象深刻的那篇文章，〈在鐵軌附近〉。

（原載《青島日報》2007年4月7日）

三更有夢書當枕

　　董樂山和馮亦代兩位老先生去世之後，國內對於西書書話文章寫作卓有成就的應該算止庵和潘小松兩位年輕人了，他們兩人的文字我都曾追著讀過一陣子，但兩人的文字風格畢竟還是有所區別的。止庵的書話文字比較枯冷，走的大約是知堂先生的路子，但紹介的書籍大多是國內新近出版的翻譯作品；而潘小松的書話文字輕鬆閒適，大約有林語堂先生的某些神韻，更重要的是潘先生是做翻譯出身，因此書話文字常常會顧及原版圖書，所談書籍也常有一些生僻但別有趣味的東西，不過潘先生畢竟是浸淫於外文世界的，文字風格和心態均是沾染上了一些西方紳士味道的，即那種溫雅平淡與謙虛沖和的情調。

　　我在報刊上讀潘小松的書話時間長了之後，終於在今年北京的《博覽群書》雜誌上看到即將出版的新作《書夢依舊》的序跋，因而就欣欣然地等待，直到最近才在書店裏購得此書，其中大多文章已經是在報刊和網上讀過的了。書話文字據說起源於書商的介紹文字，最終發展成為一種

別致的散文文體，自五四以來這種文體在中國依靠眾位名家的親身實踐也算有些蔚為大觀的樣子了，但能將書話文字寫的好，大約是需要一些功力的，諸如視野要開闊、思想要活躍、文字要別致、學養要厚實等等，論這幾點潘小松都還有些優勢，特別一提的是他本職是翻譯和研究人員，同時還是一個不折不扣的西書和舊書的收藏者，因而在他的書話文字中我讀的最多的感受是他談論自己對於西書譯介中的一些問題和掌故，其次就是暗暗自得又收穫了某些難得一見的西書或舊書。現在國內寫書話的，涉及古代的書話大約只有黃裳先生多有建樹，現當代領域內則是群英競技、人才濟濟，但我只喜歡將書話寫的秀雅又見功力的谷林先生，而談論西書的還應該加上我上述兩位以外的香港的董橋先生，但我個人實在是不喜歡董橋的文字，原因是文字中帶有太多的油滑與自戀的成分，或者是沾染了港臺的某些商業消費的速食氣質，總之我實在沒有辦法成為「你不可以不讀董橋」的一員，感覺總是隔了很遠的距離，看來書話要適合我的胃口還得有一些本土的煙火氣。

不過，潘小松的文字儘管閒適平淡，透露著心滿意足的性情，但與董橋有一處看著似乎相同，也同樣有著一股紳士般的洋氣或域外中產階級知識份子的生活情調。我在他的書話文字中就不止一處讀到他所滿足的生活方式：在咖啡館裏讀書，在歐美遊歷淘舊書，在書友的聚會中暢談心得，在舊書攤上將那些別人難得一賞的西書成套地搬回家，或者是在研究工作之餘不必再為研究煩心而寫些呆板枯燥的學術文字，卻只寫點性情的書話文字打發時光……，這種生活方式對於中國的讀書人來說應該還算是一種奢侈，但也是一種

難得的不為名利甘於寂寞自足自樂的心態，要不連他自己都這樣慨歎：「時人有福氣在書夢裏討生活的不多，而我這十年恰是在書的春夢裏的度過的，夠幸福的吧？然而不盡如意，因為書的春夢時常被攪。被攪的結果便是時常對書不那麼忠誠了，有時或者對書只懷著輕薄之意，甚而至於出賣書籍。這是回頭讀自己舊文得出的印象。好在我喜歡書大部分時候並不做作，並不總是想用書易米，因此就書而發的議論再讀一遍也不覺討嫌。這是我的幸運，或許偶爾閒了讀讀這本關於書的趣事的讀者帶來愉悅。」看來這樣紳士般的讀書生活並非完全現實，有時也是苦中作樂罷了，我就在這本書中多處讀到其將書買進再賣出的無奈，並非是做書商投機的勾當，而是現實的逼迫與無奈，但文字之中卻沒有絲毫的怨氣與哀歎，可見心態乃平靜自然，文字境界自然是非同一般了，有煙火氣但沒有怨婦氣。

　　《書夢依舊》分為四輯，文章一百多篇，大多是千字文，很適合睡前床頭、坐馬桶之上或者乘車安坐時讀上幾篇，那就是很美妙的事情，且又不失身份，但願潘先生不會怪罪我這樣對待他的文字。不過我最喜歡讀的是第一輯中關於他談論書的故事的文字，也正是因為他所說的那種真性情，有趣味，讀來溫暖貼心，像《非典型讀書》這樣的文字，寫非典時期的讀書生活，即使是外界風聲日益緊張，但這讀書人趣味也還是保持本色，看來是有些沒心沒肺，其實不然，只是這書話文字將生活中頗有樂趣的另一面鮮活地展示，下面這一段我讀來最喜歡，裏面有暗暗叫喜，也有虛情假意的自我責怪，還有某種自我地期許：「『非典』時期，醫院忙了，

以讀書為謀生手段的人如我倒是有閒暇看看跟飯碗不相干的書了，可以思考一下讀書的得失了，因為研討會沒了，急著要趕的文章少了。我甚至放肆到打開書並不讀，拿刻好的藏書章一本一本的蓋印。人到中年以後真正保留的樂趣不會太多，但願我今後不會厭煩往藏書上蓋戳。」其他的幾輯文字要麼談論某本西書，要麼談論某個人物，大多點到為止，這些書話文字多著眼於某個不為大家注意的細節，因而讀來就別有趣味了，有一種別有洞天的感覺。其實這正是書話文字的要害，如果談論一些大路的東西，熟悉的人讀了會感覺淺薄，不知道的人讀了完全當成知識小品了，因而書話文字的成功往往是在常人所不注意的細節上下功夫，讀後自然是韻味悠長的微妙，猶有淡淡微醉般的幸福與奇妙。

（原載《新京報》2006年10月11日）

氣味辨魂靈

止庵的《周作人傳》資料詳實綿密，讀之大為驚歎，他在其著序言中有這番夫子自道：「傳記屬於非虛構作品，所寫須是事實，須有出處；援引他人記載，要經過一番核實，這一底線不可移易。」關於所說的須有出處，在此書中就極為出色，幾乎句句皆有來歷，諸如他寫到周氏兄弟失和之後，「他們以後很可能在公開場合見過幾面，彼此的文章亦偶有呼應之處。」對於兩人斷絕關係後很可能見過幾面的敘述，止庵在注釋中從兩人日記的記述進行了一番詳細考辯，一一指出周氏兄弟在斷交之後交往應酬的相同時間與地點，並根據當時的具體環境進行了謹慎地推斷；而對於斷絕關係後，周氏兄弟在文章中偶有呼應之處，止庵則通過兩人在詩文中數處對於同一話題在相同時間內所作出的一致反應予以判斷，因這思想上的暗合之處，決不都是偶然的巧合。

由此可見，止庵寫作這冊《周作人傳》所費的扎實功夫。在此書的序言中，他就有這樣的敘述：「我最早接觸周作人的作品是在一九八六

年，起初只是一點興趣使然，後來著手校訂整理，於是讀了又讀。先後出版《周作人自編文集》、《苦雨齋譯叢》、《周氏兄弟合譯文集》等，一總有七八百萬字，連帶著把相關資料也看了不少。」讀了這段話，就不難明白為何關於周氏的資料，止庵均能得心應手，而他寫作傳記時對於援引他人記載必須經過核實這一原則，我印象最深刻的則是與我有關的一篇文章。

去歲我因偶讀《鄧雲鄉文集》，發現鄧雲鄉先生提到顧隨曾為周作人在南京審判的法庭提供呈文辯護，但查閱《顧隨全集》、《顧隨年譜》和他的女兒顧之京撰寫的《女兒眼中的父親：大師顧隨》等數種資料，都沒有收錄和提及此文，覺得其中頗有些因緣，於是一揮而就，寫成了一篇雜文〈顧隨與周氏兄弟〉，投給北京的一家刊物，大約這家刊物的編輯一時無法判斷，便隱去姓名請止庵審讀，其回信我偶然讀到，不妨抄錄相關文字如下：「〈顧隨為周作人出具之證明〉即如作者文章所引，顧隨還曾列名〈沈兼士等為周案出具證明致首都高等法院呈〉，同載《審訊汪偽漢奸筆錄》一書中，作者似亦未見也。至於程堂發〈周作人受審始末〉所云顧隨『出庭辯護』，實無此事，作者進而演義為『當庭辯護』，更屬無稽。」（〈擇簡集〉，《開卷》二〇〇八年七期）儘管係批評文字，但我著實佩服止庵眼光的毒辣，因那冊《審訊汪偽漢奸筆錄》確實未見全書，當時因讀書不便，我則請好友代抄而成，更令我尷尬的是對於程堂發文章未經核實，便抄來作證，並由此引申為顧隨前往南京法庭為周作人當庭辯護，十分慚愧。在這冊《周作人傳》中，止庵也曾寫到顧隨給周作人呈文辯護的細節，所抄錄的文字也

是與我所引那段一致，但他卻如實道來，並無更多枝葉蔓延。後來面見止庵，談及此文，他提到自己在《沽酌集》一書中有其對於寫作的一個原則，當學而時習之：「一件事情發生了，先看事實究竟如何；事實或者不能明瞭，可依常識加以估量；常識或者不盡夠用，可據邏輯加以推斷。」

其實，只需粗翻這冊傳記，就不難發現全書如若能夠借用原始資料的一定抄錄原始資料的原文，絕無廢話，不進行「合理想像」與「合理虛構」，這一方面是他在序文中所強調的「容有空白，卻無造作」，另一方面也恰恰是他在書中極為欣賞的也是周作人生前所竭力實踐的「文抄公」筆法。對此，讀止庵的這冊傳記，就不難發現他恰恰也是浸染了周氏美文，筆觸所及處，盡量簡單，「文抄公」筆法採用得極為出色，這樣一來，避免了橫加想像，重要的是止庵在不自覺以周氏筆法來寫作周氏，以他多年學習揣摩周氏美文的筆法寫就，可謂是相得益彰，氣味相投。由於止庵在趣味上與周氏靠近，使得其在作傳時的筆法、情趣、行文、結構等都很有些周氏的味道，特別是在對周氏的人生起落的敘事時，就能很體貼的寫就，資料與運筆也都多了幾份的理解與寬容，這是此冊傳記寫作的一個顯著的特點。曾有書評人將止庵的這冊傳記與錢理群先生的《周作人傳》作比較，僅就兩書開篇文字的對比，就判斷出孰優孰劣來，我讀後就很不以為然，因為錢先生與止庵的性情大為不同，錢先生是以魯迅的精神趣味來衡量周作人的，而止庵則是以周作人的趣味精神來衡量周氏本人的，自然差異很大，筆法也更難相提並論了。書評論者同樣作為周氏文章的愛慕者，難怪會如此看不上錢

理群先生的傳記著作，但即使進行比較，也請以詳細的論證來進行判斷，而不該如此輕率就作結吧？

關於這冊《周作人傳》，止庵在序言中強調這冊傳記只是自己的一些讀後感，與自己平日寫成的小文章相彷彿。這個實在不假，我讀完全書，就不難發現，此書雖然由周作人一生線索縱貫全書，但書中各個部分也都自有重點，若拆散讀來，大都是首尾呼應的好文章，諸如寫周作人的思想變化，讀遍全書，不難發現止庵在這冊書中重點探討了促使周作人一生變化軌跡的主要因緣，那就是周作人在〈兩個鬼〉中所寫到的「紳士鬼」和「流氓鬼」的此消彼長，這也無疑成為寫作這冊傳記的主要核心所在。止庵以為這是周作人對自己最為深刻的一次剖析，他引用周氏的原文：「我對於兩者都有點捨不得，我愛紳士的態度與流氓的精神。」關於「紳士鬼」和「流氓鬼」，周作人後來又概括成「隱士」與「叛徒」。在這冊傳記中，止庵對於周氏思想的分析時，就緊緊抓住了這個核心，諸如對於周作人落水的敘述，他從此一思想出發，頗能理解周作人這一階段的精神狀態，特別是周作人接替湯爾和出任偽華北政務委員會教育總督一職，就頗為詳細地論述當時周氏出任前後的局勢，不但有「形勢比人強」的寬厚理解，就是所引論的資料也很見體貼。

重要的是，周作人的這一作為，在止庵看來正是他的「流氓鬼」占了上風，對此，周作人自己也曾這樣總結到：「我從民國八年在《每週評論》上寫〈祖先崇拜〉和〈思想革命〉兩篇文章以來，意見一直沒有甚麼改變，所主張的是革除三綱主義的理論以及附屬的舊禮教舊風化等等，這種態度當然不能為舊社會的士大夫所

容，所以只可承是流氓的……天性不能改變，而興趣則有轉移，有時想寫點閒適小品，聊以消遣，這便是紳士鬼出頭來的時候了。」在這本傳記中，周氏這樣類似的個人辯白，止庵曾多次引用和予以強調，由此也不難見其作傳的志趣所在。

（原載《出版廣角》2009年5期 ）

被思想驚醒的寫作

我在一本散文雜誌上讀到蔣藍的文章，被他優美與犀利的文字所吸引，因為在那本充滿休閒優雅，太多自戀自艾情調的雜誌當中，這樣的文字顯得尤其獨特和顯眼。儘管我知道很多散文閱讀者並非會在這一頁多作停留，那些在閱讀中會讓人稍感疼痛的文字是往往被自動跳過的。在這個時代裏，散文或者小品文字往往在承擔著大腦休息的功能，因此選擇一種沉重的寫作方式在他們認為並非是一種聰明的行為，而我更為敬重的是如蔣藍這樣的寫作者，在體制外從事著獨立自由的嚴肅寫作，他的大量思想隨筆根據我的閱讀經驗，大約是只能在網路上流布的，因此在世俗的眼光之中，蔣藍的寫作是一種讓人絕望的社會存在，思想的高度與獲得的回報是極為不成正比的。因此當散文作家祝勇在文章中提到蔣藍對普通讀者的陌生時，我相信大多數的閱讀者是不會覺得驚訝的，而我更堅信這種缺少喝彩的寫作背後一定帶有某種精神的擔當的。

在這本雜誌當中還有一個細節令我印象深刻，那就是一副蔣藍的側影照片。照片上的蔣

藍，給人感覺有一種孤絕的氣息，頭部輪廓分明，眼光犀利，面目深沉，帶有一種清醒的高貴和自負。從文字到本人，我更相信作者是一個堅定的有擔當意識的寫作者，儘管蔣藍並非我熟悉的朋友，但我相信這種個人的判斷，因為我始終認為，一個人的氣質透露出他精神的容量。陸陸續續地讀一些蔣藍的文字，感覺他的文字有一種堅硬與優美的氣息，這種獨特的感覺就像碰到一把利刃，剛硬而寒光閃爍。在他的文字氣息中，這種氣息瀰漫其中，一種被認可的思想和認識往往被他堅持到底，並以一種旁徵博引式的氣勢來征服文章的閱讀者，讓你堅信他的這種判斷。有時我是不喜歡這樣的方式的，覺得是否太霸道了，沒有討論和商量的餘地，思想像延伸的筆直公路一樣。因此，蔣藍選擇的這種思想隨筆的寫作往往讓我想到某種信仰者，因為只有宣道才會使用這種沒有空間的言說方式。

　　如此不妨繼續探索蔣藍的書寫，這種寫作一半來源於書籍資料中的精神資源，一半來源於作家個體的生命體驗，這兩種生命資源互相印證與支撐，完成了這種書寫的完美。我有時會好奇地思考，究竟是這種人生的體驗讓作家開始去思考並學會在書籍資料中尋找答案，還是因為閱讀之後獲得了啟蒙，從而在寫作與思考中將那些人生的片段作為一種反觀的證據？在蔣藍的隨筆之中，我不斷地閱讀到魯迅、博爾赫斯、奧威爾、葉芝、蕭紅、林徽因、李宗吾，等等，這些人生奇崛思想獨異的靈魂們，他們被閱讀被揣測被深度地感悟和理解，但另一方面我又看到了作家在走進他們的精神世界，看到他在自己人生經歷中尋找到的某種靈魂上的碰撞與共鳴。這時我就會想，也許這兩者之間根本可能就無法存在嚴格而清晰地分界

點，他們彼此存在著，互相印證著，而一個優秀的作家就是如此成功地可以讓他們成為一個結合的機體，從而使得一個個體走向一種共同的理想積澱，也讓某種集體的認識在現實中回歸到一個平凡的個體記憶。

因此，也許這樣就可以知道為什麼這樣的寫作是無法存在遊弋的可能，它的確需要堅硬與優美，否則這樣的結論會讓人產生一種思想上的輕率與矛盾。我贊同散文作家周曉楓對蔣藍的評價：「蔣藍的寫作令人想起冷金屬時代的兵器，鞘或手柄上雕縷著繁麗花飾，但內在，卻是寒刃。」我讀蔣藍的這些隨筆，往往感覺到一股冰冷的涼氣，他們充溢著文字，而作家蔣藍的文字往往會讓我想到一把寒劍，寫作者就是一位內心激蕩著熱血的劍客。這本是一種矛盾，恰如我閱讀後的感受，這些文字冰冷，但延續和書寫的這種文字的背後一定是一種激情，一種將腐爛剁碎的激情，一種刺向邪惡的熱烈與兇猛。正是如此，我感到他的寫作帶有反抗的力量，這種對自由的渴望背後是作家堅決地把筆作為思想匕首，來反抗他所厭惡的一切障礙。這一切畢竟是尖銳的。

作家蔣藍將他的這些思想進行整理，因此他出版了《思想存檔》，但遺憾的是，這是一種殘缺的思想存檔。那些更為重要的文字在整理之後很可能因為某種冠冕堂皇的理由，在電腦上只需要按一個刪除鍵即可，而我們讀到的只能是一個作家孤獨思考後的出版殘稿。因此，這本文集只有〈魯迅的黑暗與博爾赫斯的黑暗〉、〈林徽因的李莊〉、〈預言家喬治‧奧威爾的政治寫作〉、〈雙重火焰〉、〈熄滅的馬蹄〉等幾篇隨筆為我所偏愛，其他的文字儘管

也很優秀，但並沒有展示一個有深度隨筆作家的本色。在〈林徽因的李莊〉中我看到了一位柔弱女性的博大與優美，在〈熄滅的馬蹄〉中我被作家筆下細膩地書寫所驚歎，那種面對弱小生靈的疼痛，這一切都呈現出一個作家的寬度和深度。如果沒有那種對自我心靈世界的追問，即使到過一千次林徽因居住過的李莊，即使觀望一萬遍如作家目睹過的動物受難，即使閱讀更多的文獻資料，那些麻木的心靈也依然被遮蔽，無法蘇醒。由此，我更喜歡那些沒有被收錄在這本書中的文章，諸如〈那隻半夜怪叫的雞〉、〈有關警報的發聲史〉、〈死亡的字型演變史〉、〈有關死刑的身體史〉、〈掌聲的精神分析〉、〈芒果的切片分析〉等。

　　說實話，相比《思想存檔》中所收集的那些文字，這些被過濾的文字我認為恰恰是寫得用心和成熟的，而也是這些文字卻往往使我在閱讀中產生一種驚心動魄的疼痛與震撼，但作家的那種堅硬與優美地書寫在無時無刻不在證明這種言說的艱難與必要。他們與現實生活密切聯繫，甚至與我們每個人的日常生活緊密聯繫，與我們的個體命運緊密聯繫。諸如〈有關死刑的身體史〉，他描述了半個世紀以來對於死刑的殘酷甚至恐怖的存在狀態，〈有關警報的發聲史〉則對我們熟悉的警報聲進行了仔細的分析與探究，而這一切無論是關於人的身體還是一個人的聽覺，都展示出一個作家對於我們生存在這個世界中的真實狀態的描述與反思，它極力向要向我們揭示的是一種早已經存在的精神病症，但卻被我們早已經習以為常，被我們掩蓋成為日常生活的一部分而變化地麻木與不堪。再如〈芒果的切片分析〉，這篇文章對於我這個文革後出生的人讀來恍然如

夢，一種水果竟然在那個消逝的時代裏扮演著一種不可思議的崇高象徵，其間的種種荒誕，大約都是值得反思的，而其留給經歷者的卻是無法挽回的歷史幻覺。

　　無論是警報這種聲音，還是死刑這種刑罰，或者是芒果這樣的水果，他們作為一個獨特時代和機制下的產物會發生著神奇的變化，這種變化的過程和結果都被作家細心地尋覓與觀察和記錄了下來。而這些書寫更加證明了，那些歷史的精神資源與我們現實中的日常生命體驗之間，本就無須去互相印證，它們的存在恰恰是使我們隨時驚醒的力量。這種被思想驚醒的寫作散發著一種孤絕的氣息，它懷疑一切，它選擇自由，它反對粗俗，它抗議暴政，它散發著一種絕不投降的可能。那麼，它必然在驚醒之後悄然書寫。我在閱讀時就想，當現實的殘酷驚醒了作家，當歷史荒誕驚醒了作家，那麼，作家就有責任在自己驚醒之後為那些還在蒙蔽中的人們書寫。也許這正是他選擇這種寫作的真實原因——被思想驚醒的寫作。

（原載《出版商務週報》2007年8月15日）

大學者的小文章

　　《書窗夢筆》一書系臺灣著名歷史學家汪榮祖先生的專欄文字作品集結，這些專欄文字發表於二〇〇五年到二〇〇六年臺灣《中國時報》的人間副刊的「三少四壯」專欄上，連續一年後在臺灣集結出版，不到一年時間又在大陸得以出版，由這出版速度也許可以看到此間文字的魅力。而在這些專欄文字發表的二十年前，汪榮祖先生也曾為《人間副刊》撰寫過「學林往事」的專欄，這些專欄文字後來也都集結成書。二〇〇五年汪先生的著作在大陸集中出版，我曾閱讀《學林漫步》一書，並在一篇隨筆的開篇中引用了汪先生文章中的一句話。而汪先生兩度為臺灣報紙撰寫專欄文字，也可見港臺學者對於寫作小文章之重視，《書窗夢筆》中汪先生就坦言自己接到編輯的邀請後一口應答，並在一年的時間裏專門抽出時間來寫這些小文章。據我所知，港臺不少著名文史學者都曾在報紙開設專欄，諸如龔鵬程、張大春、汪榮祖、李歐梵等人，特別是龔鵬程先生，幾乎是兩支筆寫作，一手寫錦繡

繡隨意的專欄文字,一手寫嚴謹博學的學術著作,真是不能不令人感佩。

相比大陸的報紙,那些花花綠綠的專欄文字似乎全部被一些剛剛入門的文人或者作家所佔領,一度專欄文字幾乎成為小女人散文、私生活實錄、談性說愛、文化酷評和油嘴滑舌者們的文字領地,這些文字的速食品的確培養了一批自己的忠實讀者,但遺憾的是大多文字也只能成為一次性茶餘飯後的消費品。因此對比臺灣報紙上的專欄文字,我有時奇怪為何我們的報紙不可以留出一部分版面給那些文史學者們去自由寫作?不知道究竟是我們的讀者層次太低,還是我們的學者太高貴,或者是我們的報紙對於這些學者們不寄予吸引眼球的希望?北大教授陳平原先生曾呼籲大學者應多寫小文章,並且還身體力行,但響應者寥寥。以我所見,在我們的學者文人中,似乎頻繁的寫作這些小文章就是不務正業的形象,但我以為完全沒有必要如此嚴肅刻板,豈不知陳平原先生的學問著作同樣扎實嚴謹,讓人敬佩。讀這本《書窗夢筆》感到作為大學者的汪榮祖先生文筆活潑幽默,雖為短短千餘字的小文章,但每篇讀來都頗有味道。我是很不好閱讀當下的報紙專欄文字的,在書店裏見到這本書的時候還在猶豫是否買來一讀的,但考慮到對於汪先生以前著作的信任,姑且將這本書買回來聊以打發時間,但實在沒有想到一讀之下,備感趣味盎然又令人深思,值到一口氣將全書讀完,也算跟臺灣讀者一起經歷了他們一年時間的專欄之旅,真是幸哉!

大凡學者作文常常嚴肅有餘,活潑不足,又因為注重論證而作文常常束手束腳,但汪先生的這些專欄文字則不然,既幽默活潑又視

野開闊，既關心時事新聞，又能從個人往事出發，既有專業談片又常常探討一些生活瑣事，而這些都因為他的學者身份，在寫作中往往在千字之中十分瀟灑地談出幾份新意來。許多專欄文字既是很好的小品文，同樣還是一針見血的雜文，細節之處往往又飽含深情。諸如〈小S冠夫姓〉一文就臺灣有名的演藝明星小S結婚後冠以夫姓說開去，談論中西方於此之差異，最後令人耳目一新的是作者反駁了很多人以為小S如此便為落伍，而更以調侃這其中的可能存在的商業吵作，但作者於嬉笑中不著一詞卻讓人讀之備感精闢。像〈上海上海〉、〈廈門去回〉、〈韓國人的激情〉等都是類似的雜文性質的小品文，而〈說初戀〉、〈西雅圖之戀〉、〈永遠的傅教授〉等都因為談及往事都流露出濃厚的個人情感。〈丘翁毒舌〉、〈說屠城〉、〈說詛咒〉等因為縱橫中西，又因為組合恰當，幽默灑脫，是典型漂亮的知識小品；但我最喜歡的還是和他專業相關的一些文字，諸如〈漢學和漢學家〉、〈史景遷論〉、〈徒看絕豔連根盡〉、〈說簡體字〉等，這些與文化相關的文章大都針對性極強，且見解不凡，例如他在論述讚揚美國漢學家史景遷的學術成就之外不忘記指出他作品中的缺憾，文章結束還不忘記調侃一下出版界盲目的出版熱，「當一個外國作者紅得發紫的時候，我們似乎又義務翻譯他每一本書，因為有市場啊！」而他談論自己對文言文、簡體字的態度，顯示了一個文化學者對於中國文化以及當下教育的擔憂與焦慮，其中指正辯駁，短短千餘字，大可抵擋一本平庸的學術論著了。

　　我也十分贊同大學者寫小文章，是因為大凡大學者學養深厚，同時還有他們人生經歷大都豐富多彩，寫作素材自然取之不盡，因

此讀他們的文章常會在不經意的地方發現許多很有趣的細節。我讀這本《書窗夢筆》就發現許多令我感到十分有趣的細節，頗有八卦之嫌。在〈永遠懷念傅教授〉一文中，汪先生寫到他與著名學者傅偉勳教授的一次閒談，沒想到傅教授談起當年在臺灣大學讀書時許多人迷戀林文月，不想多年之後偶遇竟然激動到雙手發抖，且是那種雙手不停抖動的激動。林文月，難道是我去年買到她的著作的《京都一年》的那個林文月，只知道她是才女和美女，沒想到在臺灣竟然有如此魅力，這情況真的很像當年北京的林徽因迷倒多少京派才子文人！再如此書中有作者〈談友情〉一文，其中附有汪先生與他當年就讀臺灣大學歷史系的五個同學的合影，這張照片沒有一一指明合影的姓名，但我依然認出來了大名鼎鼎的李敖，這傢伙居然很霸氣的與其他老同學勾肩搭背，摟摟抱抱，與我印象中那個特立獨行、桀驁不遜的形象稍有差別，而在此書中汪先生曾多次談及他與李敖的交往和談資，還記得曾翻閱過他們合著的一巨冊《蔣介石評傳》，由此可見兩人關係非同一般。去年李敖大陸之行，這本書中也收錄有汪先生的專欄文字〈李敖返鄉記〉，其中充滿了老友的理解與讚賞。由此，我還可聯想到的是，即使再獨立獨行的學者或大人物，他也需要如常人一樣的情感，不可能完全不顧常情的去批判一切，所謂人情練達皆文章嘛！

（原載《文匯讀書週報》2007年7月13日）

雜花生樹

事關吳宓

　　近日讀趙毅衡先生的著作《豌豆三笑》（上海教育出版社，一九九八年十一月一版），其中有一篇文章系悼念他的朋友同時也是學者的吳方，恰好我正在閱讀吳方的著作《追尋已遠——晚清民國人物素描》（人民文學出版社，二〇〇五年八月一版），這本書是為對已經棄世十年的吳方的紀念而出版的，因而文章皆系其舊文的重新編排，而趙毅衡先生的紀念文章〈一度好斜陽：追思吳方〉對於我瞭解吳方有了新的認識，因而讀的很仔細，也讓人讀來感慨，畢竟逝者還有人作文懷念。

　　趙毅衡先生在文章中提到吳方的一個觀點，我在心裏很是贊同，「我同意吳方的一個觀點：弄文學藝術，不管是理論還是創作，不能太聰明，得有點兒傻氣。這個世界各行各業都需要聰明人物，要把文學做到『人生不易到達』的境界，聰明卻是很礙事的。」在深深受教於這一句話的時候，文章中的另一句話也引起了我的注意，不妨抄錄在這裏：「一輩子不走運的吳宓，把我們首次見面的窘迫給救了。不知為什麼，我

現在每次想起吳方，就想起吳宓——耿直的北方漢子，黧黑的面目不像知識份子，卻是做學問也像耕田一樣執著。決不跟著時風轉，錯也錯出個名堂。不巧的是，吳宓也是自殺身死。」吳方因患癌症到晚期，為了不給家人造成太多的負擔而最終選擇了懸樑棄世，這一人生結局給這個一生充滿坎坷的學者又增添了悲涼，那他做學問的精神與吳宓進行比較倒是比較恰切，兩人都是理想主義者，在學問上都算做是「文化的保守主義者」，但將吳宓的死說成是自殺來進行強行的比附顯然是大謬，不知趙毅衡先生是否故意如此為文？

查王泉根先生的〈吳宓先生年表〉（《紅岩》，一九九八年三期）所記一九七八年吳宓之死，「一月十四日病危，送當地駐軍五一三醫院搶救。一月十七日凌晨三時，在涇陽與世長辭。」在張弘先生的〈吳宓生平大事年表〉（見《吳宓：理想的使者》，文津出版社，二○○五年八月一版）中也這樣寫到，「一月十七日，病逝於涇陽。」不過兩位學者在編著年譜的時候略有差異，王泉根認為吳宓死時八十四歲而張弘則認為是八十五歲，剛看大為驚異仔細一讀才知道王在編著年譜的時候認為吳宓生下來的那一年不作年齡計算，而張弘則將這一年算做一歲計算，現在一般年譜的編寫似乎都以前者為標準。由此可見，吳宓是在一九七八年一月因為生病最後住院搶救無效而死亡的，不過吳宓究竟患何病致死卻不得而知，究竟這個年譜有多大的可信度，我們另需查閱當事人的詳細記憶來加以證實。吳宓的堂妹吳須曼一九七六年冬天將臥病在床的吳宓從重慶西南師範學院接回陝西，因而從一九七六年冬到一九七八年一月吳宓去世期間一直由他的這位堂妹照顧，一九八七年四月十七日吳須曼曾寫過一篇文章〈回憶先兄吳宓教

授）（見《涇陽文史資料·吳宓專輯》，一九九〇年），這篇文章詳細回憶了吳宓去世前前後後的經過，讀這些質樸的文字真是催人淚下，感歎一代著名學者晚景的淒涼以及個性風骨的執拗與胸懷的寬闊，作為吳宓晚年始終陪伴身邊的唯一的親人她的記憶應該是可信的。

在我所引的趙毅衡先生的那段有關吳宓的文字之前我讀到這樣一段文字，「與吳方簡直是無言枯坐，碰巧，吳方讀過我在一本地方雜誌上寫吳宓的小文字，於是我們大談一番吳宓。」由此可見趙毅衡先生肯定是研究過吳宓並寫過文章的，那麼為何會犯這樣不該的硬傷呢？趙在文章末端所附錄的時間是一九九六年十一月於英國倫敦，如此可想當時寫此文時其正身處異鄉，資料難尋，但為何在一九九八年結集出版的時候還沒有改正過來呢？我想趙毅衡先生是否太想將他的朋友吳方看作是當代中國的吳宓了吧，唯一遺憾的是我在寫作這篇文章的時候沒有查閱到趙毅衡先生的那篇關於吳宓的文章。

有趣的是我在查閱關於吳宓的資料時發現一九九七年三月的《魯迅研究月刊》曾刊出過一篇四川作者張致強的文章〈吳宓暮年點滴事──吳宓教授逝世二十周年祭〉，這位在文中稱自己曾與吳宓有過密切來往的人在文中的一節〈吳宓餓死家鄉〉中有一段關於吳宓死於無人照顧和受到虐待而死的事情，他在文章中說吳宓被他的一位親屬接回陝西是因為這位親屬貪念其是全國名教授，一定有很多積蓄，等到吳宓回到家鄉後便逼迫其掏錢，但由於吳宓根本拿不出錢來，這位親屬就將其放在離家很遠的一個破舊的窰洞裏，每個星期只給送一袋窩窩頭和一瓶開水來折磨其將錢交出來，「一九七七年冬天，大雪飄飄，鄰近的好心人們詫異：這個老頭兒

怎麼快一個星期都沒有出來呢？大家推開門看，吳宓已死多日了！他身邊的那袋窩窩頭沒有動過。」這位作者在文章的末尾還悲天憫人的感歎到，「吳宓沒有死於『四人幫』之摧殘，竟然餓死於親屬之手，這是多大的悲哀！可憐卑劣的國民性啊！」真不知道這位作者怎會將吳宓之死描繪的如此細緻生動？

　　張致強所講到的這位親屬應該是吳宓的堂妹吳須曼，在《魯迅研究月刊》一九九七年第十二期刊出了由吳須曼寫於一九九七年七月十日的文章〈先兄吳宓之死──駁「吳宓暮年點滴事」〉，這篇文章對張文中許多不實之處逐一進行了批駁，同時《魯迅文學月刊》也配發了編者按語，「本刊今年三月號刊出四川作者張致強〈吳宓暮年點滴事〉一文，對於吳宓的死因作了嚴重失實的報導，給吳宓的親屬──特別是當年受全家重託冒著風險伴隨吳宓走完人生最後歷程的吳須曼女士造成了心靈傷害。對此，謹向吳女士表示歉意。今後，本刊將吸取教訓，對記實性和史料性的來稿加強審核，杜絕以訛傳訛的事件發生。」在編者按中還提到關於吳宓之死的消息來源於一位巴蜀書社的編輯周錫光，在吳須曼的文章中也對這位所謂的「知情者」進行了有力有理的批駁。在一九九七年八月下旬吳須曼又寫了一篇長文〈吳宓回陝前後〉（見李繼凱、劉瑞春編《追憶吳宓》社會科學出版社，二○○一年一月一版），這篇文章可看作是〈回憶先兄吳宓教授〉一文的補充，在文章中首次提到了吳宓一九七八年一月十六日在五一三醫院被醫生診斷為「雙側頸內動脈血栓形成，呼吸循環衰竭」，吳宓之死的具體時間為一九七八年一月十七日凌晨三時。

（原載《人民政協報》2006年6月8日）

顧隨與周氏兄弟

　　睡前讀孫郁和黃喬生兩位選編的《知堂先生》，此書係「回望周作人」系列中的一冊，其中收錄有鄧雲鄉先生的〈知堂老人舊事〉一文，文末的一個細節頗為讓我感興趣，不妨抄錄如下：「在我寫完這篇文章不久，買到了江蘇古籍出的《審訊汪偽漢奸筆錄》一書，其中最後一篇，收的是民國三十五年審訊周作人的全部卷宗，所有沈兼士等十四名教授，以及顧隨、郭紹虞等位的為老人開脫罪行的呈文都已印出，……」此處讓我大感興趣的是文中提到的顧隨先生，因為近來一直在讀他的相關著作，所以很想看看這位詩詞大師在庭審中怎樣為周作人進行辯護，但手邊沒有鄧雲鄉先生所提的《審訊汪偽漢奸筆錄》，幸好有河北教育出版社於二〇〇一年出版的四卷本《顧隨全集》，但看完全部目錄，也沒有找到這篇呈文；於是又找到由閔軍撰寫的《顧隨年譜》，此書二〇〇六年由中華書局出版，但同樣很遺憾的是，作為一本年譜，竟然在一九四六年沒有寫到顧隨呈文法庭為周作人脫

罪；但還是有些不甘心，手邊恰好又有剛買到的二○○七年九月由
中國工人出版社出版的顧隨女兒顧之京撰寫的《女兒眼中的父親：
大師顧隨》一書，這冊由女兒撰寫的回憶錄竟然也對父親顧隨的這
一行為避而不談，連與周作人的交往也從未提及。

　　由此我不得不心感詫異，難道這些圖書的編撰者都對顧隨曾經
為周作人脫罪聞所未聞，而出生於一九三六年的顧隨女兒顧之京很
難對其父如此重要的事情會不知道？有趣的是，在《女兒眼中的父
親》這本書中卻多次提及魯迅先生，在《顧隨年譜》中一九四六年
沒有記錄顧隨為周作人出庭作證，但卻用了較大篇幅詳細記錄了顧
隨在中法大學文史學會的講演《小說家之魯迅》；《顧隨全集》中
儘管沒有收錄顧隨為周作人出庭辯護的呈文，但卻全文收錄了《小
說家之魯迅》這篇演講稿。

　　顧隨生前與魯迅並無直接交往，但一直心存敬佩；而他與周作
人是有所交往的，甚至參加了前面所述的對周作人審判的辯護，但
在後來的回憶錄或者紀念文字甚至一些相關著述中，多談顧隨和魯
迅的關係，對顧隨與周作人的交往卻儘量回避。其實，這最關鍵的
原因就是周作人在一九三八年的落水，但實際上，顧隨與周作人的
交往非常平淡，他為周作人進行辯護，也只是證明周作人當年曾在
北平保護過部分文化人士，在程堂發的〈周作人受審始末〉中比較
詳細地記錄了對周作人的審判，其中有如下相關細節：「開庭時，
由私立輔仁大學國文系教授顧隨，國立西北大學教授楊永芳，前燕
京大學國文系教授、三江大學國文系教授郭紹虞出庭作證，證明周
作人曾營救、掩護地下工作人員和文化人士。」

　　依照自己的興趣，找到最後的證據，最好是直接找到《審訊汪偽漢奸筆錄》，託好友在國家圖書館借到這本書。此書由南京市檔案館編選，上下兩冊，書中果然有關於周作人的部分，收在下冊的最後部分，書中上冊還收有李安電影《色，戒》裏男主人公易先生的真實原型即漢奸文人丁默邨的相關筆錄文獻。查閱顧隨的呈文，其實只是很簡短的一段文字，抄錄如下：「查三十一年十二月及三十二年一月間，華北文教協會人員及私立輔仁大學重要教職英千里、董其凡、張懷等均被日寇逮捕。適周作人正任偽教育總署督辦，一再與敵方人員交涉，釋放優待。及三十四年春夏間，英千里、董其凡、張懷等被釋放，適周作人又曾署名具保。其適隨正任輔仁大學國文系教授，直至甚確，可以證明如上。」

　　文章寫到這裏本該結束，但頗令我疑惑的是，為什麼顧隨的研究者和親友會對顧隨為周作人當庭辯護這一舉動會有意避而不談呢？我以為這大約與一九四九年之後，周氏兄弟在大陸所遭受的不同待遇和地位有著極大的關係，加之周作人的不光彩歷史，儘管顧隨與周作人並非有太多聯繫，只限於一般友人的禮節交往，但知情者恐怕還是擔心會因此而降低這位國學大師的地位，更重要的是作為體制內的研究者與親友，記述顧隨這位本就不太為大眾熟知的學者與周作人的交往，想來於顧隨及他的後輩都不是什麼好的舉動。但有意回避甚至消除這樣的歷史，其實也完全不必，掩蓋與回避歷史大約只會帶來更多的歷史誤解與糾纏，況且這些歷史還並未因為完全消逝而訴說不清。

　　那麼，顧隨為什麼會為周作人出庭辯護，他與周氏兄弟之間究竟有著怎樣的關聯？這些倒是值得我們深思。對此，我以為孫郁

先生在〈顧隨的眼光〉中講的極好，可以找到一些答案，不妨再當一回文抄公：「顧隨生於一八九七年，河北人，晚年號駝庵。他在北大讀書時，大概就認識了周作人。不過，那時候他對周氏的印象，遠不及魯迅。看他的書信、日記以及學術文章，言及魯迅處多多，對周氏很少提及。偶涉苦雨齋主人，還略帶批評，看法是很奇特的。上個世紀二十年代後期，當他涉足到周作人的圈子裏時，對諸位的感覺，很有分寸，不像廢名、俞平伯那麼醉心。他的書信，多次寫有對錢玄同、周作人的感受，這些，已成了珍貴的資料。顧隨的審美情調與治學方式，與周作人圈子的風格，略微相同。比如都深惡八股，為文與為人，以誠信為本，此其一；看書精而雜，喜歡人生哲學，其談禪的文章，我以為超出廢名、俞平伯，有大智存焉，此其二；他談藝論文，與周作人思想時有暗合之處，如主張『詩人必須精神有閒』等等，不為功利所累，此其三。但顧氏在根底上，又是位詩人，對為學術而學術，或說以學術而自戀的生活，不以為然。雖身在北平，但心卻神往上海的魯迅，以為魯夫子的世界，才是知識人應有的情懷。自上個世紀二十年代起，他便有意搜集魯迅的作品，無論創作還是譯作，都很喜歡，有時甚至達到崇仰的地步，並以大師視之。」

（原載《新京報》2008年3月7日）

同是生涯一蠹魚

　　知道臺灣的傅月庵，記得是因為楊小洲最早在《新京報》書評週刊上的大力推介。小洲兄乃京城狂熱的愛書人，新書舊書的重度收藏癖患者，還是書評書話文字的快刀高手，也是他把對傅月庵先生的品評文字寫得滿紙生輝，清雅出神，讓人對傅先生的文字簡直到了神往的程度。只可惜楊兄讀的是臺灣的原版，彼時大陸還尚未引進，我等只能翹首期盼了。而僅看小洲的文字，還是不解渴，又無法找到書本，只能在網上去搜羅，還好收穫甚大，特別是在臺灣的「個人新聞台」，找到傅月庵先生的根據地，上面有其出版新作《天上大風》的文字，於是一篇篇的讀過，方才稍微平息了心中的幾番波瀾。

　　年初，傅月庵先生攜太太到京一遊，被布衣書局的掌門胡同將其和臺灣著名藏書人吳興文拉到論壇裏去與網友們見面，傅先生回答網友詢問，才知其兩本著作《生涯一蠹魚》和《天上大風》已被上海書店購買版權，即將出版。等待了半年的光陰，終於，《生涯一蠹魚》出版，被列

入到由著名出版人陸灝策劃的小開本人文叢書之中，但《天上大風》未見蹤影，其書後的新書出版預告也未見列出。儘管如此，除了傅先生的《蠹魚頭的舊書店地圖》未能一窺真容以外，其他兩冊書也算心中有底了。這三冊書，《生涯一蠹魚》談書，《天上大風》談書後之人，《蠹魚頭的舊書店地圖》談舊書店，各有側重，滿紙書香，其樂無窮。

傅月庵先生最先應臺灣遠流博識網寫書話專欄，不想受到極大歡迎，文字於是先後得以結集出版，愛書人終於修成正果；之前的傅先生，是出版社的資深編輯；再之前的傅先生，是臺灣大學歷史研究所的學生，但最終沒有畢業；這之前，他是一家臺灣工科大學的學生。這一路，全是因書的緣故，因為愛書，從工科跑到了文科，發現路子不對，又跑掉了；在出版社當編輯在紙上闖江湖，發現網路上更神氣，跑去大展身手，攪動的卻還是書香，而網路對他只是一個平臺，骨子裏還是個鑽在書堆裏的蠹魚頭。最近偶然看鳳凰衛視，香港著名知道分子梁文道大談傅月庵，對他的《蠹魚頭的舊書店地圖》讚歎不已，其中談論書中有傅先生在臺灣舊書店淘書的情形，真是語出詼諧，形象逼真，愛書人頓時躍然銀屏。

由此，又想到對傅先生讚歎有加的小洲兄，真是愛書人均有幾份神似，不知道是你沾染了我的書香，還是我和你的情趣是如此這般地一致。小洲兄愛書，他愛的癡迷，也愛的灑脫，有雅趣而絕不學究，有古風而絲毫不酸腐。我與小洲兄相識，是緣於他在報紙上連續撰寫京城書店的文字，一篇比一篇精彩，其時我剛到京城不久，他在報紙上一家一家的寫，我則邊讀那優雅別致的文字，邊尋到書店裏去

淘書，果然大多都是愛書人嚮往的好去處，於是想這寫書店之人果然了得；後來與小洲兄面晤，知道他準備將這些文字結集成冊為《逛書店》，想必書成之後，定是有幾番風雅幾番情趣的，或是北京版的《蠹魚頭的舊書店地圖》，或是楊小洲版的《書店風景》與《書天堂》。小洲兄原在長沙的出版單位供職，後來又跑到深圳為一家香港有名的出版社作編輯謀生，因為愛書而北上京城，如今他在深圳、長沙和北京三地均有書房，我有幸一睹其京城藏書房，並非想像中的輝煌壯觀，而是被舊書新著擁擠地疊床架屋，他的工作室竟然被擠在了一個狹小逼仄的空間裏，真難想像他在報刊上頻頻出手的漂亮文字竟然是在這樣的環境中誕生的，所謂君子樂在其中，窮耶富耶不可道哉。記得小洲兄與我在此品茗談書，書界掌故、出版閒話、淘書趣事，如天女散花，真是賞心悅目了。

如此這番境界，可算是書人的高水準，與傅月庵先生在臺灣寫作書話文字一樣，也是一邊做編輯謀生，一邊淘舊書照興趣寫作，將書話文字操練的十分了得，將書人的幸福生活過得有滋有味。傅先生的著作未出版以前，小洲兄搶佔資源，在報刊中鼓吹傅先生的文字，總讓人感到有點招惹人的不地道；而如今有傅先生的《生涯一蠹魚》出版，又被小洲搶了頭彩，在幾個報刊上寫文品評，於是趕緊到書店裏去搶購回來。如此一番，忽覺是否中了他的計謀，其推介傅先生竟然到了有步驟，有戰略，有計劃地進行，直到我等愛書人統統陷落。再細讀，又不難發現，原來小洲兄如此熱愛傅先生，大約是在文化情趣上頗受啟發，所謂同是生涯一蠹魚，紙上相逢是知己罷了。不過，傅先生的文字雅趣中

往往於不經意中顯露出幾分的滄桑與厚重，不是單純的風雅之物，此可為我等同好的樣板之作。

與小洲兄共勉。

（原載《新京報》2007年11月30日）

書緣與人緣

　　二○○九年六月，我的隨筆文集《精神素描》在臺灣出版，這是一冊意外之中誕生的著作，其間的因緣至今想來頗值得在此追述。大約在此書出版的一年之前，我偶然在南京鳳凰台讀書俱樂部主辦的《開卷》雜誌上，讀到北京師範大學教授朱金順先生關於新作的一篇跋記，其中寫到這部關於現代文學史料鉤沉的著作，有幸得到了臺灣出版家和文史學者蔡登山先生的青睞，否則斷無在海峽對岸面世的機會；而我由此忽然想起自己在廈門大學教授謝泳先生的博客上讀到過的一篇跋文，也提到了臺灣蔡登山先生的熱情出版，否則這本被大陸書商所拒絕的讀書札記，不知該到何時才可面世？兩文讀後，我對推動這兩部自己頗感興趣書稿出版的蔡登山先生頗有好感，於是便查找資料，才發現原來蔡先生不但是熱衷於文化學術出版的秀威資訊科技股份有限公司的主編，而且還是一個著述頗豐的文史學者，我讀了他刊發在大陸《書城》、《萬象》、《閒話》等文化刊物上文章，頗有知己之感；而同時

也發現蔡先生還曾經是臺灣有名的春暉電影公司的總經理，曾多年輾轉，分別拍攝過一套「作家身影」和一套「大師身影」的系列記錄片，以獨特的視角集中記錄了一批現代學術大師和知名作家的人生軌跡，在海外很有影響。這樣的多重身份讓我著迷，於是便寫了一篇隨筆〈小識蔡登山〉在北京的《中華讀書報》上刊發了。

本來這樣的故事應該就到此結束了。但不想文章刊發後半月有餘，我忽然接到蔡登山先生從臺灣打來的長途電話，告訴我他的著作《魯迅愛過的人》已經由大陸的文匯出版社出版，邀請我幾天後參加在北京魯迅博物館舉行的新書發佈與研討活動。我因身不在京，只能答覆盡力參加。隨後我從石家莊倉促赴京，終於參加了這次新書研討會，不但看到了久聞的「大師身影」記錄片之一《魯迅》，還因此發生了與一名學者進行學術辯駁的趣事；而另外兩件事情則與我的著作出版直接相關，一是會後我與蔡先生在茶館聊天，他告訴我可以在臺灣幫助出版一冊著作，我聽後一笑，以為只是蔡先生的客套話，因為有誰願意冒險去出版一冊很可能會賠本的文學隨筆集呢？那日與蔡先生在茶館中隨意談天，之後又送先生到地鐵站回賓館，深深地感到一種溫文爾雅的民國遺風，頗有不虛此行之感。那日另一件值得記述的事情則是遇到了自己神往已久的學者孫郁先生，沒想到孫先生如此平易近人，第一句話便是談他讀過我的那些零碎文章，隨後還特意贈送了自己剛剛出版的文集《魯迅藏畫錄》。這些奇遇都是我之前所不曾想到的。

回單位後不久，我接到通知到北京參加魯迅文學院舉辦的中青年作家研討班，開始了一段十分自由浪漫的學習生活。一天課餘，

我接到蔡先生從臺北打來的電話，遙遠的電流中傳來他一字一頓的臺灣國語，其中說到他剛剛讀到我的諸多文章，大都皆好，希望能夠儘快編輯成冊予以出版。蔡先生的來電讓素來散漫的我變得鄭重起來，於是開始了關於新著的編排計畫。到年底學習結束，則剛好完成這冊著作的編選。但想到自己人微言輕，此著或許應該有一個名家序言之類的東西，於是便冒昧給時任魯迅博物館館長的孫郁先生寫去了一封信。沒想到孫先生很是熱情，大約半個月後，一篇十分漂亮的序言便發送到了我的郵箱。這讓我大感意外，我知道請名流寫序大多是頗為困難的；而更讓我感到意外甚至是慨歎的是，今年我偶讀孫郁先生朋友的一篇文章，談到他的新著《張中行別傳》寫完之日，正是他將放棄仕途到大學任教的人生轉折，我真無法相信那篇熱情洋溢鼓勵後學的序言，竟然是在他著述及工作均處於關鍵的時刻，他本是有充足理由拒絕我這個冒昧請求的。然而沒有。先生不但寫得十分熱情，而且還那樣認真的讀了我的文章，絕不是秀才人情式的隨意敷衍。這讓我內心深深地感動，由此體會到一種在為學與做人上的精神魅力。

如果說這冊書的最終出版皆因一種人間書緣，那麼這冊名為《精神素描》的書中所收錄的文章，也大都具有自己獨特的生命因緣。現在想來，也真有書緣與人緣的慨歎。也便拿這冊書中所收錄的一篇文章〈遙遠的精神絕響〉談起，這是我評論青島作家劉宜慶先生的著作《絕代風流：西南聯大生活實錄》的文章。而起因則要從三年前我在京城的一家報紙上連續撰寫一系列讀書人素描的專欄，其中一期便寫到了我所讀過的青島作家劉宜慶，那時我並非與

其結識，只是感覺他的文字優雅從容，落落大方，關注的領域也是自己所熟悉和感興趣的。但因此，也便與他成為朋友。今年年初，我收到劉兄從青島寄來的新書《絕代風流》，讀完後很是喜愛，感覺此著資料扎實，文風樸素，論述從容，但其中也有幾處觀點為我所不能認同，於是書生氣大發，寫成文章〈遙遠的精神絕響〉與劉兄商榷，其中的幾處言語也是頗有些微詞的。讓我不曾想到的是，劉兄不但給予我的評論以熱情回應，與我深入交流探討，還將這篇文章主動推薦到了地處中原的《河南教育》雜誌。劉兄的風度讓我感慨不已，深覺這才是做學問的真精神與真氣魄。

更讓我沒有想到的是，大約半個月後，我收到《河南教育》雜誌社編輯的來信，談到我的評論文章十分精彩，同時還提到他們雜誌社的領導趙書記也是一位讀書人，對這篇文章十分喜愛，他們將隨後予以刊發，同時她還代這位趙書記感謝我為他的著作撰寫評論。讀完信後，我感到十分詫異，我並不曾為河南的什麼趙書記寫過所謂評論。或許這只是一場誤會而已。但不久，我就收到了從河南寄來的快件，原來是一冊何頻先生的隨筆文集《看草》。我去歲偶讀此書，深為喜愛，的確曾在數家報刊撰文推薦，只是深感這冊著作文體獨特，精神高潔，但可惜少為人知。待我看到隨信寄來的名片，才知道原來何頻便是河南教育雜誌社趙和平先生的筆名。何先生是六十年代初生人，早年研究中國革命史，近年來以讀書寫作自娛，曾出版數冊讀書隨筆文集，《看草》是他最新的作品集，曾獲得「二〇〇八年中國最美的書」的榮譽。而我去年所撰寫的那篇評論《紙上看草見精神》，也恰好收錄在自己這冊剛剛出版的新著

《精神素描》之中。書緣與人緣，這其中美好的因緣，真讓我頓時感到一種作為讀書人的幸福。

《精神素描》出版後，我特意給何頻先生寄去了一冊樣書。半個月後，我收到趙先生寄來的一封書信，他以清秀雅致的筆跡書寫自己讀完拙著的感想，其中既有肯定，也有呼應和稱讚，落筆之處很顯一位長輩的胸懷與性情。那日下午，讀完了何頻先生的來信，想到這許許多多的書緣，窗外正是秋雨連綿，我獨坐在辦公室裏，內心裏充斥著一種莫名的感動和溫暖。晚上，我給何頻先生回信，在末尾處這樣寫到：「我的老師陸文虎先生曾對我說，文人之交應是以文會友。我與先生的相識，當是如此，而其中的書緣與人緣，真可堪稱奇跡。因此，我覺得讀書真是人間至樂的事情。」

（原載《開卷》2009年10期）

秋天裏的春天

終於可以坐在書桌前，安靜地描寫心中的文字了。一行行墨寫的文字不斷呈現在潔白的紙上，被秋日的陽光照耀得分外燦爛。還沒有等到蕭瑟的深秋，我卻期盼著未來的早春了。我喜歡春天，因為在這個季節，一切擁有了生機，一切都充滿了朝氣，充滿來自生命的希望。

兩個多月以前，我從江南的繁華之都南京來到華北一所偏僻的學校裏任教。那天，當客車將我從石家莊載了一程又一程，穿越過華北平原上濃綠而茂密的莊稼，才終於到了自己的憩息之地時，心裏的落差使我頓時沮喪到了極點。在這個秋天，本應還是我人生的春天，我卻於剎那間感受到了冬天般的寒冷。畢業時，本是可以回到故鄉的，但我卻選擇了遠離親人的華北平原，去體會那種獨自流浪的灑脫、孤獨和苦澀，生性有一種浪漫的情愫，渴望詩意地生活在人世之間。因此，對於選擇我是無悔的，但選擇的後果，無論是甜或是苦都是由自己一個人去慢慢地品嚐的。

性格的憂鬱以及對於文字的鍾情，促使我喜歡在書本中尋找棲居靈魂的境地。因此，熱愛閱讀，從閱讀之中去尋找那份飄幻的輝煌。那天，整理剛剛托運而至的行李，看著近千冊的書籍散亂在房間的空地上，心裏真是有著一種美妙的充實感。這些或新或舊的書籍曾經被我一遍又一遍地摩娑，一遍又一遍地閱讀，也曾使一顆焦燥的靈魂在塵世的侵擾中安靜下來，深入到那些人類精華的美妙之中，去體味人世間的甘甜與苦樂。

　　星期天，一個人孤獨得發慌，乘車去市里，無聊地漫步在這個新興的工業城市，滿眼充斥的都是浮世的喧囂與物質的膨脹。我穿梭在這個水泥澆濤的城市裏，在建築與人群之中尋覓自己可以停步的地方。這是一個缺乏文化積澱的城市，尋覓到的只是和現代化工業和商業消費、娛樂有關的建築與場所：商場、超市、工廠、酒店……鱗次櫛比，在喧囂與浮華中盡展他們的風采。在沒有文化積澱的沙漠裏尋找人文泉水的人有一種多麼焦渴的心情啊！

　　然而，我還是終於找到了她，這種尋覓讓我想起了那一句「眾裏尋她千百度，驀然回首，那人卻在燈火闌珊處。」在繁華的中山路上，端莊清麗的她被夾雜在各種俗世的消費娛樂場所之間，卻是最顯她自己的風采與地位。那天，在席殊，我彷彿找到了自己的歸宿一般，我要感謝在這樣的時刻能讓我尋覓到一處真正屬於自己的停息之地。捧著已經很熟悉的《好書》，在古典音樂的環繞下，靜靜地品讀潘二如先生的那篇〈在路上……〉，那種帶一本書去流浪的情愫，那種「一個人坐在咖啡館裏喝咖啡」的心境，那種「一

個人走在路上旅行」的情景，讓我想到了自己，不到而立之年，卻已漂泊了大半個中國。是為了什麼呢？是一顆不安定的心靈，還是一顆對世界永遠充滿好奇的心？「人生到處知何似，應似飛鴻踏雪泥。」像詩人東坡一般，快樂地去體驗生活，即使是苦難？

晚上，收到朋友的來信，他在信中淡淡地訴說著自己心境的苦悶與彷徨。畢業時，他選擇去了新疆，一個人背起行囊，到了天山的腳下。我曾為他的這種堅執的選擇而感動，也知道他畢竟要面臨著一番精神的煎熬。他的內心世界是豐富多彩的，對外界卻有著一顆敏感的心靈。我想，他一定在茫茫的大山之中，仰望蒼天，卻無法找到屬於自己的空間，因為我們的心將是在路上……

我把讀完的《好書》塞進了一個大的信封裏，等著寄往一個名叫喀什的地方。我坐在書桌旁，晚風夾雜著熱浪徐徐而來，這彷彿就是屬於我的春天，這風就是一種美妙的春風，我也彷彿看見他坐在山頂上，手捧著白雲讀著這本《好書》，一定會同樣有著春天般的溫暖。在給他的信中，我抄寫了作家尤利·巴基的一段話：

「是在春天。這是我一生最快樂的時候。我每次經過了充滿殺氣的冬季而來到明媚的春天，我的心裏又有了希望。對於未來的信仰更加堅固：我覺得經過一次與惡魔搏戰後，我又復活了。我有創造力，我有生命力！春天給了我一切。盧森堡的枯樹發了新芽，塞納河的潮水重新氤氳，蟄伏的昆蟲又起來活動。死的，睡的，靜的，一切都新生了，醒起了，活動了。我的生涯曾是如此絕望和苦痛，然而春天又把希望和勇氣給了我。我仍抱著堅忍的決心與環境

搏戰，使我不屈服於敵人之前。……」春風，我感謝你，你煽起了
我的生命之烈焰，你吹散了我的苦痛之回憶，春天，我感謝你，在
你的呵護中我覺得生命無處不在──這是好書帶給我的春天！

（原載《好書》2006年6期，
此文被評為「好書」徵文特別佳作）

優美的記憶與憂傷的前行

記得在南方一所大學讀書時，我在圖書館三樓的過刊閱覽室裏讀完了上個世紀八十年代享譽知識界的幾本雜誌的合訂本，其中就有《讀書》、《書林》、《文匯月刊》等等。在那些陽光溫暖的午後，我總能在那些略微泛黃的紙張上讀到一番心跳與激動，那些浸透著一個時代氣息的文字緊緊地撕咬著一個青年人沸騰而憂傷的心靈。從那個時候，我才開始知道在中國有一份旗幟性的知識份子刊物，叫做《讀書》，並且在它的創刊號上讀到了那篇讓多少讀書人激動流淚的檄文〈讀書無禁區〉，也知道這份刊物從一開始就擺脫了中國傳統的教條、陳腐與迷信的行文束縛而以它犀利、優美、尖銳和悲憫的言說精神和開放、自由、批判的表達方式深深打動著這片黃土地上所有熱愛讀書和熱愛新生活的人們。

其實，那時侯，我常常在翻閱《讀書》時，最先閱讀的不是正頁的內容，而是刊物的編後絮語。這些賞心悅目的文字既可以看作是這份刊物的導讀，也可以看作是編者開給讀者的一扇直接溝通的

窗戶。我常常以通過這個小視窗瞭望那間神秘的知識閣樓而感到親切與快樂，也通過這些編後語，瞭解到這份刊物之所以能夠在上個世紀理想主義的八十年代和俗世經濟至上的九十年代存在的酸甜甘苦，這種被稱做「橋樑」與「擺渡」的工作著實讓我們這些熱愛讀書的人深感其間的不易與辛勞。

《讀書》原執行主編沈昌文先生把他執編期間為《讀書》所寫下的幾十萬言的編後絮語彙集起來，以《閣樓人語──〈讀書〉的知識份子記憶》為名出版了。我在北京的一家著名的民營書店裏購得了這本期盼已久的書籍時，內心裏蕩漾的竟是一份莫名的喜悅與幸福。沒想到，這份著名的雜誌和一位默默無名的青年讀者之間竟然有著如此微妙與緊密的聯結。伴著冬日夜晚的寂靜與清冷，我讀完了這本書，彷彿是一個時代思想文化浪潮在胸中不停地奔騰。在這個令人煩躁與憂傷的時代裏，很少再能找到這種早已飄逝的美好感情與記憶了！

我是很贊同沈昌文先生對於《讀書》的編輯理念的，他在每期的編後絮語中，一邊暢談著時代的思想文化波瀾，一邊闡述著《讀書》雜誌的辦刊理念與方式，一邊在努力地改正與修訂著這份期刊前行的道路與目標，「辦刊物只不過是提供一個反思的園地」（〈提倡反思〉），「《讀書》是個廣泛的群眾性刊物，並不專門針對青年人或老年人說話」（〈這一聲喝的好！〉），「《讀書》不是專業雜誌，它不追求專門學術上的深刻。它希冀得到的是知識的涵養，文化的深廣，精神的充實，意趣的張揚──用個流行術

語，它只是幫助獲得一種『支援意識』而已。」（〈莫把深奧當深刻〉）「《讀書》準備逐步地關切更廣泛的文化、思想問題，傳達大文化領域裏更多的資訊。」（〈請王蒙出場〉）……

可以看出，《讀書》雖然作為一本思想文化評論性刊物，但卻沒有拘泥於某一狹小的範圍和風格，而是以一種「雅俗共賞」、「相容並包」的大氣與優雅，高貴與親切，既有大家的風範，又有貴族的優雅，又不失緊貼現實與生活的踏實，這其實恰恰所反映的是一代知識份子所做的努力與他們所給我們呈現的一種胸襟與氣魄。從而，讓我們多少能夠讀到一點當年陳獨秀操辦《新青年》、儲安平主持《觀察》和鄒韜奮耕耘《生活週刊》所遺留下來的絲絲餘韻。的確，無論如何，所有與那個時代氣息與脈搏同時振動的聲音，所有有益於中國進步的思想，所有能夠激動人心而又有益於人心的文字都是他們所需要的、所要傳達的和所要張揚的！

沈昌文先生在文章〈不是即是〉的末尾曾有這樣一段極富情感的話語，「今年的北京冬天，寒冷來的早，暖氣到的晚。深夜編稿，斗室之中，一片涼意。但想到編雜誌的種種樂趣，看到讀者作者的無數來信，依然深感溫暖。董存爵先生因事有南國來信，說『北國想必冬寒料峭，祈珍重。』是的，要珍重！為了讀者，為了作者，為了《讀書》！」這些近乎悲壯的言語想必是沈先生這些自詡為「閣樓裏的瘋男女」們所發自內心肺腑的呼喚吧！一本小小的期刊承擔著多麼沉重的使命與情感，寄寓著多麼濃厚的期望與理想，我們為這種不計較個人利益的得失，甘於寂寞堅守而不為時潮

所動的精神所感動，呼喚著這本小小的雜誌無論在未來以何種姿態何種形式都能以沉重負責的態度為我們熱愛的祖國與人民鼓與呼！

（原載《河北日報》2004年2月13日）

石門購書小記

　　原以為是文化沙漠的地方，其實卻常有茁壯頑強的植物在默默隱藏與生長。在石家莊生活的久了，慢慢就會有這樣的感覺。六年前來石家莊，在中山路上見到了淺藍招牌的席殊書屋，很喜歡，便辦了會員卡，一年後，升級為最高會員，和女店主也頗為熟悉。後來知道書店的老闆夫婦與我還曾在一家單位供職，單位裏不相識，書店中卻成了朋友，皆因這書緣。時間長了，店員每見我買書，連名字都不用報，直接就結了帳，像有一種默契，為此，那年我在《好書》雜誌上寫過一篇很抒情的散文表揚這家書店。

　　後來去北京，席殊的總店就在我讀書的學校旁，常去買書，一次還興沖沖去席殊總部應聘《好書》的兼職編輯，居然同意我去上班。但後來卻沒了動靜，誰知不久北京的席殊書店消失了。據說席殊垮了。二〇〇七年回石家莊，偶然發現這座城裏的席殊還在，和老闆接上頭，但書店早搬了地方。前不久去書店，為找北島的新出的散文集《青燈》，誰知一去，見店堂正在打

包，滿目狼藉，一片淒涼。原來是書店又要換地方。我在書堆裏挑了王世襄的《錦灰堆》，打七折，沉甸甸地提在手中。

回來的路上，想到很多關於席殊的往事。三年前，我在郊區工作，經常晚上在書店前等班車，去得便多了。後來，書店裏的書被我翻了個遍，想找什麼書，立刻就知道在哪個角落裏。現在我不必去等班車，書店也搬得越來越遠了。在車上讀書店關於搬遷的介紹，名為〈行將消失的閱讀記憶〉，其中有這樣恰切入心的好文字：「好書店都有一種溫暖的氣息，時代被攪動得翻江倒海的種種旋流，在這裏被文字凝固、聚集、延續。於讀書人看來，能置身其中，超然於外，自然是一種幸福。有種光芒不是來源於火種，我相信它來自文字。好書店常常成為這些文字的棲息地。」

席殊之外，以前也是嘟嘟知識書店的常客。記得最初是看報紙邊角的書店薦書，才找著去了。河北日報社旁的青園街上，一個小店，不大，十平米左右，買過幾次書，就和老闆混熟了。每次看他一個人在那裏研究棋譜，悠閒自在，便也閒聊幾句，我慫恿老闆把店面擴大，他總感慨這城市裏讀書人少。回石後，我再去，書店還是老樣子，一兩個讀者在翻書，他還是一個人，低頭在門旁閒敲棋子。去年在網上碰到萬聖書園的老闆劉蘇里，抱怨石家莊沒有萬聖這樣有品位的好書店，何不去開個分店，劉經理說萬聖還沒有開分店的打算，但倒提起嘟嘟曾一度在他們那裏進過書。

說來也奇，不久前，偶然在豆瓣上發現了一個名為「石門書友會」的小組，裏面全是在石的超級書迷。有個叫瘋行水上的書

友報料，嘟嘟的老闆之所以曾到萬聖書店進書，是因為該老闆的哥哥就是鼎鼎大名的學者鄧正來先生。鄧先生與劉老闆是朋友，因而與萬聖有這樣一段因緣。這樣想來，嘟嘟也曾算是小半個萬聖。我早就聽說過嘟嘟老闆有一個哥哥很牛，原來是鄧正來先生。我不斷挑逗瘋行水上講八卦，據他說，該老闆還與石家莊的幾所大學的年輕老師在搞一個讀書沙龍，堅持多年，看來有其兄必有其弟。而那家小書店在那裏，就像這個城市裏的一個小火種，暗地燃燒。

友誼大街的春風書店吸引我，最終成了購書的主要地方。在那裏下狠心買了《吳宓日記全編》後，成了貴賓，折扣於是變得很低，書品也好。而中華、商務、三聯、人文社、廣西師大、上海譯文、人民大學等人文學術出版社都有專櫃，皆為我所愛；其次當是他們專設的新書展臺，三天兩天一天新來的好書都會分別專放在一起，感覺很有追求，這一點似可與京城裏的名店媲美了。在豆瓣的書友會上，大家談到春風，瘋行水上說，他曾在這家書店打過兩個月的短工，做新書台也是他的建議。我大驚，自己一直受益的，卻是緣起於這位偶識的豆瓣書友的一念慧心。

河北教育出版社辦有一個書店，定期出版過一本叫《麥田書友》的內部會刊，黑白樸素的小開本，刊登書友們品評的文章。我曾給他們寫過文章，編輯熱情地打電話讓我去社裏的書店淘書，但一直未能成行。想想那是多棒的出版社啊，就在這個城市裏，他們的那些書，個個都讓人心熱。於是下決心，在這個春天裏，趁著心

情好,招呼豆瓣上的三五書友,一起去看看,把那些隱藏在角落裏的好東西全給咱們挖出來!

以此文,給石門書友會朋友們。

(原載《新京報》2008年4月11日)

借書卡上的別樣風景

　　去年冬天的一個下午，我在學校的圖書館裏借書，其時圖書館的借書室裏只有我一個人，分外的安靜但也顯得有些冷清。我所在的這個學校的圖書館藏書十分有限，如果是錢鍾書這樣的書癡我估計不到一年時間就橫掃而光了，因而當我以一種稍微有些不滿地情緒在借書倉庫中翻閱的時候，找書就成了一件頗為掃興的事情。但那天下午我卻在這個小小的圖書庫裏發現了一件有趣的事情，它讓我在很長一段時間裏幾乎將這些藏書翻了個遍。我在一個陳放著儘是二三十年歷史的書架上無意中找到一本一九八三年四月出版的《聶魯達詩選》，潔白的封面，上面有詩人聶魯達的漫畫頭像，這是為紀念詩人巴勃羅·聶魯達去世十周年而出版的一本詩歌選集，因而在編輯時很費些心思，從詩人的照片、創作談和生平著作年表以及對詩人的研究性文章，另外還有詩人的妻子瑪蒂爾德寫給翻譯家江平的來信，詩人艾青寫的關於聶魯達的回憶文章等，無疑這是一本關於聶魯達詩歌很好的版本，我將這本書拿在

手中翻閱，偶然在書後的借閱卡片上讀到一個熟悉的名字——管謨業，圓珠筆字跡，寫的有些潦草，借書的日期是一九八五年五月十八日，還書的日期是一九八五年六月二十六日。

如果對當代文學稍微關心或者有所瞭解的人都知道，管謨業就是著名作家莫言的本名，他是我在這所學校文學系的第一屆的學友。緊隨莫言的名字後面的是張志忠老師的名字，張志忠老師是當代文學研究的名家，曾在北京大學師從謝冕先生，與季紅真、黃子平兩位當代文學研究的翹楚同為謝門首批弟子。不過此時倒是引起我的一番遐想，一九八五年的春天莫言已經在《中國作家》雜誌上發表了引起文壇轟動的中篇小說《透明的紅蘿蔔》，想必張志忠老師也已經在此時開始注意到他的這位身懷絕技的學生了，在隨後不久的一九九一年張志忠老師就出版了首部關於莫言的研究專著《莫言論》，不知張老師在借書卡片上寫下自己的名字的時候會不會莞爾一笑呢。遺憾的事，我來到學校讀書的時候，張志忠老師剛剛轉到一所地方高校工作，但我還是偶爾可以在學校裏碰見這位批評家，他還住在學校裏，有時還會被系裏請來給我們講講課。那天下午我借了這本書，走出圖書館，天空中正飄散著這個冬天的第一場大雪，我頂著這大雪往宿舍裏疾走，心中卻溫暖如春天一般。

之後的借書過程就有趣味的多了，而且還多少有些偵探的意味。在我借閱的一九八〇年六月由湖南人民出版社出版的小說《這裏的黎明靜悄悄……》一書的借書卡上，我意外的發現了一個讓我眼睛為之一亮的名字——劉佩奇，此時我恰好剛剛集中看完了一套電視連續劇《大宅門》，其中就有劉佩奇扮演的角色的精彩表演，

他是學校戲劇系的學生，這也是我後來發現借書卡片上眾多名人中唯一的一個我所知道的眾多校友影視明星的名字，這本書劉佩奇只借了四天的時間，讀書的效率還是很高的。在同一版本的另一冊書的借書卡片上我發現了我的老師朱向前的名字，此時朱老師剛剛榮獲第三屆魯迅文學獎的理論批評獎，其時正在給我們這些研究生興致勃勃地開講他對毛澤東詩詞的研究心得。朱向前老師也是文學系一九八四級的學生，與作家莫言是同班同學，他後來以研究軍旅文學而著名，研究莫言使得他引起了評論界的注意，一九八六年他留校當了老師，不過我來學校讀書的時候朱向前老師已經開始癡情於對中國傳統詩詞的研究，但當年他可是準備在當代軍事文學創作和批評上雄心勃勃地幹一番事業呢，因此我發現他是所有這些師友中在借書卡上留下名字最頻繁的一個。

留心這樣一個有趣的細節，我很快就會發現了如下這些讓我熟悉的作家名字，諸如我看到的就有黃獻國、陳道闊、王海鴒、李鳴生、徐貴祥、王曼玲、燕燕等等這些已經聲名遠揚的校友們。不過我倒是還發現一個有趣的現象，在一本妥斯托耶夫斯基的長篇小說《卡拉瑪佐夫兄弟》的借閱卡上第一個名字依舊是管謨業，時間是一九八五年，而最後一個名字則是我的一位研究生師兄，時間是一九九九年。據我所知一九九九年學校圖書館已經不再使用這樣的借書方式了，但這個借書卡上還是依然留下了我的這位師兄的名字，不知是不是因為看到莫言的名字而心生激動遂也主動將自己的名字寫於其後，這樣的猜測似乎有些八卦。還有在一九八七年三月外國文學出版社的前蘇聯小說《大師與瑪格麗特》的借書卡片上，

我再次發現了張志忠老師的名字，而在卡片的背後我又發現了我的同班同學的名字，這個發現讓我在圖書館裏有些驚訝，不過我的這位愛讀書的同學寫的卻是自己的別稱，是我們這些好事者給他起的外號，這傢伙竟然如此接受我們對他的稱號，不過他當面卻絕對不會這樣承認的。要是等到我們都畢業了，這樣一個留在借書卡片上的簽名就會成為一個迷。

日本電影《情書》中就有這樣一個美麗的細節：男學生滕井樹在學校的圖書館裏將借來的書都寫上自己的名字，在一本普魯斯特的《追憶逝水年華》的借書卡上，他寫下了自己的名字，然後將書鄭重交給圖書管理員，之後他轉校離開了這個地方。許多年後，偶然間，這個學校與他同班的同名女學生才在這本書的借書卡背面發現了一副關於自己的素描漫畫，她才知道那個曾經與她同名的男孩子曾經深深的愛著她，那時她正是學校圖書館的見習管理員，那麼多借書卡片上的名字都是這個男孩子寫給自己的。這是一個美麗的愛情童話，微妙的愛情憑藉著借書卡片傳達情感。這部電影的導演岩井俊二似乎喜歡書籍，他的另一部電影《四月物語》中的愛情就發生在一家小書店裏，電影中的一個細節是因為書的護封引起了女主角的對於她的愛情的追逐。是這些書的細節使得這些愛情充滿了細膩與溫馨的情致。

遺憾的是在寫此文時，我還沒有考證過圖書卡片這樣借書登記的方式究竟開始於何時，到底在那些國家都使用過這樣的方法。也不敢想像大英博物館、中國國家圖書館這些著名的大圖書館究竟有多少名人曾在這裏借閱過書刊並且留下了他們的大名，但據我的一

個在某著名學府讀書的朋友告訴我，他曾經在圖書館裏借的一本書後的卡片上就見到了十幾位著名學者的名字。當現代化逐漸進入到我們的實際生活之中，我們也正在切實的感受到這種進步帶給我們的方便，如今在圖書館裏只需要按動電腦的滑鼠就可以輕鬆地借閱到自己想要的書籍，這樣既節省了時間又方便了管理，然而我們可能永遠無法再在自己那書後的借書卡片上留下自己的名字，無法在那些密密麻麻的字跡中偶然發現一個自己熟悉又心動的名字，無法輕鬆地就知道究竟是那些人曾經與我們曾同讀一本書。我堅決地支持這種社會的進步但也為失去這樣有趣的風景而感到惋惜，也許人類的進步就是永遠伴隨著像我這樣無病呻吟的歎息與無限惆悵的懷舊情調，但這畢竟也曾是一種讓人心動的風景。

（原載《中華讀書報》2006年12月6日）

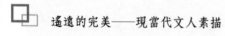

我理想中的書評報紙

　　國內書評類報刊時有新面孔出現，也常常可以看到老面孔的消失或起死回生，甚至一些書評類報刊的反覆生死都成了媒體上的新聞。以我個人的閱讀經驗，不少書評報刊看似豐富實則空泛，且許多文章讀來感覺缺乏生氣和銳氣。一份好的書評報紙，首先是一家文化報紙，要氣象大，信息量大，文章質量高，原創性的東西多，這些都需要建立在報紙較為雄厚的實力之上，此為書評報紙的基本。

　　《中華讀書報》「書評週刊」是二〇〇五年國內出現的一個新面孔，很快吸引了我的眼球，每次都會認真閱讀，還有幸發表書評文章。與該刊編輯通信談論個人對於書評報紙的認識，他們建議擴展成文。以下是我個人對書評報紙的一點粗淺思考：

　　一是對所評論書籍的選擇。我以為應該多選擇那些具有一定創新意義和可讀性的書籍推薦給讀者，特別是那些能夠激蕩心靈的書籍。什麼樣的書籍該推薦呢？我認為是有價值的書。所謂

「有價值」，就是在思想與藝術上「有創新」。即使有的書籍有失偏頗，但如果能夠給予讀者啟發，也應大力推薦；人云亦云、複製模仿的書籍應予以拒絕；粗製濫造、顛倒黑白、無病呻吟且影響較壞的書籍則應適當予以批評。除了思想的原創性以外，在選擇書籍上，要儘量將那些可讀性強的書籍介紹給讀者。

二是書評文章的風格。總的說來，書評還是一種論文體，強調評論多，要求客觀、準確，一針見血。但書評還必須具有很強的文學與藝術價值，一篇完美的書評文章是一件讓人愉悅的藝術品。書評本身就是一種再創造、一種新生，而不是書籍的附生品──它是評論者思想與藝術的結晶。現在人們似乎提倡短文，但也不必因噎廢食而拒絕漂亮的長文，或將一篇完美的長文刪改或閹割。豈不知文章長度往往影響是否精微傳達評論對象的微妙之處！對於那些無力完全閱讀所評書籍的讀者而言，如果能夠閱讀這樣的一篇長篇書評也足矣。

三是書評報紙須承擔的功能。作為面向較高層次閱讀群體的書評類報紙，良好的定位是必須的。書評報紙不是專門的研究性報紙，當然更不是出版社與書商的御用宣傳機構，那麼書評類報紙保持自己的獨立性，開創倡導啟蒙與普及的功能是至關重要的。啟蒙在中國是未竟的事業，現在很多拿著博士碩士學位的高知群體卻根本沒有一些人類的基本常識與思維，文化修養也讓人擔憂。所謂「啟蒙」，就是要傳達一種現代意識，將那些散發著自由精神的思考結晶傳達給讀者，讓讀者在閱讀後獲得一種心靈的解放；所謂「普及」，就是要面對大多數的讀者，而不是去迎合小眾讀者的口味。因而，應該多多將那些能夠喚醒大眾讀者心靈的文字予以發表。

四是書評報紙必須具有專業品質。書評報紙作為一個平臺，必須具有專業品質。除文章質量的專業品質外，在視野與廣度上也需要盡量拓展空間。首先，應策劃專題。以專題的形式來出擊，無疑會使讀者在閱讀中拓展思維的深度與廣度。例如，針對某一個文化現象，將近年來出版的好書進行有系統的評介，或者定期對出版界某一類的圖書進行總結。這樣的策劃，既可以避免讀者去辛苦搜集，又擴大了其閱讀視野，有了比較和鑒別的眼光。再如，今年是魯迅先生去世七十周年，是否可針對今年出版的有分量的魯迅著作、研究、傳記、資料等進行整合，邀請相關人員撰寫評論呢？其次，設立專家推薦其正在閱讀圖書的欄目。專家學者和作家閱讀經驗豐富，視野開闊，但遺憾的是，他們沒有時間專門來寫這種不被算作科研成果的書評文章。因而，可否邀請一些專家擔當顧問，將他們讀過的好書推薦給讀者。每次只需三言兩語，但往往很受讀者歡迎，且信息量會更大。另外，還可以將一些曾經影響過專家學者的書籍以書單的形式推薦給讀者，也不必完全拘泥於新書。

　　書評是將來文化報紙發展的一個重要領域，美國的《紐約時報》「書評週刊」、《紐約書評》、《紐約客》等報刊的影響力都可以證明。以前看李安的電影《推手》，女主角是一個美國作家，她的新書剛一出版，就迫不及待地在《紐約時報》「書評週刊」尋找有關自己書籍的評論文章，可見該報紙的影響力。據說，西方國家報紙很少有文學副刊，主要以書評版面為主。我以為，書評刊物在中國的發展空間還是很大的。

（原載《中華讀書報》2006年8月4日）

閒話簽名本

前幾日，和一位愛書的朋友到北京海淀的中國書店去淘書，恰好書店正在舉辦簽名本展覽，我和好友在書店裏反覆觀摩了許久，真是有些流連往返。書架上展覽的著作我印象中有范曾、張仃、姚雪垠、流沙河、張賢亮、賈平凹、張抗抗、莫言等數百位學者、書畫家以及作家的簽名本，這些簽名本的著作大多系著作者本人簽名贈送幾位熱愛讀書或者藏書的讀者，且有題署，有簽名，有時間落款，有些還有印章。看著這些親筆簽名的著作，我似乎與這些心儀的作家們更加加近了距離，而他們所簽名又各具特色，不同風格的著作也讓人賞心悅目，與這些著作本身形成了渾然一體的藝術作品，讓人愛不釋手。特別是那些印刷數量較少的版本，加之作者的簽名，就顯得尤為珍貴。

據學者陳子善先生考證，簽名本最初起源於晚清，他所見到的最早的簽名本為嚴復的著作《天演論》，而簽名本特別是文學簽名本影響最大的則是民國時期的良友文學叢書，近來恰好讀

中華書局再版的《編輯憶舊》，其中著名編輯家趙家璧先生曾回憶
他在出版文學叢書時，由於作家丁玲在出版小說《母親》前遭到國
民黨的逮捕，一時生死未明，而趙家璧得知消息後立刻將之前自己
已經請丁玲簽名的紙張張貼在小說著作上，並在報紙上做廣告，一
時引起了極大的轟動，一百本簽名著作很快售缺，而且也變相地向
外界宣傳了丁玲的處境。陳子善先生就藏有其中的第四號簽名本，
也可見陳先生作為一個愛書人，也是一個有心人。我也收藏有當代
學者和作家的簽名本，但由於起步較晚，加之自己生性拘謹，所收
藏的簽名本十分有限，但近來自己讀到的幾冊關於簽名本的著作，
卻是讓自己大開了眼界，更是有些自歎不如。

　　以我之見，能夠收藏到大量重要的簽名本的愛書人，並非人人
成為可能，時下簽名本盛行，雖然出版社在出版之後常常要舉辦各
類簽名著作，但由於所需簽名者太多，往往僅僅只是作家一揮而就
簽上自己的名字而已，簽名者與被簽名者並無太多的關聯；另外還
有一些愛書人將自己所藏的著作，郵寄給作者請其簽名，大多著作
者也常常簽名予以留念，但不少索名者與作者也並無太多聯繫，所
簽名著作終究又大多流落舊書肆，讓不少作家對於這種簽名的方式
心存恐懼。近來讀到三冊關於簽名的著作，卻是與上述兩者大不相
同的，其一是著名學者和作家唐弢先生的《唐弢藏書──簽名本風
景》，此書從唐弢先生的一萬多冊藏書中精選出具有代表性的六百
本簽名著作，然後予以拍照，而簽名本也大多是現代文學著作中極
為珍貴的版本，其書影旁有編選者的簡單附言，這對於瞭解這些著
作有很大幫助，也對於瞭解現代文學的版本有很大的幫助。但由於

編著者並非作者本人，關於版本的常識和選取令讀書界同行多有非議，讓人對唐弢的藏書利用深感擔憂，這裏不提也罷。由此可見，唐弢先生的這些藏書顯然是係學者型藏書，對於現代文學許多珍稀的版本多有留心收藏，又因為研究和寫作，聲名顯赫，一般與之交往的作家在著作出版後常常會贈送給其以作留念或交流，我前面提到的陳子善先生的簽名本收藏大約也屬於這樣的類型。因為是著名的學者，對於版本和作者瞭解較多，故其收藏的簽名本著作多有難得的珍品。

　　與唐弢和陳子善這樣的學者收藏不相同的是，作為文學編輯的一些文人也同樣有得天獨厚的機緣。近來讀到兩冊同屬於文藝編輯的作家著作，其所收藏的作家學者的簽名本真可謂讓人有些眼花繚亂，目不暇接。其一為原《文藝報》副總編輯的吳泰昌先生，吳先生是著名的散文作家，與諸多的著名學者和作家交際廣泛，諸如巴金、朱光潛、錢鍾書、冰心、葉聖陶、孫犁等等，在他的一冊近著《沉醉的遺韻》中就記錄了他與這些學者作家交往的故事，而這冊書的一個讓我感到驚訝的是其中有不少插圖，都是一些著名學者和作家簽名贈送給他的著作書影，當然也有他收藏有作家的著作然後請其簽名的，諸如他藏有曹禺先生一九三六年由巴金主編的文學叢刊的《日出》初版本，十分珍貴，曹禺先生在此書的扉頁上這樣寫到：「泰昌：你喜歡在浩若煙海的舊書中尋覓版本，居然找到巴金和我的舊書，這自然是你的。曹禺83.6.16。」在發黃和破碎的舊書上寫上這些優美的書法題署和簽名後，曹禺先生還鄭重地蓋上了一個方印章。之後，我又讀了吳泰昌先生的幾冊專著，諸如《我所經

歷的巴金往事》、《我所認識的錢鍾書》和《我所認識的朱光潛》等，其中有他與這些文學大師的近距離交往的故事，也看到書中許多很珍貴的簽名贈書，彷彿通過吳先生的引介，我又一次悄悄地走近了這些文學大師。

與吳先生相同的是最近剛剛讀到的由《新民晚報》的「讀書樂」專版編輯曹正文先生所撰寫的《珍藏的簽名本》，這是一本特意介紹作者自己收藏的簽名本的著作，其中收錄了作者多年來收藏的二百多位作家的簽名本藏本，在這本書中所介紹的每本簽名本均有書影，同時有作者介紹這些簽名作者的簡要介紹以及與自己的交往，因此每一篇文章都是一篇生動有趣的書話文章，簡明扼要，讓讀者既很快瞭解了這些簽名本的作者，又瞭解到這些簽名本背後的故事。但比較遺憾的是，由於作者多對簽名的主人以及與自己的交往多有敘述，而對簽名書本身則交代不多，加之此書的書影大多太小，讓讀者對於簽名本本身缺乏瞭解。而據曹正文先生介紹，到二〇〇七年他已經收藏了三千五百多冊的簽名本藏書，這一冊《珍藏的簽名本》只是其中的二百冊，想來那三千多冊的簽名本藏書，更是一筆怎樣珍貴的寶藏。作為報紙的文化編輯，難免與這些文學大家有所交往，無論是編輯文章，還是交流探討，互贈書籍都應是極為美好的禮物。而我所知道的如《人民日報》的文藝編輯李輝與南京《開卷》雜誌的編輯董寧文等人，就因為長期與一些著名學者和文人聯繫交往，收藏有許多珍貴的簽名本著作，想想都是讓人豔羨不已的事情啊。

談論簽名本，除了簽名本自身的紀念價值和欣賞價值以外，它的研究價值也是非常值得關注的，而作為我等庸常的愛書人，與

那些珍貴的簽名本也只能是望梅止渴了，不過也有許多的學者已經重視到這些簽名本的價值，眾所周知，唐弢先生的藏書已經全部被北京的現代文學館所收藏，成為現代文學館資料中的半壁江山；而吳泰昌先生的五千多冊簽名本藏書也全部捐獻給了故鄉的馬鞍山圖書館，曹正文的三千五百多冊簽名本藏書也全部捐贈給了故鄉的蘇州圖書館，並且兩人的簽名本均在兩地的圖書館裏設置了專題展覽室，成為社會公共的文化資源，這些都是極為令人欽佩的事情。

（原載《出版廣角》2009年3期）

淘書記趣

　　週末到潘家園去淘書，人多，書少，挑了幾本舊書，覺得尚有趣，特記之。

　　《蒼涼的青春》，夾雜在一堆散亂的舊書中，封面有些豔俗，諸如裸體女性的背影、藍色的星球、乾枯的老樹、荒涼的原野、蜿蜒的小路，等等，這些過於鮮明而繁雜的對比意像，讓我感到有些不大舒服，因此起初很不在意，但重翻時，忽然發現這冊書的作者為白描。白描者，我正就讀的魯迅文學院的常務副院長，數次聆聽他對我們這些來自全國各地的學員進行諄諄教導。但翻閱此書，未見有作者白描的介紹，粗讀內容，知此書為關於北京知青在陝西插隊的傳奇故事，而白描乃是陝西人，與我同鄉，由此可稍作判斷，此書乃確為白描老師著作。晚上回學校，恰好讀前幾日從魯迅文學院借來一冊《文學的日子──我與魯迅文學院》，此書係魯迅文學院為慶祝學院建校五十周年而編選，非正式出版，內容由歷屆魯迅文學院包括其前身文學講習所的學員和老師所撰寫的回憶文章，讀來頗為有

趣，恰好其中收有白描先生的文章《三進魯院》，記其與魯迅文學院的情緣，後附有他的個人簡介。讀後方知，白描先生原名為白志綱，陝西涇陽人，畢業於陝西師範大學中文系，曾是《延河》文學雜誌的主編，二〇〇〇年調入魯迅文學院，他的報告文學集《一顆遺落在荒原的種子》曾獲全國一九九〇年——一九九一年優秀報告文學獎，而我手邊的這本長篇紀實小說《蒼涼的青春》獲得了一九八九年工人出版社優秀創作獎。

前幾日，《小說評論》主編李國平先生到京參加第七屆茅盾文學獎的初評工作，經友人介紹，原來李先生也是故鄉人，於是彼此見面就顯得頗為親切熱情，談起此屆茅盾文學獎，李國平先生言及賈平凹的長篇小說《秦腔》應有勝出的實力。賈平凹上世紀八十年代初出道，國內各類獎項幾乎全部包攬，惟獨最有份量的長篇小說最高獎項茅盾文學獎不曾入賬。在書攤上淘到一冊由西北大學出版社一九九二年七月出版的《賈平凹獲獎中篇小說獎》，儘管書中收錄的中篇小說已全部讀過，但書販只索五元，而此書又裝幀甚雅，係之前未曾見過的賈氏著作版本，拿下自然是不容分說的。需要多說的是，此書所收的《黑氏》曾獲《人民文學》「一九八五年度讀者最喜愛的作品」（第一名）獎，《故里》一九八八年獲第三屆《十月》文學獎，《天狗》一九八七年獲《中篇小說選刊》優秀作品獎，《商州初錄》一九八四年獲首屆《鍾山》文學獎，《古堡》一九八七年獲西安作家協會「西安文學獎」一等獎，《雞窩娃人家》一九八五年獲西安作家協會「西安首屆衝浪文學獎」、一九八五年獲第二屆《十月》文學獎，《臘月・正月》一九八四年

獲陝西省文藝「開拓獎」一等獎、一九八五年獲第三屆全國優秀中篇小說獎、一九八五年獲第二屆《十月》文學獎、一九八五年獲北京市建國三十五周年文藝作品徵集評獎一等獎，《廢都》獲一九九一年度《人民文學》優秀作品獎。我這裏不厭其煩地將賈氏的獲獎情況進行羅列，原因是這冊由西北大學出版社出版的小說集在扉頁上有這樣一行極為鄭重的獻辭：「謹以此書獻給母校西北大學」。一九七五年賈平凹從西北大學中文系畢業，十七年後，他用這樣的禮物回報母校，應是極為隆重與珍貴的。

魯迅文學院除了由當下文壇和學界上活躍的學者和評論家進行授課之外，一個最有特色的活動就是由學員與作家進行自由討論，我們這一批評論家班的學員入校不久，就進行了數次的討論活動，參加活動的還有京城活躍的中青年作家。一日，研討的論題是關於當下作家與批評家的關係，幾位批評家對當下作家的創作不甚滿意，而作家又認為作家沒有認真閱讀他們的作品，一時氣氛似乎有些緊張，而發言中惟一認同的是大家似乎都很懷念上世紀八十年代作家與批評家之間的良好關係，記得老作家徐懷中先生就曾有「批評家與作家猶如車之兩輪」的議論，大家都懷念八十年代批評家對作家的創作起到了良好的指導作用，而我特別喜歡的是那時候文學批評家與作家推心置腹的促進關係，也更敬重那個年代的批評家無論觀點如何，但骨氣皆高，他們銳利、熱情，有膽識。因此，每每見到八十年代批評論著，我大都會買來一讀的，而由此見到書攤上有一冊潔泯先生的文學評論集《人生的道路》，便立即拿到了手中。潔泯先生就是許覺民先生，原為社會科學院文學研究所的所長，屬於老一輩的文藝評論家，但讓我

感到詫異的還是曾經讀過由他主編的一冊《林昭，不再被遺忘》。林昭原為北大學子，美麗，活潑，有才華，在文革中因堅持獨立思考而遭迫害致死，我讀此書後才知道，許先生就是林昭的舅舅。林昭多年被雪藏，許先生編選的這套紀念文集，是頗有膽識的。我買過許先生的幾冊論著，多為書話、雜議、人物追憶等，而此評論集未曾見過。此書由上海文藝出版社一九八二年八月出版，由著名美術家曹辛之先生設計封面。這書另一個令我大感興趣的是意外的見到此書扉頁上有這樣的簽名，「繁華，1983.11.11於王府井書店」，我當即判斷此「繁華」很可能就是當代著名的文學批評家和曾為社會科學院文學研究所研究員的孟繁華先生，讓我得以確定的是此書扉頁上還有一個四方小印，經確認為孟繁華先生的印章。不知道此冊書為何流落於此，而一九八三年十一月十一日的孟繁華先生購買此書時，一定未曾想到他多年後會與許覺民先生供職於一個單位，也不曾想到另一個喜愛文學評論的年輕人會在北京的潘家園裏意外地買到此書。書緣與人緣，讓人多麼慨歎。若是見到孟繁華先生，我倒是樂意原物奉還的。

　　這次到魯迅文學院學習乃是由全國各省份和行業進行推薦，最後由文學院進行審核錄取。我由部隊進行推薦，後有幸被錄取，到學校後，才知道自己是為數不多身在基層的非專職文學寫作者。之前，部隊作家在魯院深造的曾有劉兆林、王宏甲、邢軍紀、莫言、柳建偉、衣向東、王棵、唐韻、張鷹等多位作家或評論家，他們其中不少現在已經是頗有成就的作家或學者了，而另一個我所知道的特點，則是這其中的大多作家都曾在部隊做過文化宣傳工作。從宣傳幹事到作家，這幾乎是很多部隊作家在現實中修煉而成的必

要途徑，他們對於文學的熱愛使得他們在基層部隊中惟一合適的職業就是宣傳幹事。幾年前，我也曾是某裝甲部隊的一名宣傳幹事，如今有幸添列到作家的隊伍中，並跌跌撞撞地在這條路上堅持前行，每每會感到這路途上的種種辛勞與愉悅。說這些似乎與這篇文章無關的廢話，是因為在淘書時發現了幾冊讓我感到很親切的舊書，一本是上海文藝出版社一九七八年五月第二版的秦牧先生的著作《藝海拾貝》，一本是人民文學出版社一九七七年十二月出版的《郭小川詩選》，這兩冊書的封面設計都很端莊大方，特別是《郭小川詩選》的封面用國畫，似乎是一位英武的解放軍戰士在守碉值勤，遠眺大海，看封內介紹原來系美術家黃永玉所作。這兩冊書的內容我如今大約是不會去仔細閱讀的，購買是除了這兩冊書的美麗端莊之外，還另有其獨特的紀念意義。在《郭小川詩選》的扉頁上有這樣幾行字：「獎給：三三五團報導組　陸軍第一一二師政治部　七十八年元月二十二號」，並有該部隊政治部的紅色印章。可見此書顯然是作為報導組的獎品，而此獎品的歸屬者則又是誰？我看到書中有一個很小的四方印章：「陳建英印」。而另一冊《藝海拾貝》也有此印章，其中書中還夾有一張用鉛筆手繪的部隊軍事測繪地圖，因時間長已經泛黃，但依然可以看到繪圖時的那份認真與細緻。在溫暖的夜燈下，我輕輕翻閱這些舊書，感到分外的親切，不僅在想，這些舊書為何會流落到舊書攤上，這張小小的手繪地圖是用來作書籤的嗎，而這位曾經作為宣傳報導員的軍人陳建華曾經也是一位文學的熱愛者嗎，今天他會在哪裡呢？

（原載《芳草地》2009年1期）

谷林傳奇及其他

谷林在《答客問》（東方出版社，二〇〇四年十月一版）一書中回答張阿泉的提問，曾有這樣一段話，「我在博物館工作的時候，有一個同事，當時是在司機班駕駛卡車的司機。她比我年輕三四十歲。她如今改行了，在社會科學院研究先秦文學，考究古代名物。」谷林所提及的這位傳奇女性就是社科院以研究《詩經》聞名的揚之水，揚之水是趙麗雅筆名。張中行先生在《負暄三話》中有〈趙麗雅〉一文，其中有關於她的有趣記述：「她的經歷，除去嫁個規規矩矩的高幹子弟，生個孩子之外，任《讀書》編輯之前，我最清楚的是，大革命時期，也是她的少女時期，在北京王府井大街一食品店操刀賣西瓜。」

谷林和張中行對於揚之水的記述，可以互為補充。谷林談到他在博物館工作的同事，也就是張中行所說的那個揚之水，由此才知道揚之水也曾在博物館工作過。恰恰是這一短暫的工作時間，才讓一個頗為傳奇的文化老人浮出水面。起初是因為揚之水引起《讀書》雜誌編輯部的重

視，她被雜誌社慧眼識珠，成為有名的編輯和學者。於是，曾經在歷史博物館工作且與揚之水做同事的谷林，在他退休後自然成為《讀書》雜誌的義務校對，這是因為谷林在歷史博物館工作期間，他所完成最重要的任務就是整理和校對數百萬字的鄭孝胥日記手稿。此時，《讀書》雜誌草創，愛讀書的谷林於是也就在退休之後和校對之餘，可以順便給《讀書》雜誌寫點小專欄文章。

到一九八八年，這些文章也慢慢地積累了七八萬字，於是在三聯書店出版的「讀書文叢」中收錄了谷林的這些文字，並以《情趣‧知識‧襟懷》為名出版。這套文叢的作者，全是當今赫赫有名的文人學者，諸如黃裳、金克木、董橋等等，而谷林這個名字對於大多數讀者來說顯得有些陌生。但這並不要緊，谷林的讀書文章畢竟還是露面了，之後的文章也還是一如既往的「惜墨如金」，慢慢寫來。到一九九五年，他終於又出版了第二本讀書文集《書邊雜寫》，還是小冊子，十五萬字左右。相隔七年，每年才平均二萬字的寫作量。

關於這本《書邊雜寫》，也有一些閒話。此書列入遼寧教育出版社出版的「書趣文叢」第一輯，由脈望總策劃，在讀書界至今享有盛譽。脈望是誰？俞曉群在《人書情未了》中曾透露，脈望就是《讀書》編輯部的沈昌文、揚之水、吳彬與上海文人陸灝等一干愛書人。據沈昌文回憶，《讀書》的編輯揚之水與遼寧教育出版社的總編輯俞曉群熟悉，而俞曉群也是個讀書種子，因為需要與《讀書》有廣告業務往來，所聯絡的對口負責人恰恰就是揚之水。（見李懷宇《訪問歷史》）俞曉群作為愛書人，自然不甘於只出版那些

學生「練習冊」，於是最終催生了「書趣文叢」，並且連續出版了三四輯，其中第一輯的作者名單列有施蟄存、金克木、唐振常、辛豐年、董樂山、金耀基、朱維錚、施康強、揚之水等著作等身的學者文人，惟有谷林之前僅出版過一冊八萬字的讀書小品文集，因此顯得同樣有些不引人注目。

　　但文章並不以大小和多少來論，止庵在偶然閱讀了谷林的《書邊雜寫》後，對此書極為驚歎和佩服。一九九六年一月，止庵寫了關於《書邊雜寫》的評論〈慢慢讀來〉，在這文章的最後，他這樣評價這位老人：「回想這一二十年間的中國文章，一個總的趨向是誰都越來越喜歡說自己的話了，這自然是好事，但也就不免有粗率的流弊。大家都精緻不可能，大家都不精緻是很容易的。這時候竟然還有一位真正有文化的老人這麼細緻、這麼講究地寫他的小品文字，《書邊雜寫》要算是我讀到的最具文體之美的一本新書了。」這一番評說，對讀書一向挑剔的止庵來說，簡直少見。一九九六年三月他主動給谷林寫了一封信，言辭謙虛，谷林很快回信，由此兩人成為忘年交。止庵在給友人的書信中對谷林的評價則更為有氣魄，「二十年來的中國文章，我只對兩個人非常佩服，一是楊絳，一是谷林」。（見止庵的《遠書》）後來，谷林的書信集《書簡三疊》和他的訪談《答客問》則皆由止庵幫助編選和聯繫出版。

　　《書簡三疊》中的書信多發表在湖北十堰市新華書店自辦的《書友》小報上，以「谷林信翰」為名陸續刊發，頗得讀書界稱讚；《答客問》中所答之客為內蒙古的書友張阿泉，這些問題在逐一回答之後也陸續刊發在由他主編的民間讀書報《清泉》上，最

終經過精心編撰以「清泉部落」第一冊的名目出版；除此之外，谷林還有一冊讀書隨筆集《淡墨痕》，收入嶽麓出版社的「開卷文叢」，由南京民間讀書雜誌《開卷》的執行主編董寧文策劃，谷林也是在讀書界頗有盛譽的這冊樸素刊物的撰稿人之一。

（原載《中華讀書報》2008年7月30日）

胡君佳構幾處尋

　　當代文壇，我認為至少有三個人的英年早逝是對中國當代文學的嚴重損傷，一位是詩人海子，一位是作家王小波，一位是文藝批評家胡河清。他們均在創作生命豐富成熟的時候撒手西去，留給文壇乃至世間難以估量的損失與遺憾。海子和王小波的作品，我都收藏有不同的版本，因為至今他們的作品均能以各種面目和形式頻繁出現，很容易在坊間買到各樣的版本。唯一遺憾的是批評家胡河清先生的著作，一直難以尋覓，更為遺憾的是胡河清的文論研究試圖打通中西，融彙古今，文字輕靈絢爛神氣，三十出頭有此等造化，可謂是天資奇秉，難以複製，但在當代中國文學領域中的價值卻至今未曾被予以重視，他和他的論著只在一些好友和同道知音中被寥寥提及，難以尋覓也自在情理之中。

　　胡河清一九九四年暮春時節從上海一座舊樓房上跳下自殺，那時他的第一部著作《靈地的緬想》剛剛交付等候出版，那篇優美和頗為傷感抒情的序文也才擱筆不久，我後來反覆讀這篇

序文，很難想像在這篇文章中已將自己獻祭給文學的胡河清會選擇這樣一條不歸路。這年的十二月份，他的這部文學批評文集才予以出版，想來文學已經不是他最後的牽掛了，那印刷廠裏的油墨書香也未曾留住他的那顆寂冷的心。也許這些書寫的東西對於胡河清來說早已是身外之物了，據說這部書稿在編輯手中被要求做大量刪減，但在先生歸去後得以完整出版。我於二〇〇四年知道先生，然後開始搜集他的著作，但一直未曾親眼在舊書店裏尋見，後來託付一位網上相識的舊書商幫助搜尋，他也無能為力。實在無奈，我只有到國家圖書館借閱此書，然後因昂貴的複印費悄悄帶書坐車到北大，為了當天能按要求還書，在北大的小複印店裏懇求店主數次得以插隊。此複印本我現在一直放在身邊，時常翻閱。

胡君去世之後，朋友們為了紀念他，由當時的華東師大教師王曉明等好友收集了胡君的其他發表作品，編成一冊《胡河清文存》，其中由當時華東師大青年學者李劼作序，附錄有王曉明、朱大可、郜元寶、張寅彭、李劼等諸多友人的紀念文字。此書編輯後因為出版困難，特倡議資助，後得到多人相助，才得以最終出版，在這本書的後面同時附錄了一頁「捐款人名錄」。種種情形，到今日想來，更讓人倍覺感傷。不久前，我讀一位編輯在博客上的文章，寫到她曾在自由來稿中發現一位華東師範大學的研究生，名字很熟悉，後來才發覺這名字是讀過此書的那些「捐款人名錄」中的一位，於是用圓珠筆在那名字的下面劃了一個粗粗的橫槓，我讀到這個細節時，內心裏激盪起一股微微的憂傷與溫暖。

《胡河清文存》我一直未曾見到，令我感到不可思議的是竟然連國家圖書館也未藏有此書，後來又託付一位在北大讀書的朋友查找，也是沒有收藏。我後來學會在孔夫子舊書網購書，但發現許多書商已經將這本書的定價翻了四五倍以上，真是物以稀為貴。一位書友在一家論斤出賣的圖書超市裡，發現一冊文存，立即購下，所費不足五元，羨煞我了，連連歎息自己沒有這樣的好運氣，只等來日的機緣吧。

　　但也有機緣到來的時候，胡河清的博士論文《真精神與舊途徑──錢鍾書的人文思想》一九九五年出版，列入「錢鍾書研究文叢之一」，而此書當初在出版社也未定是否出版，在接到先生離去的訃告後，立即決定出版以慰亡靈。上海青年學者王曉漁說他在得知此書出版後，為防止意外，他是匯款到出版社才終於拿到書的。而我就幸運得多，二○○四年夏天，我在石家莊的一家小書店裏遊蕩時發現此書，放在書架的最低層，夾雜在一個不起眼的小角落裏，我抽出書，壓抑著內心的狂喜，輕輕地拍打書上的灰塵，然後到櫃檯，結賬、付款，拿書走人，如作賊一般。

　　有一段時間，我把寫文學評論作為志業，寫作量頗豐，我的一位師弟前來向我請教，十分虔誠，我鄭重向他推薦幾位當代評論家的文章，第一個想到的就是胡河清。這位師弟回去後，果然按我推薦書目購書，但僅胡河清的著作遍訪不得，前來向我訴苦，我告知自己得胡君著作之經歷，然後將自己的那本複印本《靈地的緬想》借其閱讀。師弟歸去，暗想胡先生如此佳作竟然無處可尋，心中頓時黯然，遂念若有出版商徵詢我關於重版事務，定首推胡河清的著

作，並自費購買數十冊分贈同好，想必有我這樣對胡先生追愛有加者，該是不會賠本的吧。

（原載《新京報》2007年11月9日）

一間飄滿書香的玻璃房子

葉兆言有本小說集的名字是「沒有玻璃的花房」，每次我到城市季風書店去的時候，就想起這個浪漫而詩意的名字。城市季風書店恰好設在北京理工大學一座樓的出口，因而被自然分割成兩個部分，這是非常討巧和節儉的利用，想必以前一定是樓房出口處的一個前廳。由於完全使用玻璃，書店裏所有的書都被徹底呈現了出來。在書店狹小的空間裏，各類書籍依然按照文學、歷史、政治、宗教、傳記、休閒等類別整齊地區分開來，每一種書都被放置在一個書架上，而且多是一些人文類的暢銷書，像錢穆、黃仁宇、劉小楓、朱學勤、陳平原等的書，這些近年來備受歡迎的學者的著作都被放置在書店顯眼的位置。書店的主人顯然有些浪漫儒雅，儘管格局狹小，但設計很清新整潔，沒有絲毫凌亂的感覺，環繞於店堂的多是一些時尚流行的電臺音樂。

我去書店的時候常常是在傍晚時分，然後一直呆到書店打烊的時候，最後再買上幾本書。從書店出來時，已經是滿天星辰了。我喜歡在夜晚

時分去書店，是因為此時的書店很溫馨也很安靜，有時甚至就我一個人在書店裏翻書。有一天，我在書店裏胡亂翻書，旁邊一個年輕人向我推薦一本新書。於是就和這位戴著黑框眼鏡的青年聊了起來，沒想到他對書籍的出版非常熟悉，對許多好書都娓娓道來。談話中，我才得知他原來是書店的經理，每天晚上都來書店看看。當年他從石家莊一個普通的經濟學院來北京闖蕩，由於酷愛讀書，而選擇了來書店工作，他從一名普通的店員做起，一直到成為書店的經理。這些年從賣書到負責採購，他整天與書打交道。有趣的是，他告訴我說，這些年錢沒有攢下幾個，書倒是買了半屋子。我向他推薦高爾泰的散文集《尋找家園》，他便認真地記了下來。

又過了幾天，我去書店，發現多了一厚摞我推薦過的書，我想肯定是他讀後感覺也很好，就一口氣進了這麼多書，也不管是否能夠賣得完，可能只是想著讓讀者也能看這樣的好書。後來再去，就沒有見過他了，問書店的服務員，說他已經被調到公司總部去了。前幾天，我去另外一家書店看書，看見了一個熟悉的面孔，他向我打招呼，我一時卻怎麼也想不起他是誰了。這個人笑著說，你以前經常去我那裏讀書，怎麼現在換地方了？我恍然大悟，原來是他啊。我問他是否升職了，他說現在已經不搞書了，從公司離職做營銷了，但依然喜歡看書，也是順便到這家書店轉轉。他順手給了我一張名片，晚上回到宿舍，才偶然發現名片後面印著兩行字：「天行健，君子以自強不息；地勢坤，君子以厚德載物。」畢竟是讀書人啊，這可能正是他心志的表達。離開了自己的興趣，回到了現實中，但這情趣與志向依然不改。

再去城市季風書店時，便感覺心裏似乎有些失落，書店彷彿也
少了一種氣韻。一些新書常常不見蹤影，讓店員幫著去找，也往往
沒有資訊，這些可能都和他的離去有關吧。書店裏原有的一張會員
報《城市季風》，也不再出版了，但會員證設計倒是很古樸雅致，
上面有一枚著名篆刻家鄧散木的篆刻，是一個繁體的「書」字。突
然想起，「城市季風」這個名字可能來自於理工大學教授楊東平的
一本關於北京和上海城市比較的著作《城市季風》。再到這家書店
時，看著綠色的書店招牌，看看碼得整整齊齊的書籍，心頭果然有
種如沐春風的感覺，風中飄散的還是那滿室的油墨清香。書店是一
個讓人內心感覺豐富清新的地方，在擁擠喧嘩的城市裏，有這樣一
家書店，也恰似一股吹拂著的清新之風，如同詩人徐志摩在一首詩
歌中所寫，「我不知道風，是在哪一個方向吹。」

（原載《新京報》2005年4月16日）

不亦快哉

一

　　谷林先生去世一周年，北京的止庵編輯先生散落的稿件為《上水船甲集》和《上水船乙集》（中華書局，二〇一〇年一月版）兩冊，另有南京《開卷》雜誌主事者董寧文收集先生散落的書信，編成一冊《谷林書簡》（南京師範大學出版社，二〇〇九年十月一版），如此，加上早先谷林出版的幾個小冊子，便也是《谷林文集》了。我最先讀谷林著作，乃係添列於遼寧教育出版社「書趣文叢」中的一冊《書邊雜寫》（遼寧教育出版社，一九九六年四月一版），一讀便有愛不釋手之感，因其書話文字秀雅潔淨，細緻綿密，而其中散發出一個純正讀書人安靜、恬淡和雍容的精神，則讓我輩望塵莫及。記得其中他寫〈版本的選擇〉一文，談自己分別讀嶽麓書社的《梁實秋文學回憶錄》和友誼出版公司的《雅舍憶舊》，發現友誼版關於文中聞一多的生年刪去了農曆括注，修改的面目全非，而由陳子善先生編選的文集則保留了全目，這其間，

谷林先生還特意查閱了《近代史資料》中的《聞一多年譜簡編》用來
考證，可見讀書之細。此書之後，我陸續收集先生著作有《情趣·知
識·襟懷》（三聯書店，一九八八年十二月一版）、《淡墨痕》（嶽
麓書社，二〇〇五年三月一版）、《答客問》（東方出版社，二〇〇
四年十月一版）、《書簡三疊》（山東畫報出版社，二〇〇五年九月
一版）等，均有愛不釋手之感，並因此曾作文〈谷林傳奇及其他〉在
北京的《中華讀書報》刊發。據說京城的止庵先生對此文曾有稱許，
三年前我在京城偶遇止庵，本有請其引見的意圖，但最終還是打消了
這個念頭。不想竟因此而與先生錯失一面，孰為憾事。如今撫書追
人，寒夜讀之，想來若能如先生一般在寂寞中愉悅平生，也定是不亦
快哉了！

二

逯耀東先生本為蘇州籍貫，因此見他寫蘇州文人美食家周瘦鵑
與陸文夫，便覺有會心之處。逯先生乃是臺灣大學的歷史學教授，
但我讀他關於飲食文化的著述《肚大能容》（三聯書店，二〇〇二
年十月一版）、《寒夜客來》（三聯書店，二〇〇五年十二月一
版）等，也便覺得如青翠疊嶂一般。我向來喜歡讀文人論及飲食的
文字，而不喜歡烹飪家的飲食文字，想來或許前者談及美食，多寫
食物之外引發的情趣，而後者則不免更多常識與技巧上的買弄了。
因為逯先生的學者身份，他的飲食文化文字便能獨出新意，既有美
食家的滋味，又有史料作為鋪墊，儘管並無什麼山珍海味，卻讀來

往往是令人神往不已，而他又常常在這些文字之中加入更多現實世界的作料，更令他筆下的飲食文字增添了許多的可愛與親近。此外，我尚還讀過逯耀東先生的學術著述有《抑鬱與超越——漢武帝時代的司馬遷》（生活·讀書·新知三聯書店，二〇〇八年十二月一版），看他勾勒史料，細加考證，分明是學術大家的功夫，但卻也寫得瀟灑從容，這遺稿的序言〈殘燈〉一篇寫司馬遷如小職員一般從漢代的宮城回家，點燈寫史，真讓人感到那筆觸如此地輕盈與浪漫。我不是美食家，也不是史學家，不好妄論先生的著述，但我卻喜愛先生的文字境界，想來在做嚴謹的學術文章之餘，能夠寫些關乎情趣的文化散論來，竟也是不亦快哉的事情了！

三

　　再談董橋，似乎便有些濫俗了，其實我覺得很不然，常有書友談董橋先生的書話文字，但我今日偏偏想來談談他有關文玩的趣味了。《故事》（作家出版社，二〇〇七年二月一版）為董橋的一冊收藏和把玩文物字畫的文集，但先生顯然不是專業的藏家，他收藏文玩也多有機緣故事，而並非苛求而得；又如他收藏的文物多為文人字畫或文房四寶之類的小東西，也不只是看它的市場價值，因此，這些有關文物賞玩的文字，便也多了幾許的文人清趣。我讀這文集，其中便有他珍藏的沈從文長條章草，俞平伯的《重圓花燭歌》，張大千的《歸牧圖》，沈尹墨的書法小品，臺靜農的書扇，茅盾的題詩，還有明清文人的筆筒、硯臺、香盒、印匣，等等，加

上董橋先生的妙筆，兩相對讀，真是切切地賞心悅目了。追念古人，不僅僅是書香，還有那種種的文玩，點點滴滴都傳遞著傳統文人的趣味與精神。而這些文玩的流傳輾轉以及收藏故事，也都被不經意地輕輕點染於董橋先生的文章之中，給這些風韻優雅的文字平添了幾許的滄桑，讓人竟有伏案傷懷的感慨。長夜無事，讀書疲倦，翻檢所藏文玩，雖不是藏之名山的奇貨珍品，但也別致有味，竟也有不亦快哉之感！

四

要論當今的文化聞人，我以為莫過於京城的朱偉先生，不妨先看此君的個人履歷，一九七八年起在《中國青年》當記者，一九八三年起在《人民文學》做編輯，一九九三年起任《愛樂》主編。一九九五年至今擔任《三聯生活週刊》主編，這期間還曾客串過《華夏記憶》等刊物的主編，不難看出，新時期以來，朱偉都處於中國精英文化的潮頭浪尖，但難得的是此君並不張揚，倒是不知何時我發現其主編的週刊雜誌開始刊發他的文字專欄「有關品質」，其中主要是根據文化時事談一些自己的態度，這其中包括讀書、音樂、戲劇、影視、飲食、建築、服飾等等主題，均是寫得優雅從容，張弛有度。記得那些年買不起刊物，便一度悄悄地複印收集過好些篇章。作為一個文化人物，他筆下的這些精神生活態度，便也代表了他所欣賞的生活態度與情趣，取名「有關品質」倒也恰切，而我更喜歡他在文章之中不經意地寫來這三十年中國文化界的

過往故事，諸如他寫與張藝謀、阿城、王小波、黃永玉、張承志、劉歡等等文化名流的交往，便提供了許多難得的細節，我記得他寫上世紀八十年代末期，自己和幾個朋友在北京看那些未曾流行的歐洲先鋒電影，其中便有莫言、余華、劉毅然等諸位，而這後一位則是我所就讀學校的一位老師，曾在文壇上很有些影響的，對此我倒是稍有些瞭解的。文化在朱偉這裏不僅僅是一種品位，更有一種充滿現場氣息的質感，也還有一種歷經紅塵的淡定。因此，有興趣不妨讀讀結集而成的《有關品質》（作家出版社，二〇〇五年一月一版；生活·讀書·新知三聯書店，二〇一〇年一月一版）。能將錯漏而過的專欄文字收集全整，一一賞玩，也是不亦快哉的事情啊！

五

我向來讀書疏懶，又率性隨意，竟至兩三年前才將《紅樓夢》和《金瓶梅》這樣的才子奇書斷續讀完，而中國的四大名著到如今竟也不曾讀全，說來竟有些羞煞讀書人了。倒是前一陣子讀田曉菲的《秋水堂論金瓶梅》（天津人民出版社，二〇〇五年一月二版），竟發現這才女真是了得，十歲前便通讀了古典名著《紅樓夢》，十八歲便得了北京大學的學士學位，二十七歲又拿了哈佛大學的博士學位，如今寫成的這冊《秋水堂論金瓶梅》也是剛過而立之年的著述了。此書我曾與原著對讀而過，十分過癮。田曉菲在這書中論及《金瓶梅》，以為其勝過《紅樓夢》，而她更喜愛明代崇禎版本的繡像本，前一論點我並非完全贊同，但她在此書中細細談

論全書的魅力與神采，竟也自成一家，滿紙雲霞。田曉菲此書以散文札記的方式寫成，但能夠統攬全書，而不是各成一塊，又試圖打通中西文論，卻不拘泥枯澀，而是融化會通，顯示出她十分良好的學術底蘊；而我更喜愛她在文字中流露出自己對於人物與事蹟的個人情緒，統統都是那麼有煙火氣息，窺探出作者內心世界的性情與哀愁出來。起先，我是不贊同讀名著又讀那些解讀文字的，如今看來，卻是十分偏頗的。閒來能讀奇書，且有才女品玩，也定是不亦快哉！

六

　　我總以為，翻譯文字不但是原作家的辛苦結晶，還是譯者努力耕耘的創作作品，其中包含了譯者的眼光、才學、趣味以及文化態度，而我向來認為做翻譯工作不是個好差使，若竟能將翻譯文字弄成文字的經典，幾乎就是傳奇了。本城繆哲先生的譯筆則是我十分喜愛的，他所翻譯的著作我均用心收集，至今捨下只藏有三冊，分別為《塞耳彭自然史》（花城出版社，二〇〇二年十二月一版）、《翁葬》（光明日報出版社，二〇〇〇年一月一版）、《美洲三書》（商務印書館，二〇〇三年三月一版），如今還差有一冊《釣客清話》（花城出版社，二〇〇一年九月一版）。網上有朋友稱繆哲的譯作為「繆譯四書」，另有朋友在雜誌上寫文章以「聽蕭邦，讀繆哲」為題發表，可見繆哲譯作的魅力。我讀繆哲先生的譯作，深感其譯筆靈動、典雅，深得中國漢語的魅力。近來細心研讀

他翻譯英國作家懷特的著作《塞耳彭自然史》（花城出版社，二
〇〇二年十二月一版），看他譯出英國散文的古雅，又有漢語的神
采，二者兼聚，十分難得。在此書的譯者跋記中，繆哲先生有這樣
的一番譯者心境：「我譯《釣客清話》到後來，即有『近被蟲魚惱
不徹，悔將疲足作遠遊，沃爾頓青鞋布襪事釣魚，我夾筆載鏡登陟
藏書樓』的感慨。《釣客清話》是一篇小牧歌，寫的是兩個閒散的
釣徒，懷揣四五根胡蘿蔔，白天倘佯於溪頭，夜裏扯一條散發著熏
衣香草的被單入睡的調魚生活；而我蝸居城市的樓頭，在噪音與濁
氣裏，枯坐室內，試圖以鈍筆，去傳述英國鄉下的花的清香，水的
潮濕，蟲鳥的鳴聲，人魚的相戲。有這窘困的經驗，本不該去譯
《塞耳彭自然史》這樣的書。『聞長安樂，出東門而向西笑』猶
可，『知肉味美，而對屠門大嚼』，就不僅見笑於古人，也有害於
牙齒，現代的食品，怕再也嚼不動。再說，一支被心內的無聊、心
外的濁氣污染的筆，描摹的花是暗淡的，傳述的鳥鳴是嘶啞的。」
「但譯稿到底是完篇了。至於原因，可因一句古話：為無益之事，
遣有生之涯而已。」讀繆哲先生這番詼諧戲謔而又不失幽默蒼涼的
漂亮文字，心中竟有些五味橫陳了，想來自己客居此城總計也快八
年光陰，與繆哲先生的感受幾乎相佛，所為之事也多是「遣有生之
涯而已」，雖不能達先生之境界，但也早已是不亦快哉了！

（原載《開卷》2010年4期）

博客讀札一束

一、鬼頭鬼腦：似偵探又揭發報料

　　王曉漁，網名鬼頭鬼腦，上海同濟大學文化批評研究所的青年學者，七十後生人，文學碩士，史學博士，已出版《文化麥當勞》等書。知道王曉漁，源於另一位青年才女蘇七七的隆重推薦，於是找來若干文章一讀傾心，後又摸索到他的私人博客常去潛水。曉漁的書評文字在各類主流媒體頻頻亮相，既有學者的見識又有一些普通書評人的難得好玩的學術八卦，讀來既啟人心智又趣味昂然，也算是將學術書評弄得有香有色別有洞天。他的博客並非自家文章的集散地，而多是關於學術著作新書的出版資訊和八卦趣聞以及多個版本的相互比較，其文字不溫不火，優雅玲瓏。由此想見曉漁應是常跑各大書店，日積月累，加上自家功力終於修煉成對小眾學術著作能如數家珍，許多不起眼或不知所聞的學術書一經他網上推薦立刻引起我等寒酸書生關注，而眾多不厚道之書一經揭發報料便自然立刻罷手，暗喜幸虧未掏那褲袋裏的幾粒碎銀。

王曉漁喜愛在書頁間眼光敏銳與出奇地找出一些別致的細節，然後如偵探般層層探察出所研究與評判對象的症候與品相，諸如他所寫的關於魯迅去世七十周年的紀念文字就能別出心裁，一反眾多紀念文字的精神探察而倡導做研究當下務必要先「少談些思想，多看點資料」。如此性情，自然可以在他的文字之中看到許多有關學術與學術著作的，這些文字好看又好玩，而其中也有觀點有判斷，內在風格其實是尖銳和犀利的，於嬉笑之間刀光劍影。學術是灰色的，八卦趣聞卻色彩繽紛，王曉漁在他的博客上暢談這些學術大師與學術出版的八卦新聞，真所謂君子故窮、自得其樂也。不知他的那個博客名「書中自有……」後面的那幾個省略號是否就是指這一妙趣呢？最後還得一提的是他與幾個志同道合者辦有一電子刊物《獨立閱讀報告》，這些文字也常出現在那份雜誌的閱讀報告欄目裏。

二、冉雲飛：土匪原是讀書人

　　四川文人冉雲飛人稱土匪，此君讀書飛快，作文甚勤，而藏書也是極多，據說其每週將於固定時間前往成都書市冷攤淘書，居然也常獵有奇貨，至今藏書數量也已三萬有餘，有朋友參觀其書房後作文「想起他的大書房，夜不能寐」（王怡〈花和尚冉雲飛〉）。其博客名曰「匪話連篇」，果然是匪氣逼人，性情文字撲面而來。因其每日清晨更新博客，居然逐漸成為眾多流覽者的一道不可獲缺的精神早茶，竟有好事者還將其博客呼之為「冉氏晨報」。

冉雲飛讀書涉獵範圍極廣，對於中國的教育問題頗有心得，且已有佳作問世。對於此問題其常以大量收藏的舊書資料作為研究的素材，使得眾多被歷史塵埃漸漸淡忘的文字化腐朽為神奇，在其筆下變得驚心動魄，引人三思。近來冉氏在博客上又不斷著文，對於此一問題窮追猛打，特別是從那些散落中的年譜、日記、書信、筆記等材料中發掘出歷史的新面目，既信服人心又對現實以凌厲批判。除了教育問題外，冉氏胸中構思和寫作的選題已經排列成行，想必也是其讀書獲書和眾多的緣故。這些均可在其博客上觀其一二。

　　書人書事話題最關我心，也是其寫作甚勤的欄目，他曾在博客上連續刊文談四川書商印象記，讀來風趣別致又大開眼見；此外又有大量關乎歷史風雲人物的文字也是劍走偏鋒，從歷史材料中挖掘出新的光芒。冉雲飛讀書即有心得，每一月末他會將此月的讀書寫作進行整理回顧，一一道來，逐個點評；更令稱道的是他會每半個月將自己的所讀好書推薦出來，分別稱之為「妙書」「好書」和「痛書」三類。每每讀其博文，真有所謂奇書共欣賞，疑義相與析的感歎了，而土匪的滿紙灑脫與銳氣也是讓人痛快淋漓的，不得不歎曰原來土匪是個讀書人。

三、朵漁：其自南來雨

　　詩人朵漁，在我的印象中低調、憂憤、尖銳，但也不乏幽默與灑脫，他筆下的文字或詩句則優美而節制。現辭職閒賦在家的朵

漁，寫詩、讀書和編輯民間詩刊，在天津林立的現代化水泥高樓裏陷入歷史的沉思，間或寫作博客。他給自己的博客命名為「其自南來雨」，我記憶中這一句話應出自甲骨卜辭：「今日雨，其自西來雨？其自東來雨？其自北來雨？其自南來雨？」本是求雨的占卜辭令，卻問雨自何方，故乃借題發揮而已。由此也可見詩人朵漁對於其博客或者文字存在的現實用意。

朵漁在寫作詩歌之外專心於文史研習，數年不輟，對於近代以來中國歷史的細碎之處頗為用心，常常在細微之處可見大義。他的博客上有兩類文字皆與其相關，一為讀書隨筆，此類文字皆為其閱讀後的人文隨筆，大多關乎百年來中國知識份子的心靈處境，乃三千年不遇之大變局與天地蒼黃之下的知識份子處境的歷史解讀。文字能在從眾多史料中通過對比、診斷和互補等方式挖掘出知識份子在大變革與大動盪中的心靈變化，折射出百年來中國社會的滄桑情狀。雖是讀書，實乃論人，更是明世。

其二為他自命名的「史間道」欄目，係其在閱讀中的對於歷史的碎片、邊角料、逸聞和雜小細節的重新整和與發掘，常常是短短百餘字卻是關於歷史大問題，於細小之中可見編者用心之良苦，味道皆在其間而不須再多言傳。速食時代讀這些短小、辛辣、幽默的文字，於是乎遂心生一願，若有喜發送各類段子者不妨互相轉發此類文字，既方便閱讀也啟他人心智。朵漁在年初曾出版《禪機：一八四〇——一九四九中國人的另類臉譜》（廣西人民出版社）一書，即係此類文字的結集，大有管窺歷史風貌之效，而通讀之後也不難發現歷史面貌的質感隨即變化的立體豐富，同時也新鮮異樣起來。

四、王心麗：那夜我看到一束強光

　　這些博客上的文字彌漫著一種寂寞和憂傷，我不知道在逐漸地閱讀這些文字後，怎樣解釋自己的困惑，究竟是因為她的文字太寂寞而使作家變得邊緣，還是因為這種邊緣的姿態讓她筆下的文字很寂寞。南京作家王心麗是一個寂寞和獨立的自由寫作者，她對於文學保持著純粹與堅定的精神理念；在獨自艱難的文字跋涉中，幸好是網路為她打開了寫作的另一個廣闊世界，她是中國最早的網路寫作者，包括她在自己的個人博客上所寫下的這些文字。有時我懷疑讀這些網上的文字一定不是一種純粹的閱讀，而是在不斷地貼近一顆豐富而細膩的心靈，只因為這文字的真誠與敏銳。

　　王心麗沒有將她的閱讀只限定在書本的世界裏，她將閱讀延伸到個人的感受和現實的體驗中。這些或長或短的文字，都是關於書與閱讀的，但這只是一種寫作的因數，可以更深入的讀到一個女性在邊緣與獨立中，在理想與現實中，在理智與情感中，在肉慾與精神中，在壓抑與逼仄的環境中的心靈處境，那是矛盾、困境、脆弱與疼痛，但她不回避，不渲染，不做作。許多細節之處讀後，真想哭，心好痛。正如她所說的，彷彿是將自己沉入到了水底，這是一個女性對於自己生命狀態的獨語。

　　因為一個世界性的文學獎項，王心麗偶然接觸到中國作家高行健的兩部小說，由此開始寫作她的長篇讀書札記。很可能永遠無法出版，但它屬於自己的心靈，她寫了三十六篇，寫完了再修改，持續了數年的時間，最後完成的文字充溢著思考、質疑、批判、沉

靜和優美的氣質。完整的版本可以在她的這個博客上逐一讀到。無疑，這是一次充滿激情與痛苦的閱讀和寫作，它拯救了一顆正陷入迷茫中的心靈，使她變得安靜與明晰。也許在每一個人心中都有一本屬於自己心靈的聖經，就像王心麗，她這樣回憶自己在二○○○年的那一次難忘的閱讀經歷：那夜，我看到一束強光。

五、薛原：書海裏游泳的魚

薛原的讀書經歷算是有點傳奇色彩，數十年前他是青島海洋地質研究所的研究人員，每日在實驗室裏與資料資料和生物化石打交道，因為讀書喜愛雜覽忽然轉到報社當起了編輯，可以將愛好當職業，有著大量閒暇時光去翻書了。在青島這樣美麗的海濱城市，薛原放棄了可以直接與大海擁抱的工作，幸運的是，他卻像一條魚，從一片海洋躍入到另一片海洋，最終擁抱的是讓其「鬼迷心竅」的書之海，正如他的博客名稱「書魚知小」一樣。

很難得的是，我在他的博客上偶然讀到許多關於海洋地質學的書話，這顯然與他曾經的工作關係緊密，這些書話文字無論是關於一本海洋地質學的書籍，還是關於一位少為人知的海洋地質科學家，或者是有關青島的一段前塵往事，都顯得樸素與自然。由此逐漸地瞭解和走進了那些寂寞而偉大的科學家，諸如許靖華、宋春舫、齊仲彥……，他們的人生與精神世界均是那樣的瀟灑、博大與動人。我也暗暗為薛原筆下這些書話文字而感歎，為他人生這一因為愛好而改變的生命路徑而成就的意外收穫而讚歎，我們是多麼需

要這樣既生動形象又專業深入的文字。如今大凡文人的文字多在人文領域，自說自話顯然成為一種習慣了，其實還又那樣多寂寞的人與事需要一支文人的筆。

曾讀過他編輯的讀書副刊，高雅不凡，印象很深，有朋友將其稱之為青島文化的一張名片，對於讀書的熱愛和寫作，顯然為薛原的這份編輯工作給他帶來了很大的便利。又是因為對書的熱愛，讓他將自己的書戀進行到底。看他的書話文字，無論是談書還是論事，都是品格高雅，儘管小處著眼，但能夠記錄下自己的心得，讀來令人親切又溫暖，他對於青島文化的挖掘與書寫也讓我對這座城市的認識更為的飽滿。薛原曾寫科學家齊仲彥先生為「人生寫就一本寂寞的書」，讀他的文字，很能感覺作為讀書人的那種淡泊、明媚卻欲有所作為的心態。

六、黃波：雜文家是怎樣煉成的

遠在湖北宜昌的黃波近年來頻頻發力，以大量短小尖銳的雜文和深思明快的文化隨筆輻射全國，逐漸引起了閱讀者的關注，而他本人則由一所國家機關的「筆桿子」轉變為可與讀書打交道的文化編輯，從默默無聞的業餘寫作者變成了頭帶光環的大家了，這大約也要拜賜於他多年如一日熱愛讀書思考和堅持寫作的緣故吧。

網上有朋友將黃波稱為「文化保守主義」的代表，對於這種貼標籤的做法我不太贊成，因為許多看似分明的東西其實只作到了皮裏陽秋，以黃波的文字為例證，他閱讀了大量近現代中國傳統文

人的著作，但其精神內核卻是頗為現代的，甚至是很西方的，很自由的。我特別注意到黃波的博客文字，大約是因為他與所開設博客的網站的一次較量和鬥爭，最後以他的勝利而宣告結束，這以我所知道的眾多文人開設博客，因為文字傳播與寫作的受限往往轉移地方，或者乾脆停止更新所不同的是，他的抗議與爭取讓我看到了一個文人微弱與堅韌聲音的力量，而這種類似的聲音在網路上也在逐漸變得強大。

黃波的博客獨特之處在於他的購書帳單和讀書心得，每隔三五日他會將自己從網上舊書店購買的書目羅列，這些舊書既便宜也得來方便，很合適不能在文化城市裏隨意自由淘書者的一種好方法，而細看他所買書的種類，大多也與那些近現代文人有關的論著；隨後在他的博客上又會見他勤勉而認真的將這些書進行閱讀，再逐個評點一番，有時是一些個人隨感，有時又是相關的書話文字，有時又延伸成讀書札記，儘管文字不多，看似平常隨意，卻讀來滋味非常，頗有雜文家的風範。

這些讀書的隨意點滴若是整理成文，也大多會是一篇見解不凡的雜文文字，故爾可以看出作為雜文作家的黃波是怎樣修煉成家的，大量而勤奮的閱讀生活，敏銳與關懷的思想情懷大約是其基礎吧。當然，還有值得關注的是黃波在博客中所寫的關於其文章寫作前後的一些心得和思路見解，文章來源於讀書，但同時也來源於生活和現實，雜文作家更是如此，黃波博客上的文字也證明如此。

七、孫仲旭：先是愛書人，才是翻譯家

　　青年翻譯家孫仲旭近年來翻譯佳作疊出，書架上自購其譯作在三冊以上，論品相、譯文和選擇對象都在上好之列，諸如其翻譯伍迪・艾倫的《門薩的娼妓》、奧威爾的《一九八四 上來透口氣》、格羅史密斯的《小人物日記》以及《奧威爾傳》等都是讀書界予以好評的佳作。以類別計，大多應為文學翻譯的範疇。談翻譯事，想到去年某日，因翻譯家施康強在上海發表文章談翻譯甘苦，引來爭論若干。翻譯今日甘苦暫且不言，許多譯家為稻粱謀，硬生生地糟蹋那些經典著作。不久前，一出版社編輯贈予西方某思想家新書兩冊，翻來翻去，就是無法卒讀，直想是否我等修煉不夠，後熟悉譯文乃極為粗劣，於是大呼世道人心。而孫兄譯作之用心，對翻譯事業之傾心，都是有實據可以憑證的，讀他的翻譯作品就可以明證，而去他的博客「一敵三分」的地盤上轉轉，也可見其對翻譯事業的良苦用心。

　　作為翻譯家，孫兄不但用心於外文書籍，對於國內漢語名作也是細心研讀，特別是那些已經堪稱名作的漢語翻譯經典，則又是細心揣摩，對照研究，發乎微妙之間。他曾在博客上連續刊文談論現代以來漢語翻譯名家的風采，其中多閃爍個人識見，讀來備感受用；而他翻譯的前提則是自己大量的閱讀功夫，每個月他都會在自己的博客上記錄「看書記」和「購書記」，都是長長的單子，其中有中文，有英文，有時尚，有經典，均加以若干評點，僅看這些眼花繚亂的書單就足以讓人踏實了。值得我等視外文為盲文者關注的是，他對於同行新版的翻譯著作的個人點評，其中有讚歎，有批

評，有欣賞，還有謙虛學習的心得，而對於一些譯書的細節，他經過與原文對照，然後加以比較，常會發現一些疑惑，再經過自己的分析查詢，終於是水落石出，弄清原委了。這些雖都是一己之見，但閱讀視野與功力都可見做翻譯並非易事，而對常來此潛水的愛書人，也定會在那些不經意評論的細節中獲得許多關於翻譯或者讀書買書的經驗與常識的。

八、胡同：布衣暖，菜根香，淘書滋味長

布衣書局以販賣舊書而在京城稱譽，我特別喜歡「布衣書局」這個店名，親切、溫暖，招牌是大家王世襄的筆墨，而那句「布衣暖，菜根香，淘書滋味長」則道出了愛書人的淡泊悠遠的天性。在天涯「閒閒書話」有網友「三十年代」關於販書的帖子，看到他的照片，平頭，背影，背包，永遠一種遠行淘書的形象，印象很深。後來方知「三十年代」就是布衣書局的老闆胡同，大名鼎鼎。而由此也引導著到了他的博客「布衣胡同」，隔三差五的看他寫上的一篇「販書日記」，書香彌漫，全無商人的叫賣氣息，而那博客紹介的文字「有書真富貴，無事小神仙」真有一種讀書人的灑脫與逍遙了。

寫作販書日記，印象中南有嘉興秀州書局的范笑我先生的販書日誌，北則是北京的布衣書局的胡同所寫的這些日誌。不同的是，范笑我先生的日誌寫新書，記人事，而胡同則寫舊書，談文化，范文優雅有韻味，胡文樸素見性情，可惜秀州書局無疾而終，黯然落幕，布衣書局據說也是辛苦維持。讀胡同的這些販書日記，

一是對淘舊書很長見識，其中隱藏著關乎文化、版本、人文、收藏等多種知識，又有京城文人和書友文友交際的情趣，側面則是一家舊書店的成長史。而此可見販書者也並非等閒之輩，長期浸潤，日積月累，讀書做店也非泛泛了。如今，胡同也開始將這些識見寫成文字，在報紙上開專欄了。因此，我頗愛讀讀這些博客上的販書日誌，長見識又添滋味，回味悠長。

再專門說點胡同在自己博客上的這些關於淘書的文字，書香中夾雜著吃喝拉撒，沒有絲毫的文人氣與商人氣，全是平民的心態，連這書香也如飯菜香一樣親切有味，我讀他近日的一篇淘書日記，其中寫到的幾處讀書人日常生活的情景，既辛酸又溫暖，不妨抄在這裏：「那時候，我曾經跟幾位老兄談過，如果租下整條街，改成賣古舊書的，多好！當然，古舊書永遠只是小小科，跟流行的酒吧餐飲沒有辦法抗衡的。給有兔送來的書一百六十元，收一百六十元。扣除進貨直接成本一百二十元，收入四十元，扣除打的二十六元，剩餘十四元。在路對過買了一雙減價的皮鞋，換掉腳上穿了一年的那雙，一百六十四元。找了個角落換上，把那雙鞋連同袋子，扔在六十路公共汽車站，跳上了車。再倒三十四路，回到家。也是晚上十點多了，在福爾摩斯的陪伴下進入了夢鄉。」

九、柳己青：薰染書香一書生

柳己青在自己的博客上有一副漫畫像，消瘦、文弱，戴一副高度近視眼鏡，顯然是一位典型的中毒頗深的書生。我每次打開其博客，

看到這副漫畫像，心裏既親切又感到主人的幽默風趣。近幾年，我因塗抹些讀書文字，因而常常在報刊上看到柳兄的文字，發現兩人在讀書趣味上相近，雖從未有過交往，但也算是神交已久了。柳兄有兩個博客，一曰「書天堂」，一曰「試說新語」，內容都一樣，但兩個博客的名稱算是透露了一些博主的資訊，第一是個愛書人，其次是個有想法的讀書人，特別是他在後一博客上寫的介紹文字，頗值得回味和琢磨：「人話太少！試說新語。」這個柳己青，原名為劉宜慶，做文化編輯，人在青島，不過，由這些常讓我聯想到那位寫《世說新語》的劉義慶來。

柳兄喜歡讀五四以來文人的著作，並常關注這些文人的個人命運與生命遭際。與一些常作憂憤之文的讀書人不同的是，柳己青讀書作文都顯得溫文爾雅，頗有謙謙君子的風範。他的文字溫和，優雅，平實，風趣，寫歷史文人的文字少有悲喜起落的情緒，而多關注一些書籍與文人的有趣細節，由此入手，將文字寫得生動有味道。我記得他寫關於潘光旦、胡適、張伯苓、沈從文、徐悲鴻等人傳記著作的讀書文字，都是顯出較深的讀書造詣的，但他在作文時寫得卻風趣盎然，即使寫到書中錯謬，也是平心靜氣，這些都是很難得的。

是真名士自風流。柳兄雖談不上是名士，但其有真性情，筆底瀟灑風流，在讀書論文中也好談風月，喜中國文人性情的傳統讀物，因而在他的博客上讀到過不少談論文人雅興的書話文字，如關於繪畫、建築、文物、文學、歷史、戲曲、飲食、遊記、影像等等書目都在其視野之內。這些書話的對象大都好讀，有趣，但目標較

於雜亂，有時很為柳兄捏把汗，但讀多了之後，才發現他講究的是一個閒，一個是趣，一個是味。由此，想到他在博客上的一番自我介紹也算是道出了幾番人生追求：「好讀書，不求甚解。自撰讀書聯語曰：剛日讀史，柔日讀經。哪裡，哪裡，讀點閒書而已。有酒學仙，無酒學佛。豈敢，豈敢，薰染書香罷了。」

十、謝泳：雜書過眼帶風雲

謝泳先生讀書很雜，但雜中又極有脈絡。以研究現代歷史上的知識份子而影響甚大的謝泳，其讀書也不逃離這樣一個範圍，但他所論說之書多拋除了一些常見的東西，而以學界不大重視或者少見的資料展開，其觀察問題視角之新穎獨到，又使這些不引人關注的資料添色許多。謝泳的研究文字樸素平實，少作文人式的抒情與修飾，以資料和實據作支撐，頗有胡適之「有一份證據說一份話」和傅斯年「動手動腳找材料」的遺風；他的研究文字大多也以讀書札記為主，篇幅短小，論題精微，但延伸話題均有風雲氣象，即使是研究專題也少見宏篇巨作，多是短小篇章的組合，拆開便是獨立文章。

謝泳的博客上多是這類讀書札記的文字，此類文字最不易寫，除去作者收集舊書的耐心，最重要的是要在比較之中有去偽存真的眼力，能在冷僻的舊書中發現光芒，這是需要深厚的學養的，否則難免會有貽笑大方的。以近來他在博客上連載未曾發表的〈一九四九──一九七六年間中國知識份子及其它〉為例，此文以一九四九到一九七六年知識界的自殺情況切入，試圖研究此一特殊

年代知識份子的生存狀態，由於資料新穎，作者於史料中披沙揀金，化腐朽為神奇，又耙疏嚴密，科學冷靜，最終指引命題，讀後大有驚心動魄之感，頗可一觀。另外，謝泳還有個人網上空間「謝泳居」（http://lookin.nhome.cn/xy/），集有歷年來所寫就文章，其介紹引用清人孫星衍對聯「莫放春秋佳日過，最難風雨故人來」，讓來往讀文者心存溫暖，也許最能代表其讀書做學問的一番境界了。

（原載《新京報》2006年11月—2007年4月）

十年往來書生夢

　　大約十年以前，我在南京一所大學讀歷史系，這對於我來說，簡直就是一種折磨，因為那時我一心想成為一名作家，而並非整日與青燈黃卷和古人打交道；後來我終於如願以償，在北京的一所很有些名氣的藝術院校讀了文學專業的研究生，但那時候，我才發現自己距離文學似乎又逐漸地遙遠了起來，反而當年不曾感興趣的歷史學，却慢慢地成為了我的關注重點。那幾年我在學業之餘所讀的書，却幾乎都是有關歷史與文化方面的，特別是近代以來中國歷史的著作，我甚至曾經發願要寫一部與二十世紀中國歷史有關的思想史，現在看來那時候的野心真有些不知天高地厚，因為那非得是有尋常的功力與天賦的人才能完成的一件偉業。年輕人熱心，說幹也就幹了，具體的準備工作也是從那時候開始逐漸做了起來，從買書到讀書，從專題研究到個案探究，其實是做了很多今天看來有些莽撞的工作準備的，而唯一還可以稱道的是，這個研究計劃讓我

開始培養自己去有意撰寫一些讀書筆記和讀書心得，甚至開始熱心的寫了很多的讀書隨筆，這一切都算得上是那個顯得有些遙遠的夢想所帶來的副產品吧。如果說造化弄人，也並非完全沒有道理的。

然而，現實與我開了一個玩笑，我後來並沒有從事與寫作相關的工作，每日的事務甚至與自己的讀書興趣毫不相干，但我並沒有因此而妥協。這些年裏，我堅持利用業餘時間繼續讀書和進行準備工作，捎帶著寫作一些讀書筆記，但或許是性格的原因，我很不喜歡將讀書筆記寫得十分的枯燥，因此選擇了一種介乎於評論與隨筆之間的文體，我個人將之稱呼為「讀書隨筆」，這種介乎於學人與作家之間的一種追求，成為我讀書寫作取巧的一種方式，但也著實代表了我不甘心於自己的文字猶如複製的流水線上的商品一樣面目雷同，也不願意思維被文字的外表與形式所束縛，後來讀到上海的王元化先生對於寫作研究追求「有學術的思想和有思想的學術」的境界時，我才稍稍有了一些平頓。其實五四以來，魯迅、周作人、胡適、錢穆、曹聚仁、錢鍾書等大師的讀書隨筆，其中包含的不能說只是簡單的文學才華，由此也才使人感覺得到那一代的遺風是在細小的地方裏慢慢的被消散掉了。現代的學術機制已經將傳統的為學之道閹割完蛋了，我很慶幸自己並不是學術體制中人，因此也不必要背負太多的限制。幾年下來，我利用業餘時間，所寫下的讀書隨筆將近有數百篇，收錄在這冊書中的只是其中的一小部分，而大多數的文章也都曾被國內的各類報刊予以發表過，有些甚至產生了一些小小的反響，這是我之前所沒有想到的，在此我要感謝那些曾

經給予我鼓勵和幫助我的師友們，沒有你們，我的這項工作很可能在現實的擠壓中迅速流產。

這種極為不專業的閱讀生活，更重要的是它滿足我在精神上的需求，因為沒有特別的限制，只要感興趣的書籍，我大多都會買來一讀，但總的興趣還是在近代以來的文史領域，特別關注的是近代以來中國知識分子的研究問題，因為我總感覺談論近代以來的中國歷史，特別是思想史，中國的知識分子是無法繞開的話題，他們的學識、思想、經歷和背景，都是一筆讓人體味良久的財富。這其中的原因一方面是由於今天的時代距離二十世紀最為接近，我們這些讀書人多少還有些歷史見證人的感受，另一方面則是二十世紀在整個中國的歷史上可以說是最為獨特的一段，中西碰撞，古今變革，中國所經歷的是「千年未有之變革」，而二十世紀中國社會機制所進行的探索與實驗也是前所未有的，其間所走過的道路也最為曲折與傳奇，這其間具有重要推動力量的，我以為正是中國近代以來的知識分子們。因此，當我陷入其中時，我才深深地被他們所具有的無限魅力所征服，無論是人品還是學識，或者是文筆與見識，還有他們對於自己生活時代的擔當與膽識，都是讓我折服不已的。我特別注意到，越是距離今天較遠的歷史人物，越讓我驚嘆與痴迷，我將之稱呼為「遙遠的完美」，不知道這算不算一種歷史時空的遠距離觀看，就像遙遠的星空一樣神奇？

當然，我還得為自己這種不專業的寫作生活補充幾句，因為選擇了讀書隨筆的這種文體，它自然為我帶來了寫作的快感與研究的自由，但另一方面，由於隨心所帶來的不專業與不嚴謹也是

顯而易見的。我不能因為這種業餘寫作與研究的狀態而為自己尋找托詞，這唯一可以解釋的還有一種內心的浮躁與急功近利的思想在隱隱作祟。諸如在這冊書中，我就特意收錄了兩篇內容略有矛盾的文章，一為〈顧隨與周氏兄弟〉，一為〈氣味辨魂靈〉，其中前者為我讀鄧雲鄉的著作，發現學者顧隨曾經為周作人的審判作過辯護，但遺憾的是我發現有關顧隨的傳記、年譜和回憶文章，幾乎都很少提及這件事，於是我立即寫成文章〈顧隨與周氏兄弟〉，談論自己的這一發現，但文章在寫作時我因參考了程堂發的一篇文章〈周作人審判始末〉，由此引申，想當然地以為顧隨曾到南京審判周作人的現場去辯護。此文在北京的《新京報》發表後，引起了一些社會反響，研究顧隨甚至是周作人的學者以及顧隨的後代基本都注意到了這篇文章，而北京的止庵先生在讀過此文後，在一封寫給友人的信中，談到顧隨從未曾到南京參加過為周作人審判的開庭辯護，甚至對我未經核實就隨意引用的行為進行批評，以為得出的結論十分的無稽。此信經南京的《開卷》雜誌刊發，讀後萬分慚愧，我佩服止庵先生的慧眼與學識，而先生也並非專業研究人士，但對於筆下的每一個文字，都儘量做到負責與放心。後來，我讀他所寫成的傳記《周作人傳》，便對其中在史料考證與辨別上所下的功夫十分佩服，於是在〈氣味辨魂靈〉一文中，我借評論這冊傳記而對自己文章中的不嚴謹處表示歉意與糾正，也對止庵先生的批評與關愛表示感謝，相信讀者在這冊書中讀到這兩篇文章時，便能夠不難體會我的用意所在了吧。

　　記得我在大學讀書的時候，老師們就常常告誡我們這些學生，讀書要耐得住冷板凳。然而，看看今天的社會，又有幾個人能夠做得到呢？學界與文壇幾乎都被日益功利化的社會利益所侵占，當然，我自己也未能免俗。年初，我到天津見到在魯迅文學院讀書時的同學藏策，他比我年長十多歲，現供職於天津人民出版社，在文學與攝影理論的研究上很有創見，但人却並不張揚浮躁。那天，我與他在滿壁皆書的客廳裏長談，聆聽他在學問與求道上的見識，後來他告訴我自己在十年之前，因為幾乎與我相同的困惑，曾經連續七年不寫作，每天只閉門讀書，七年後他開始寫作，終有雲開霧散之感。他希望我也能靜心下來，專心地讀上幾年書，啃上幾年的硬骨頭，想必一定也會有大成的。這讓我想起中國古代的武林高手們，每每在練成絕世武功之前，都必須閉關修煉，否則最終只能是只會一些花拳繡腿的小丑而已。也還記得幾年前，我在北京去拜訪民間學人余世存先生，他告誡我在還沒有被名利纏身的時候，趕快多讀幾本好書，這是人生最美好的時光。

　　去年我在本城郊區的一座小山下購買了一套住宅，並第一次擁有了屬於自己的書房，當我將自己的全部藏書安頓在書房裏，推開窗戶，看到外面青山蒼翠，滿目皆綠，身心頓時安靜了下來。之所以選擇在這樣環境中生存，不僅僅是因為這裏優美的環境，更重要的是起先我就在內心裏隱隱地暗藏了一個巨大的野心，那就是選擇了一個僻靜之處，為自己日後的讀書寫作和研究找到一個良好的領地。我想，這對於我來說或許正是一個注定的天意，我將在這裏為我自己的夢想再安心讀上幾年書，再磨上幾年的耐性，再坐上幾年

的冷板凳，即使終究還是學問界裏的野狐禪，但也決不會因為這對待學問的熱誠與扎實而被輕視。我為自己的這個夢想的逐步實現而感到興奮，這冊《遙遠的完美》便是它在變成現實的一個證明，在此，我要深深的感謝出版我這冊著作的臺灣學者蔡登山先生，他不但出版了我第一本著作《精神素描》，而且熱心為出版這冊《遙遠的完美》出謀劃策，若沒有蔡先生的鼓勵與支持，這種東西很可能永遠散落在世界的各個角落，而我也沒有如今這樣孤膽英雄般的鬥志；我還要感謝北京的孫郁先生以及廈門的謝泳先生，他們先後為我兩本不成氣候的著作寫序鼓勵，讓我受驚若寵，我所報答的只有更加地勤奮和努力，即使自己寫下的每一個文字，都不能讓他們為自己的眼光而蒙羞。

二〇一〇年八月八日凌晨

語言文學類　PG0433

遙遠的完美
──現當代文人素描

作　　　者 / 朱航滿
主　　　編 / 蔡登山
責任編輯 / 孫偉迪
圖文排版 / 鄭佳雯
封面設計 / 陳佩蓉

發 行 人 / 宋政坤
法律顧問 / 毛國樑　律師
印製出版 / 秀威資訊科技股份有限公司
　　　　　114台北市內湖區瑞光路76巷65號1樓
　　　　　電話：+886-2-2796-3638　傳真：+886-2-2796-1377
　　　　　http://www.showwe.com.tw
劃撥帳號 / 19563868　戶名：秀威資訊科技股份有限公司
　　　　　讀者服務信箱：service@showwe.com.tw
展售門市 / 國家書店（松江門市）
　　　　　104台北市中山區松江路209號1樓
　　　　　電話：+886-2-2518-0207　傳真：+886-2-2518-0778
網路訂購 / 秀威網路書店：http://www.bodbooks.tw
　　　　　國家網路書店：http://www.govbooks.com.tw
圖書經銷 / 紅螞蟻圖書有限公司
　　　　　114台北市內湖區舊宗路二段121巷28、32號4樓
　　　　　電話：+886-2-2795-3656　傳真：+886-2-2795-4100

2010年10月BOD一版
定價：330元
版權所有　翻印必究
本書如有缺頁、破損或裝訂錯誤，請寄回更換

國家圖書館出版品預行編目

遙遠的完美：現當代文人素描 / 朱航滿著.-- 一
版. -- 臺北市：秀威資訊科技, 2010.10
　　面；　公分. -- (語言文學類；PG0433)
參考書目：面
ISBN 978-986-221-595-1(平裝)

1. 中國當代文學　2. 文學評論　3. 文集

820.908　　　　　　　　　　　99016591

讀 者 回 函 卡

感謝您購買本書,為提升服務品質,請填妥以下資料,將讀者回函卡直接寄回或傳真本公司,收到您的寶貴意見後,我們會收藏記錄及檢討,謝謝!
如您需要了解本公司最新出版書目、購書優惠或企劃活動,歡迎您上網查詢或下載相關資料:http:// www.showwe.com.tw

您購買的書名:＿＿＿＿＿＿＿＿＿＿＿＿＿＿＿＿＿＿＿＿＿＿＿＿＿

出生日期:＿＿＿＿＿年＿＿＿＿＿月＿＿＿＿＿日

學歷:□高中 (含) 以下　　□大專　　□研究所 (含) 以上

職業:□製造業　□金融業　□資訊業　□軍警　□傳播業　□自由業
　　　□服務業　□公務員　□教職　　□學生　□家管　　□其它＿＿＿

購書地點:□網路書店　□實體書店　□書展　□郵購　□贈閱　□其他

您從何得知本書的消息?

　　□網路書店　□實體書店　□網路搜尋　□電子報　□書訊　□雜誌

　　□傳播媒體　□親友推薦　□網站推薦　□部落格　□其他＿＿＿＿＿

您對本書的評價:(請填代號　1.非常滿意　2.滿意　3.尚可　4.再改進)

　　封面設計＿＿＿　版面編排＿＿＿　內容＿＿＿　文／譯筆＿＿＿　價格＿＿＿

讀完書後您覺得:

　　□很有收穫　□有收穫　□收穫不多　□沒收穫

對我們的建議:＿＿＿＿＿＿＿＿＿＿＿＿＿＿＿＿＿＿＿＿＿＿＿＿＿

＿＿＿＿＿＿＿＿＿＿＿＿＿＿＿＿＿＿＿＿＿＿＿＿＿＿＿＿＿＿＿＿＿

＿＿＿＿＿＿＿＿＿＿＿＿＿＿＿＿＿＿＿＿＿＿＿＿＿＿＿＿＿＿＿＿＿

＿＿＿＿＿＿＿＿＿＿＿＿＿＿＿＿＿＿＿＿＿＿＿＿＿＿＿＿＿＿＿＿＿

11466
台北市內湖區瑞光路 76 巷 65 號 1 樓

秀威資訊科技股份有限公司　　　收

BOD 數位出版事業部

....

（請沿線對折寄回，謝謝！）

姓　　名：＿＿＿＿＿＿＿＿＿　年齡：＿＿＿＿　性別：□女　□男

郵遞區號：□□□□□

地　　址：＿＿＿＿＿＿＿＿＿＿＿＿＿＿＿＿＿＿＿＿

聯絡電話：(日) ＿＿＿＿＿＿＿＿＿＿　(夜) ＿＿＿＿＿＿＿＿＿＿

E-mail：＿＿＿＿＿＿＿＿＿＿＿＿＿＿＿＿＿＿＿＿＿＿